KB044910

용서는 바라지 않습니다

# 용서는 바라지 않습니다

아시자와 요 — 김은모 옮김

許されようとは思いません

검은숲

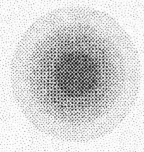

# 목
# 차

---

용서는 바라지 않습니다

갈아탄 지선의 두 번째 역에서 멀어지자 금세 산골 풍경이
펼쳐졌다.

진녹색, 연한 풀색, 이끼색, 녹갈색, 솔잎색, 늙은 대나무색
등 다양한 빛깔이 모자이크 무늬를 그려내는 녹음 한복판을
가르듯 암적갈색의 철도 노선이 뻗어 있다. 건물이나 간판 같
이 국가나 지역을 한정시키는 요소가 하나도 없는 풍경이 내
가 자란 도쿄 도내의 주택가 풍경과는 동떨어져 있음에도 향
수를 불러일으켰다. 그렇다고 이 풍경을 어린 시절에 보았던
건 아니다. 열차를 타고 히가키 마을을 찾는 건 이번이 처음
이다.

18년 전, 그러니까 할머니가 이 마을에 살고 계셨던 1979년
까지는 매년 오본(한국의 추석과 비슷한 일본의 최대 명절—옮긴
이 주)과 설날에 할머니를 뵈러 왔다. 하지만 나는 아버지가

운전하는 차 뒷좌석에서 늘 잠만 잤다. 잠에서 깨면 도착해 있던 할머니네 집은 현실감이 없어서 도무지 내가 사는 도쿄와 같은 세상이라는 느낌이 안 들었다.

그곳에 지금, 나 혼자 힘으로 열차를 갈아타고 왔다는 사실이 신기했다. 몇 년 전 야마가타 신칸센이 개통돼 자동차로 꼬박 하루가 걸리던 여정이 한나절로 단축되자, 마술의 속임수를 알았을 때처럼 묘하게 김빠지는 기분이었다.

"철길 위를 걷다 보면 어쩐지 시체라도 발견할 것 같아."

미즈에가 꽃가루와 죽은 벌레로 더러워진 창문에 이마를 대고 말했다. 그제야 나는 있을 리 없는 향수의 정체를 알아차렸다. 나는 그저 '여름, 시골, 선로'라는 조합에서 소년들이 선로를 따라서 시체를 찾으러 가는 명작 영화를 연상했을 뿐이다.

"그러게."

나는 고개를 살짝 끄덕이고 창문에서 미즈에 쪽으로 시선을 옮겼다. 기대가 가득한 옆얼굴을 보자 민망한 마음에 웃음이 났다.

"말해두는데 재미있는 건 하나도 없어."

기대를 꺾어둘 마음이었지만 창문에 양손을 댄 미즈에는 여전히 두 눈을 반짝였다. "오락거리라고는 파친코랑 텔레비전 정도야." 나는 덧붙여 말했다.

"아아, 아까 그 '콤모.'"

미즈에는 그제야 창문에서 얼굴을 떼고 돌아보았다. 미즈에가 말한 건 방금 지나온 역 건물에 자리한 파친코 게임장 간판에 적혀 있던 글자였다. 아마 '콤보'가 맞겠지만 글씨가 희미하니 획이 지워져서 쇠락한 촌구석이라는 인상이 더 강조됐다.

"오히려 콤모에는 들어가보고 싶을 정도인데."

"안 돼, 안 돼. 마을 사람들이 온갖 걸 다 물어볼걸."

미즈에는 태평하게 웃었지만, 나는 농담이 아니었다. 도시 분위기를 풀풀 풍기는 젊은 여자가 들어가면 실제로 말을 걸지 안 걸지는 둘째 치고, 분명 한 몸에 주목을 받을 것이다. 어디서 무엇 때문에 왔는가, 마을의 누구와 아는 사이인가, 언제까지 있을 예정인가. 이곳 사람들은 그런 걸 몹시 신경 쓴다.

"걱정 마. 물어보면 료이치가 태어나서 자란 곳을 보러 왔다고 대답하면 되지."

"자란 곳은 아니래도. 정말로 그냥 여기서 태어난 게 전부고, 딱히 볼 만한 것도 없어."

나는 부리나케 정정했다. 그렇게 허둥댈 필요는 없지만, 어쩐지 히가키 마을에서 어린 시절을 보냈다는 오해를 받기가 싫었다.

실제로 내게 히가키 마을은 외갓집이 있는 곳, 딱 그 정도의 의미다. 이 마을의 조산사가 나를 받았다고는 하지만 기억날 리 없는 데다 어머니는 내가 태어나고 한 달만 외갓집에서 몸조리를 했으니까.

"괜찮아. 료이치가 태어난 곳이라는 것만으로도 내게는 특별하니까."

부드럽게 미소 짓는 미즈에를 보고 나는 입을 꾹 다물었다. 물론 불쾌했던 건 아니다. 그저 이렇게 꾸밈없이 솔직한 말을 들으면 어떻게 반응해야 할지 몰라서 그렇다. 타고난 무뚝뚝한 생김새도 한몫해서 왜 그렇게 화가 났느냐는 핀잔도 많이 듣지만, 오랜 연인인 미즈에는 내 속마음을 이해해줄 것이다. 미즈에는 "그러고 보니 료이치, 어릴 때도 눈썹이 짙었어?" 하고 신난 목소리로 말을 이었다. 하지만 미즈에가 정말로 들뜬 게 아니라는 사실을 역시 오랜 연인인 나는 알고 있었다. 미즈에가 아까부터 쾌활하게 말을 꺼내는 게, 자꾸 가라앉는 내 기분을 눈치챘기 때문이라는 사실도.

—역시 결혼한다면 미즈에 같은 사람이 좋겠지.

새삼 그런 생각을 하다가 요 며칠 결혼이라는 말이 자주 머릿속에 떠오른다는 것을 자각하고 당황했다. 미즈에는 내가 그런 줄도 모르고 창밖을 바라보고 있었다. 아니, 모르는 척해주는 걸까.

지난 주말에 미즈에가 "이것 봐, 또 결혼식이야" 하고 청첩장을 보여주었다.

"스물다섯 살이 되기 전에 다들 결혼하는 시기가 한 번 온다더니 정말이었구나."

미즈에는 감탄한 듯 말하더니 눈초리를 축 내렸다.

"요 반년 동안 벌써 다섯 번째야. 축의금 내느라 빈털터리 되겠다."

누구는 팔다 남은 크리스마스 케이크 신세 확정인데, 하고 장난스러운 투로 말하고 나서 미즈에는 얼굴을 찌푸렸다.

"아, 지금 이건 취소."

"왜?"

"그게, 내가 생각하기에도 좀 그렇다 싶어서."

"뭐가?"

"방금 결혼 이야기를 꺼내줬으면 하는 마음에 은근슬쩍 결혼식을 화제로 삼아 료이치한테 눈치를 주려고 한 거야. 하지만 이런 방법은 어쩐지 기분 나쁘잖아. 그러니 이왕 말이 나온 김에 물어볼게. 료이치, 나랑 결혼할 마음 있어?"

미즈에는 빠르게 말을 쏟아냈다. 나는 그 속도와 무엇보다도 '결혼 이야기를 꺼내줬으면 하는 마음에'라는 부분에 동요해서 멍청하게도 "결혼?" 하고 되물었다.

미즈에는 눈치를 주려 했다고 표현했지만, 둔감한 내게는 전혀 전해지지 않았다. 미즈에는 결혼식에 많이 초대받아서 힘들겠구나, 하고 액면 그대로 받아들였다.

그런 의미에서는 '은근슬쩍'을 그만두고 직설적으로 물어봐줘서 고마웠지만, 나는 바로 대답할 수가 없었다.

나라고 미즈에와 결혼하는 몽상을 해보지 않았던 건 아니다. 친구 결혼식에 가면 신부를 보며 웨딩드레스를 입은 미즈에를 떠올렸고, 주변에서 결혼 안 하느냐, 빨리 하라고 참견할 때마다 어떤 면에서는 일리가 있다고 생각했다.

그도 그럴 것이 우리가 사귄 지도 올해로 4년째다. 서로를 알기에는 충분한 기간이고, 나로서는 미즈에한테 불만이 없다. 밝고 총명하고 배려심이 있으며, 무엇보다 나를 좋아한다고 말해주는 기적과 같은 존재라는 걸 안다. 미즈에를 놓치면 내 인생에 결혼은 없으리라는 사실도.

하지만 나는 "너랑 결혼하고 싶어"라는 말을 꺼내지 못했다.

내가 말문이 막히자 미즈에는 "뭐, 생각 좀 해봐" 하고 평소보다 더욱 시원시원한 투로 말하고 화제를 바꾸었다.

그로부터 일주일간 나는 기회가 있을 때마다 대답을 생각했지만, 말로 잘 정리할 수가 없었다.

아니, 가장 큰 이유는 확실했다.

—우리 할머니가 살인범이기 때문이다.

내가 결혼 앞에서 망설이는 건 분명 그 이유 때문이다. 하지만 미즈에한테 그렇게 대답하지 못하는 건, 그 이유뿐만은 아니라는 것 또한 알기 때문이다.

할머니가 사람을 죽였다는 사실은 이미 미즈에한테 밝혔다. 미즈에는 상관없다고 했는데, 너희 할머니가 저지른 일은 너와 상관없다고 말해준 사람은 지금까지도 몇 명 있지만, 네 사정은 내가 널 좋아하는 마음과 상관없다고 딱 잘라 말한 사람은 미즈에가 처음이었다. 실제로 2년이 지난 지금도 변함없는 태도로 나와 사귀고 있다.

무엇보다 그 사실을 알면서도 먼저 결혼 이야기를 꺼낸 건 미즈에다. 그러니 할머니의 죄를 이유로 망설이는 건 합당치 않으리라. 하지만 할머니의 일이 없었다면 이만큼 망설이지 않았을 것 같기도 하다. 사실 나는 미즈에가 결혼에 대해 잘 모르는 게 아닐까 생각한다.

미즈에는 나를 좋아한다. 함께 있고 싶으니까 지금까지 사귀어왔고, 앞으로도 그러겠냐는 의미에서 결혼을 생각하는 것이리라. 어디까지나 연애의 연장선상이며, 연애와 결혼의 차이는 종이 한 장에 지나지 않는다는 거다.

하지만 나는 도저히 그렇게 받아들일 수가 없다. 서로 다른 남남이 부부가 되어 새로운 가정을 꾸린다는 것. 거기에는 연애 때와는 완전히 다른 의미가 있지 않을까.

만약 우리가 아이를 가지면, 그 아이는 나자마자 살인범의 증손주가 된다. 그뿐만이 아니다. 애당초 할아버지와 결혼하지 않았다면 할머니는 살인범이 될 일도 없었다.

"아, 보인다. 저기지? 히가키 역."

미즈에의 목소리에 번쩍 정신을 차리자 〈이번에 정차할 역은 히가키 역, 히가키 역입니다〉하고 잠긴 목소리의 안내 방송이 귀를 때렸다.

나는 백팩을 끌어안은 팔에 힘을 주었다.

—이제 곧 할머니가 살던 마을에 도착한다.

열차에서 내린 순간 품속에 있는 할머니의 뼈단지가 약간 무거워진 것 같은 기분이 들었다.


차로 오는 어머니와 히가키 역에서 합류하기로 했지만, 약속 시간이 되었는데도 어머니는 나타나지 않았다. 미즈에한테 휴대전화를 빌려 어머니에게 전화를 걸어보았지만 연결되지 않았다.

"계속 여기 있는다고 뾰족한 수가 생기는 것도 아니니 일단 먼저 절로 가볼까."

내가 흐르는 땀을 닦으며 제안하자 미즈에도 물통의 물을 마신 후 "그래" 하고 고개를 끄덕였다.

하지만 작은 목조 무인역에는 택시 탑승장은커녕 손님을 기다리는 택시 한 대도 보이지 않았다.

"직접 택시 회사에 전화해서 불러야 하려나."

미즈에가 휴대전화를 내려다보며 말했다.

"올 때까지 얼마나 걸릴지는 모르겠지만."

이어진 말에 나는 진저리를 치며 하늘을 올려다보았다. 뜨끈뜨끈하고 끈적거리는 공기. 이글이글 내리쬐며 살을 태우는 햇빛. 가게에 들어가 쉬면서 기다리려 해도 그럴 만한 가게가 없다. 풀숲 사이에 띄엄띄엄 자리 잡은 가정집은 하나같이 단층집이나 2층집이라, 맨션이 수두룩하게 늘어선 주택가나 고층빌딩에 익숙해진 눈에는 어색해 보였다.

"아, 하지만 버스가 있네."

우두커니 서 있던 내 옆에서 주변을 둘러보던 미즈에가 목소리를 높였다. 미즈에가 가리킨 곳에는 버스 정류장 간판이 있었다. 멀리서 보기에도 시간표에는 숫자가 거의 없었지만, 다행히도 우리가 타야 할 버스는 5분 후에 도착할 예정이었다.

등받이가 녹슬고 갈라진 벤치에 앉았다가 너무 뜨거운 나머지 숨을 헉 삼키며 일어섰다. 어쩔 수 없이 백팩만 내려놓고 옆에 서자, 미즈에가 백팩을 내려다보며 여느 때와 다름없는 투로 "그러고 보니" 하고 중얼거렸다.

"할머님은 어떤 분이셨어?"

"아…… 다정한 분이셨지."

떠오른 말을 그대로 꺼내고 나서야 보통은 그렇게 안 받아들이겠지 싶었다. 사람을 죽였다는 과거가 있는데 다정한 분이라는 표현은 적합하지 않다. 하지만 내게는 다정한 분이라는 말이 할머니에 대한 인상의 대부분을 차지한다.

할머니는 내가 놀러 갈 때마다 맛있는 음식을 배가 터지도록 차려주셨다. 햄버그스테이크에 닭튀김, 카레라이스, 케이크, 아이스크림. 전부 60대 할머니와 90대 증조할아버지만 사는 집에서는 먹지 않는 음식들이었을 것이다. 할머니는 눈초리에 주름을 잡으며 "료이치는 참 복스럽게 잘 먹는구나" 하고 연신 칭찬해주었다. 세상 태평하고 소극적이라 평소 패기가 없다고 야단을 맞으면 맞았지 칭찬을 들은 적은 드물었던 터라, 어쩐지 낯간지러웠던 기억이 난다.

친가는 예전부터 가풍이 엄격하고 놀러 가도 할아버지와

할머니가 공부 이야기만 해서 마음이 편하지 않았지만, 외할머니는 내 어리광을 한없이 받아주었다. 먹고 싶은 걸 실컷 먹을 수 있고, 예의범절에 대해 주의를 받은 적도 없다.

"어머니는 왜 그렇게 응석을 받아주느냐, 기껏 버릇을 들여놨는데 다 망친다며 화를 냈지만 할머니는 '네가 잘 가르친 건 료이치를 보면 알지. 너도 료이치도 참 기특해' 하며 싱글벙글 웃으셨지. 그렇게 말씀하시는데 대놓고 말썽을 부릴 수는 없잖아? 어머니 체면도 세워야 한다는 생각으로 결국 자청해서 일을 도와드리고는 했다니까."

"어머니를 위할 줄 알았으니 실제로 착한 아이였네."

미즈에가 미소를 지었을 때 묵직한 엔진 소리와 함께 버스가 나타났다. 이제 시원한 곳에서 한숨 돌릴 수 있겠다고 마음을 놓은 순간, 열기를 머금은 배기가스가 얼굴에 불어닥쳤다. 나는 반사적으로 숨을 참으며 뒷걸음친 후 승차구로 향했다.

노선을 확인하고 탔지만 혹시 몰라 "히로오카에도 가죠?" 하고 버스 기사에게 물었다. 버스 기사가 "히로오카? 갑니다" 하고 마이크에 대고 대답하자 차 안에 떠들썩하게 울려 퍼지던 말소리가 딱 멈췄다. 어쩐지 찜찜했지만 버스 기사에게 인사하고 안쪽으로 나아갔다. 노약자석에 할머니가 세 명, 뒤에서 두 번째 좌석에 교복을 입은 여학생이 한 명 앉아 있었다.

이야기를 나누고 있던 사람들은 물론 할머니들이다. 그들 앞을 지나갈 때 끈적끈적하니 착 달라붙는 시선이 느껴졌다. 나는 한가운데보다 조금 뒤쪽의 2인석에 앉으며 미즈에를 돌아보는 척, 노약자석에 힐끗 시선을 주었다. 누구와도 눈이 마주치지 않았건만, 시선을 돌리자 바라보는 기척이 느껴져서 신기했다.

뭐라고 하는지 알아듣지 못할 만큼 작게 소곤대는 목소리가 흘러왔다. 창유리로 뒤편의 여학생을 살피자, 여학생은 우리를 뚫어지게 쳐다보고 있었다.

나는 "언제였더라" 하고 목소리를 낮추어 다시 이야기를 시작했다.

"중학교에 올라가기 직전이었을 거야. 할머니 앞에서 성룡의 취권 흉내를 낸 적이 있는데."

"료이치가 취권을?"

미즈에는 내 옆에 앉으며 깜짝 놀란 듯이 목소리를 높였다. 그렇게 큰 소리는 아니었지만 노약자석에 앉아 있던 할머니들이 일제히 이쪽을 돌아보았다.

"뭐, 내가 생각하기에도 꼴같잖은 짓이기는 했어. 열중해서 팔을 움직이다가 텔레비전을 때려서 망가뜨렸지 뭐야."

"진짜 성룡 저리 가라네."

미즈에가 장난스럽게 웃자 할머니들의 대화가 또 멈췄다. 나도 알아차렸을 정도니까 미즈에가 눈치채지 못했을 리 없지만, 아무 내색도 하지 않고 "가슴이 철렁했겠다" 하고 두 눈을 가느스름하게 떴다.

"그래서 어떻게 했어?"

"물론 사과드렸지. 울상으로……. 아니, 울었던가. 하지만 할머니는 화내지 않으셨어. 어차피 보지도 않으니 버릴까 했다고 빤히 들여다보이는 거짓말까지 하시면서 말이야. 결국은 정말로 텔레비전을 버리고 다시 사지 않으셨어."

"오락거리라고는 파친코나 텔레비전 정도인데?"

미즈에가 아까 내가 한 말을 인용해서 말했다. 미즈에는 기억력이 좋고 머리 회전이 빠르다. 내가 별생각 없이 한 말을 기억하고 있다니 쑥스러우면서도 기뻤다.

"응. 어머니 말로는 사실 아침에 일어나자마자 텔레비전을 트는 텔레비전바라기셨다는 모양이야."

60대인 할머니에게 '텔레비전바라기'라는 표현은 좀 그렇지만, 실제로 할머니는 텔레비전을 아주 좋아했으리라. 하지만 텔레비전을 새로 사면 나를 위로하려고 한 거짓말이, 진짜로 거짓말이 되고 만다. 할머니는 오로지 내가 마음에 상처를 입지 않도록 거짓말을 참말로 바꾼 것이다.

"할머님이 손자를 참 아끼셨구나."

나는 감탄이 섞인 미즈에의 말을 곰곰이 음미하듯 고개를 끄덕였다.

할머니들이 하차하고 그다음 정류장에서 우리도 버스에서 내렸다. 길을 따라 5분쯤 걸어가자 다리 옆에 작은 사당이 있었다.

이끼가 긴 돌기둥과 잡초에 둘러싸인 커다란 화강암은 앞부분이 둥글게 패여 있었고, 한복판에 남녀 한 쌍이 조각되어 있었다. 남녀는 견우와 직녀처럼 고풍스러운 전통복 차림으로 손을 마주 잡은 채 웃는 모습이었다. 보동보동한 얼굴과 단순한 선으로 표현한 가느다란 눈이 복스러우면서도 어쩐지 불길하게 느껴졌다. 아니면 그런 인상을 받는 건 선입견 때문일까.

마치 뭔가가 아래로 끌어당기는 것처럼 배 속이 묵직해졌다.

이 석상 곁에 뼈단지가 아무렇게나 널브러져 있는 광경이 머릿속에 떠올랐다. 그렇다고 내가 실제로 본 건 아니다. 나는 그저 어머니가 울면서 내뱉는 말을 들었을 뿐이다.

"진흙과 낙엽에 반쯤 파묻혀 있었어. 뚜껑이 열려서 내용

물도 조금 엎질러지고······."

어머니는 거듭 "어째서"라고 되뇌다가 목이 멘 듯 입을 다물었다. 어째서 우리 엄마가 이런 꼴을 당해야 하는 건데, 어째서 억지로라도 모시고 오지 않았을까, 이딴 마을에 놔두라니 어쩌면 그렇게 심한 말을 할 수 있어. 마지막은 할머니를 모시기를 반대한 아버지를 향한 말이었다. 아버지는 비난의 화살이 자신을 향할 때마다 벌레 씹은 듯한 표정을 지었다.

미안해. 미안해, 엄마. 할머니의 뼈가 담긴 단지를 끌어안고 어린아이처럼 우는 어머니의 목소리는 내 귓속에 들러붙어 언제까지고 떨어질 줄 몰랐다.

"설마 정말로 묘를 파헤칠 줄이야."

그리고 어머니가 멍하니 꺼낸 말도.

이 석상을 도조신(악령이 침입하는 것을 막고, 통행인이나 마을 사람들을 재난으로부터 지키기 위해 마을 입구, 언덕, 길 등에 모시는 신—옮긴이 주)이라고 부른다는 걸 가르쳐준 사람은 할머니였다. "사카이 님이라고도 하지." 할머니는 그렇게 덧붙이고 나서 말을 이었다.

"사카이 님은 이름 그대로 경계선의 신이셔. 경계선을 만들어 밖에서 침입하려는 악한 것들을 쫓아내시지. 경계선 안쪽에 있는 마을을 수호해주신단다. 왜, 입춘 진닐에 '귀신은 밖으로, 복은 안으로' 하고 말하지 않니?"

그런 신이 있다는 것 자체를 처음 들었지만, 나는 금방 이해하고 받아들였다. 마을을 지키기 위해 악한 것을 쫓아낸다는 논리가 어쩐지 이 마을다운 느낌이었기 때문이다.

사카이 님은 재앙을 없애는 신도, 사람들이 동등하게 평안하기를 바라는 신도 아니다. 그저 경계선 안쪽으로만 재앙이 들어오지 않으면 그만이다. 그러한 모습이 타지 사람을 배척해서 결속을 다지는 마을 사람들과 다를 바 없어 보였다.

그래서 나는 부모님을 따라 할머니 집에 갈 때마다 마을을 뒤덮은 배타적인 분위기를 느끼면서도, 딱히 이상하다고는 생각지 않았다. 마을 사람들은 내게 말을 걸지 않고 음습한 시선만 던졌지만, 그런 마을에 사는 그런 사람들이라 그런 것이라고 단순하게 생각했다.

초등학교 3, 4학년쯤에 올라갔을 무렵에야 일이 그렇게 단순하지 않다는 걸 알았다.

그해는 아버지 일 때문에 귀성 일정이 어그러져 처음으로 여름 축제 중에 귀성했다. 나는 여름 축제라는 말에 잔뜩 들떴다. 마을 축제가 도쿄의 축제와는 어떻게 다른지 궁금했고, 무엇보다 노점이 선다고 들었다. 다코야키, 솜사탕, 풀빵, 구운 소시지, 구운 옥수수. 뭘 어떤 순서로 먹을까 고민했지만, 할머니는 여느 때처럼 "료이치는 먹는 이야기를 할 때는 정말로 신나 보이는구나" 하고 웃지 않았다. 시무룩한 표정으로 기운 없이 맞장구를 치는 할머니를 보고 나는 '혹시 기껏 맛있는 음식을 준비했는데 축제 음식 이야기만 해서 실망하신 걸까' 하고 천진난만하게 생각했다. 그래서 얼른 "할머니가 만든 닭튀김도 먹고 싶어요!" 하고 말하자 할머니는 허를 찔린 것처럼 눈을 동그랗게 뜨더니 더 서글프게 눈을 내리깔았다.

"괜찮으니 좋아하는 걸 마음껏 먹고 오렴."

할머니는 내 머리를 쓰다듬고 용돈으로 천 엔을 주었다. 분명 할머니가 데리고 갈 줄 알았기에 "할머니는 안 가요?" 하며 고개를 갸웃거렸다. 할머니는 "머리가 아파서 좀 쉬어야겠구나"라고만 대답하고 웬일로 금방 침실에 들어갔다.

"할머니, 많이 아프신 걸까?"

나는 걱정이 돼서 어머니에게 물었다. 어머니는 "괜찮으니 걱정 마" 하고 무뚝뚝하게 말하고 나갈 채비를 했다. 그렇구나, 할머니는 머리가 아파서 기운이 없는 거구나. 나는 그렇게 받아들이고 할머니를 위해 박하파이프(파이프에 박하를 넣은 금연용 상품. 일본의 축제에서는 사탕을 넣고 캐릭터 모양을 본떠서 만든 어린이용 박하파이프를 많이 판매한다—옮긴이 주)를 사 오기로 결심했다. 스유스읍 빨아들여야 해서 나는 별로 좋아하

지 않았지만, 할머니의 아픈 머리가 조금은 낫지 않을까 해서
였다.

하지만 결국 나는 박하파이프를 사 오지 못했다. 내가 그
날 살 수 있었던 건 솜사탕과 구운 옥수수뿐이었다.

애당초 내가 상상했던 노점다운 노점은 거의 없었다. 솜사
탕과 구운 옥수수를 파는 노점에만 눈길을 끄는 원색의 포렴
이 걸려 있을 뿐, 그 외에는 무미건조한 흰색 천막이 점점이
늘어서 있을 따름이었다.

나는 낙담을 감출 수 없었지만 일단 솜사탕을 사서 먹으
며 천막을 구경했다. 그러자 신기하게도 마을 사람들은 돈을
내지 않고 병에 담긴 주스며 사탕이며 떡을 받아 가는 것이
아닌가.

—저건 공짜로 주는 건가 보구나.

나는 기쁜 마음으로 수박을 주는 천막 앞에 줄을 섰다. 하
지만 내가 케이스 앞까지 가자 방금까지 싱글벙글 웃으며 수박
을 나누어주던 노인이 굳은 얼굴로 "너는 히사미네의" 하고 나
지막하게 말했다. 마을 사람이 말을 거는 건 처음이라 놀랐지
만 "네" 하고 대답하자 노인은 수박을 자르던 손을 멈추었다.

"……이제 없다."

노인이 식칼을 도마에 내려놓고 말했지만 나는 무슨 소리

인지 금방은 이해가 되지 않았다.

"네? 하지만……."

나는 수박을 쳐다보며 되물었다. 노인은 머쓱한 듯 인상을 찌푸리더니 "이건 예약된 거야"라고만 대꾸하고 천막 안으로 들어갔다. 대체 무슨 일인지 얼떨떨했지만 수박을 주지 않는다는 것만은 이해하고, 하는 수 없이 주스를 나누어주는 천막으로 향했다.

하지만 거기서도 마찬가지였다. 척 보기에도 주스가 남아 있는데도 없다고 했다. 무심코 케이스로 시선을 주자 고개를 홱 돌리고 무시했다. 떡을 나누어주는 천막에서도 거절당하자 아무리 둔감한 나라도 내게만 일부러 주지 않는다는 걸 알아차렸다. 그러나 왜 그런 대접을 받아야 하는지는 알 수가 없었다. 신사의 경내 옆에서 기다리던 어머니에게 울상으로 돌아가자 어머니는 잠깐 기다리라며 구운 옥수수를 사 왔다. 어머니에게는 팔면서 내게는 팔지 않는다는 게 서러워서 울음을 터뜨리자 어머니는 난감한 표정으로 한숨을 쉬고 말했다.

"그런 게 아니야. 엄마가 가서 살 수 있는 게 아니라, 저 가게라서 살 수 있는 거야."

"……그게 무슨 소리야?"

"구운 옥수수를 파는 노점의 주인은 마을 밖에서 온 사람이거든."

어머니의 대답은 알쏭달쏭했다. 하지만 어머니가 시간을 들여 찬찬히 설명해주자 나도 어렴풋하게나마 무슨 상황인지 알 수 있었다.

할머니는 마을에서 따돌림을 당하고 있었다. 나는 할머니의 손자이므로 마을에서 나누어주는 음식은 받을 수 없었고, 솜사탕과 구운 옥수수 노점은 마을 바깥에서 온 사람이 운영했으므로 누구에게나 팔았던 것이다.

"어른인데 그런 짓을 해?"

놀라서 묻자 어머니의 얼굴이 금방이라도 울 것처럼 일그러졌다.

"……그런 어른도 있어."

그 일을 계기로 나는 할머니가 어떤 상황에 처했는지 조금씩 이해하게 됐다.

예를 들면 할머니는 쓰레기를 마을의 공용 쓰레기 수거장에 버리지 않고 리어카에 싣고 어딘가로 가는 것 같았다. 나는 그걸 이상하게 여기지 않고 할머니 나름대로 생각이 있어서 그러는 것이라고 멋대로 해석했다.

하지만 잘 생각해보면 불편하게 쓰레기를 리어카에 싣고 다른 곳으로 가지고 갈 이유가 어디 있겠는가.

의아한 마음에 어머니에게 물어보자 어머니는 쓰레기 수거장에 쓰레기를 버려도 수거해 가지 않는다고 마지못해 가르쳐주었다. 왜냐고 물어보자 왜기는 왜냐는 대답이 돌아왔다. 다른 곳으로 가지고 가서 버린다고 쳐도 왜 차가 아니라 리어카냐고 재차 물어보았다.

"차가 부서졌어." 어머니의 대답에 깜짝 놀랐다.

"사고가 난 거야?"

"그런 게 아니라, 마을 사람 중에 누군가가 때려 부쉈어."

분노가 담긴 어머니의 설명에 나는 할 말을 잃고 엉겁결에 한 발짝 뒷걸음쳤다.

"……어째서?"

스스로도 뭘 모르는지 모르는 채 그렇게 중얼거렸다. 고의로 남의 차를 때려 부수다니. 나로서는 도저히 상상할 수 없는 일이었다.

"아무튼 정신이 이상한 마을이야."

어머니는 못마땅한 말투로 툭 내뱉었다.

"사건에 대해 경찰이 물어봐도 다들 모른다는 말뿐이었어. 자기가 부숴놓고 남의 탓으로 돌리는 것 아니냐고 오히려 따지더라니까. 그런 정신 나간 사람이 어디 있겠니. 그런데 경찰도 귀찮아하며 알았다는 식으로 넘어가고 아무것도 안 해주더라고."

마을 모임에 부르지 않고, 회람판을 돌릴 때도 빼먹는다. 그래놓고 모르는 일이 있으면 트집을 잡는다고 씩씩거리는 어머니를 보고 있으니 겁이 나서 "할머니, 힘들겠다" 하고 형식적으로 맞장구를 치는 것이 고작이었다.

그로부터 몇 달이 지나 사회 수업 시간에 경찰이 하는 일을 공부하고 나서야 어머니가 한 말이 무슨 뜻이었는지 조금씩 이해가 갔다. 모든 사람의 생활을 안전하게 지킨다는 대목을 보고 흠칫 놀랐다.

―할머니는 '모든 사람'에 포함되지 않는구나.

생활의 안전을 보장하는 경찰에게조차 의지할 수 없고, 쓰레기 수거라는 공공서비스에서도 제외된다.

어머니는 할머니가 처한 그러한 상황을 '무라하치부(장례와 화재에 대응하는 것을 제외하고는 마을 구성원 전체가 마을의 법도를 어긴 사람과 교제를 끊는 제재 행위를 가리킨다―옮긴이 주)'라는 말로 표현했다. 나는 할머니가 무슨 행패를 당하는지 알고서도, 에도시대 때나 있었던 풍습이 현대에 남아 있다는 사실이 좀처럼 믿기지 않았다.

"왜 무라하치부를 당하는 건데?"

아무 이유도 없이 이런 짓을 당할 리는 없다는 생각에 물어보았다. 어머니는 미워 죽겠다는 투로 대답했다.

"할아버지 때문이야."

어머니에게 할아버지니까 내게는 증조할아버지다. 자세한 이야기를 물어보니, 얼마 전부터 치매 증상이 심해진 증조할아버지가 멋대로 용수로의 수문을 열어버린다고 했다. 증조할아버지가 젊은 시절에 수로를 감독하는 일을 했다는 건 누구나 다 아는 사실이었기에 마을 사람들도 처음에는 이해해주었다. 그러나 한 번이 두 번, 두 번이 세 번으로 늘어나고 마침내 농작물에 피해를 입자 인내심이 한계에 다다랐다는 모양이다.

수로 관리는 공동체의 생명줄 중 하나다. 그러니 수로에 멋대로 손을 대는 증조할아버지에게 적의를 드러내는 건 어느 정도 이해가 가지만, 왜 증조할아버지 대신 할머니에게 분노를 쏟아내는지가 의아했다.

그 집 며느리가 제대로 돌보지 않으니까. 분노는 늘 그 점에 집약됐다. 증조할아버지는 히가키 마을에서 나고 자란 토박이지만, 할머니는 타지에서 시집온 '외지인'이기 때문이라고 했다.

"최근에 이사 왔어?" 하고 묻자 "벌써 40년이나 됐는걸. 내가 태어나기 전부터 살았으니까"라는 대답이 돌아와서 나는 더더욱 혼란스러워졌다. 40년이나 살았는데 아직 '외지인'이라면 대체 언제쯤에야 같은 마을 사람으로 인정해준다는 말인가.

할머니는 히가키 마을에 사는 할아버지에게 시집와 시부모님을 모시며 어머니를 키웠지만, 할아버지가 병으로 돌아가시자 히가키 마을에서 기댈 언덕을 잃었다고 한다. 그래도 마을을 떠나지 않은 건 할아버지가 시부모님을 돌봐달라고 부탁한 데다, 세 구역 떨어진 군에 있는 친정에서 '출가외인이 본가의 문턱을 넘는 건 용납할 수 없다'라고 단호하게 거부했기 때문이다. 그 무렵은 증조할아버지도 아직 정정했고, 무라하치부라는 제재도 받지 않았으므로 딱히 무리해서 아이를 데리고 마을을 떠날 필요성을 느끼지 않았을지도 모르겠다.

고등학교를 졸업한 어머니가 맞선으로 만난 아버지와 결혼하기 위해 마을을 떠나고, 증조할머니가 돌아가신 후부터 상황이 변했다.

할머니가 고생스러운 상황에 처한 걸 알자 외동딸인 어머니는 당장이라도 할머니를 모시고 싶어 했다. 하지만 그건 아버지가 용납지 않았다. 아버지는 장남이라 나중에는 자기가 부모님을 모시고 살아야 했기 때문이다. 아버지와 어머니는 그 일로 몇 번 다툰 것 같지만 결국은 늘 어머니가 물러났다.

그래도 당시 할머니가 마을에서 최하층은 아니었다. 가장

비참한 삶을 강요당한 건 노지네 집이었다.

노지네는 원래 딸이 히가키 마을 출신이었다. 몇십 년 전, 딸은 마을 대표의 아들과 결혼하라는 이야기를 거절하고, 여행지에서 만난 남자와 결혼하기 위해 야반도주나 다름없이 마을을 떠났다. 그 후로 친정과 연락을 끊었지만, 남편이 직장을 잃어 경제적으로 궁핍해지자 부모에게 의지하고자 남편과 아이를 데리고 되돌아왔다고 한다. 아무리 마을 출신이라지만 한 번 마을을 버린 딸에 대한 비난은 거셌고, 외지인인 사위와 아이는 그 이상으로 홀대를 받았다.

몇 년이 지나 딸의 부모가 죽자 노지네는 더더욱 고립됐다. 하지만 마을로 돌아온 후 저금만 축내던 그들은 집세 없이 살 수 있는 집을 떠날 수가 없었다. 주량이 늘어난 사위는 처자식에게 손을 대기에 이르렀고, 결국에는 이웃 사람과 말다툼을 하던 끝에 상대방을 때렸다.

그 일을 계기로 노지네는 '무라하치부'를 당했다. 마을 사람들은 농작업용 기계를 망가뜨렸고, 눈이 내리면 모아서 노지네 집 앞에 쌓았다. 이웃 사람과 다투는 일도 늘어나, 잔뜩 화가 난 사위가 이웃 사람을 때려죽이는 사건을 일으켰다.

그 후로 노지네는 '무라주부'를 당하게 됐다.

무라하치부는 공동체 생활에서 장례와 화재에 대처하는

걸 제외하고는 일절 교류를 끊는 제재 행위다. 즉, 그 두 가지 만큼은 예외로 공동체에서 대응해준다는 뜻이다. 시체를 방치하면 위생적으로 문제가 발생하고, 불을 끄지 않으면 번질 우려가 있다는 실용적인 이유에서 예외를 인정하는 것이리라.

하지만 살인사건을 일으킨 탓에 노지네는 그 두 가지에서도 제외되고 말았다.

마을에서는 보통 장의사에게 맡기지 않고 근처 주민들이 서로 도와서 자택장을 치르는데, 사건을 일으키고 체포되기 직전에 자살한 노지네 사위의 장례는 누구도 도와주지 않았다. 뿐만 아니라 마을 밖 장의사에게 부탁해 뼈를 모신 무덤이 훗날 파헤쳐져 뼈가 도조신 곁에 버려지는 사태까지 발생했다.

─몇 년 후에 우리 할머니에게 그랬듯이.

나는 문득 걸음을 멈췄다. 기억에 있는 풍경이 눈앞에 펼쳐졌다.

현 도로에서 직각으로 산을 향해 뻗은 좁은 사유 도로. 그 끝에 할머니가 편안히 잠들었어야 할 묘지가 있다.

나는 아무 말도 없이 오르막을 올랐다.

─할머니는 노지네를 어떻게 생각했을까.

자기보다 비참한 꼴을 당하는 사람이 있다는 게 조금이나 마 위안이 되었을까.

아니라는 대답이 금방 마음속에 떠올랐다. 할머니는 그런 사람이 아니었다. 할머니는 분명 가슴이 아팠을 것이다.

갑자기 할머니의 말이 생각났다.

"끝이 없는 건 무섭지."

무슨 이야기를 할 때 나온 말이었더라. 맞다, 노지네의 장례식 이야기를 듣고 어린 내가 죽는 게 무섭다고 울었을 때였다. 괜찮다, 죽은 후의 일을 걱정한들 무슨 소용이냐고 말해 줄 줄 알았는데 할머니는 '무섭다'고 했다.

"끝이 있다는 걸 알면 어지간한 일은 견딜 수 있는 법이다만."

노지네의 존재. 즉 자기보다 더 아래가 있다는 사실이, 지금보다 상황이 더 나빠질 수도 있다는 가능성이 되어 할머니를 몰아붙였던 건 아닐까.

절로 이어지는 산길의 중턱에 접어들었을 때 어머니가 미즈에의 휴대전화에 연락을 주었다. 건네받은 휴대전화를 귀에 댔다.

여보세요 료이치니, 하고 바쁘게 날아든 목소리를 듣고 약간 당황스러웠다.

"아, 어머니."

어떻게 된 일이냐고 물으려고 했을 때 어머니가 〈너 지금 어디야〉 하고 냉큼 말허리를 잘랐다.

"절 앞에 다 왔는데."

일단 그렇게 대답하자 한숨을 쉬는 소리가 들렸다.

〈다행이다, 너희는 무사히 도착했구나.〉

"무사히라니……."

찜찜한 말에 나는 미즈에를 휙 돌아보았다. 미즈에도 놀랐는지 눈이 휘둥그레졌다. 나는 휴대전화를 쥔 손에 힘을 주었다.

"무슨 일 있었어?"

〈산사태가 일어나서 히로오카로 진입하는 길이 지금 통행 금지 상태야.〉

"뭐?"

목소리가 갈라졌다.

"그거, 괜찮은 거야?"

〈걱정 마. 길이 막혔을 뿐이니까. 그나저나 희한하네, 비가 내린 것도 아닌데 뜬금없이 산사태라니.〉

어머니는 빠르게 말을 이었다.

〈길이 뚫릴 때까지 시간이 제법 걸릴 것 같고, 엄마 휴대전

화 배터리도 다 돼가니까 오늘은 너희끼리,〉

삡, 하는 소리를 끝으로 전화가 뚝 끊겼다. 기름기가 묻은 화면을 멍하니 내려다보고 있으니 "무슨 일인데?" 하고 미즈에가 뒤에서 걱정스러운 표정으로 얼굴을 내밀었다.

"길이 통행금지가 돼서 오늘은 우리끼리 하라고 그러네."

산사태라는 부분은 생략하고 알리자 미즈에는 눈을 깜박였다.

"통행금지라니…… 우회로는 없으려나?"

"어차피 절에 연락해둔 시간에 맞게는 못 올 거야."

나는 대답하면서 휴대전화를 미즈에에게 돌려준 후, 끌어안고 있던 백팩을 추어올렸다. 오늘 전철을 타자마자 어깨끈이 끊어지는 바람에 들고 있기가 힘들어서 금방 흘러내린다.

"일단 할 일을 할까."

다시 산길을 걸어 차 두 대가 주차된 주차장 옆을 돌아서 절 부지로 들어갔다. 약수터를 지나 입구에서 걸음을 멈췄다.

"어라……."

"……닫혀 있네?"

미즈에가 내 말을 받아서 중얼거렸다.

묘지로 이어지는 나무 문이 닫혀 있었다. 주위를 둘러보았지만 돌담이 이어져 있을 뿐 다른 문은 없었다. 그렇게 튼튼

해 보이지도 않건만, 밀어도 당겨도 문은 꿈쩍도 하지 않았다.

"어떻게 된 거지."

"료이치, 오늘 봉안하겠다고 절에 연락했지?"

고개를 끄덕이자 미즈에는 고개를 기울였다.

"봉안도 봉안이지만 오본이 가까운 이 시기에 문을 닫아 놓으려나."

주차장에는 차도 있는데, 하고 미즈에가 뒤를 돌아보았다.

"절에서 쓰는 자동차인가. 절 사람에게 물어볼까?"

"아, 그럴까."

난감해하는 나를 내버려두고 미즈에가 재빨리 절의 운영 사무소로 향했다.

"실례합니다!"

망설임 없이 목소리를 높이며 창구의 유리창을 두드렸다. 하지만 잠시 기다려도 대답이 없었다.

"이상하네."

미즈에는 딱히 안달하는 기색 없이 고개를 갸웃하고 나무 문 앞으로 돌아왔다. 문이 열리지 않는 걸 다시 확인한 후 허리에 손을 올렸다.

"기다려볼까?"

결국 마음을 가다듬는 투로 그렇게 말한 것도 미즈에였다.

"그러자."

내가 어색하게 고개를 끄덕이자 미즈에는 기부판 옆에 설치된 벤치에 깔개를 깔고 가방에서 물통과 종이컵을 꺼냈다. 이어서 주먹밥과 밀폐 용기를 차례차례 늘어놓고 벤치에 앉아 옆에 손수건을 깔았다. 재촉하듯 손수건을 탁탁 두드리기에 바라보니 미즈에는 아무 깔개도 없이 앉아 있었다.

"손수건은 네가 써."

"료이치보고 앉으라는 게 아니야. 할머님 자리."

미즈에가 백팩에 눈짓했다. 나는 "아아" 하고 얼빠진 목소리를 흘리고 백팩을 손수건 가운데 내려놓았다. 그 옆에 앉자 나와 미즈에가 할머니의 유골을 사이에 두고 자리를 잡은 형태가 되었다.

기묘한 구도에 당황하는 내게는 아랑곳없이 미즈에가 밀폐 용기를 열어 종이 접시에 나와 할머니 몫의 주먹밥과 반찬을 척척 덜어주었다. 그리고 양손을 모아 "잘 먹겠습니다" 하고 또렷하게 말한 후 머리를 가볍게 숙였다. 한 박자 늦게 주먹밥을 베어 물자 짭짤한 쌀밥 한가운데에 내가 좋아하는 닭튀김이 들어 있었다. 나는 주먹밥을 씹으며 나무 문과 돌담을 돌아보았다.

"……음, 여차하면 못 넘을 것도 없겠는데."

"뭐? 이 돌담을?"

미즈에의 눈이 동그래졌다.

"그 방법밖에 없잖아."

내가 당연하다는 듯 대답하자 미즈에는 생각에 잠긴 눈으로 돌담을 올려다보았다.

"나는 넘을 수 있을까?"

"응?"

나는 그제야 미즈에도 담을 넘으려 한다는 것을 깨달았다.

"아니, 넌 여기서 기다리면 되지."

"아, 그런가."

미즈에는 맥이 풀린 목소리로 말하고 수줍은 표정을 지었다. 아무래도 기다린다는 선택지는 머릿속에 없었던 모양이다. 나는 그런 미즈에가 우스우면서도 흐뭇하게 느껴졌다.

미즈에는 양손으로 들고 있던 주먹밥을 먹고 차를 마신 후 "새삼스럽지만" 하고 말을 꺼냈다.

"왜 할머님 유골은 무덤에 모셔져 있지 않은 거야?"

순수한 의문을 그대로 입에 담은 듯한 미즈에의 말투에 나는 "아아" 하고 목소리를 흘렸다.

"말 안 했던가."

그러고 보니 미즈에한테 할머니가 살인범으로 처벌을 받

왔다는 이야기는 했지만, 무슨 사정이 있었는지까지는 밝히지 않았다.

나는 미즈에가 따라준 차로 마른 목을 축이고 나서 18년 전, 내가 중학교에 올라간 해 여름에 일어난 사건에 대해 들려주었다.

그날은 오늘처럼 특히나 더운 날이었다고 한다.

할머니는 평소처럼 쓰레기를 버리러 마을을 나섰다가 몇 킬로미터 떨어진 동네에서 식료품을 구입해 마을로 돌아왔다. 갈 때보다 무겁게 느껴지는 리어카를 끌며 언덕을 올라 목에 건 수건으로 이마에서 흐르는 땀을 닦은 후, 모퉁이를 돌아 별생각 없이 논을 바라보았을 때 이변이 발생했음을 알아차렸다.

중간낙수(균형 있는 양분 흡수를 위해 벼의 생육이 적당한 시기에 논에서 물을 빼는 조치—옮긴이 주)를 시작해서 물이 없어야 할 논에 물이 철철 넘치고 있었다.

할머니가 망연히 걸음을 멈추는 것과 거의 동시에 논 주인인 오누마네 남편이 뛰쳐나왔다.

"또 이랬어!"

오누마가 고함을 지르기 전에 할머니도 무슨 상황인지 이해했다. 증조할아버지가 또 멋대로 수문을 연 것이다.

할머니는 리어카를 내버려두고 땅바닥에 엎드려 사죄했다. 그러는 동안에도 오누마는 욕설을 멈추지 않았다. 흘러내린 땀이 눈에 들어갔지만 할머니는 닦을 엄두조차 못 내고 머리를 조아렸다.

느닷없이 날카로운 통증과 충격이 관자놀이를 덮쳤다. 입에서 작은 비명이 새어 나왔다. 할머니는 뒤늦게야 오누마가 땅에 있던 어린애 주먹만 한 돌을 주워서 던졌다는 걸 알았다. 관자놀이를 만져보자 뭔가 미끌미끌했다. 피로 붉게 물든 손끝을 멍하니 내려다보았다. 오누마는 거듭 혀를 차고는 뛰어갔다.

하지만 할머니는 오누마가 이 정도로 속이 후련해진 것도, 피가 날 만큼 다치게 해서 더럭 겁을 먹은 것도 아니라는 걸 알았다. 오누마는 그저 수문을 닫으러 뛰어갔을 뿐이며, 분명 나중에 더 가혹한 제재가 가해지리라는 것도.

하필이면 오누마네는 마을 대표의 분가에 해당하는 집안이었다. 이대로 끝날 리가 없었다.

할머니는 떨리는 손으로 리어카 손잡이를 잡고, 땀과 피에 젖은 얼굴로 서둘러 집으로 향했다. 길을 걷기가 두려웠다. 증조할아버지를 추궁해야 한다고 생각했다. 목이 몹시 말라서 물을 마시고 싶었다. 그중 뭐가 제일 큰 이유였는지는 할머니 본인도 알 수 없었다고 한다. 다만 현기증이 심해 여기서 쓰러지면 끝이라는 공포심을 맛보았다는 모양이다.

실제로 일흔 살에 가까운 할머니가 땡볕이 내리쬐는 길가에 쓰러지면 목숨이 위태로웠을지도 모른다. 마을에 할머니를 돌보아줄 사람은 없었을 테고, 시간도 오후 2시 무렵이었으니까.

할머니가 간신히 집에 도착하자, 넋을 놓은 표정으로 흙벽에 등을 기댄 채 담배를 피우고 있는 증조할아버지가 제일 먼저 눈에 들어왔다. 곁에 떨어진 약통을 보고 진통제를 복용했다는 걸 금방 알아차렸다. 당시 증조할아버지는 말기 암이었다. 할머니는 증조할아버지의 흐리멍덩한 두 눈을 보고 한숨을 내쉬었다. 지금 이야기해봤자 소용없을까. 마비된 것처럼 무겁고 잘 돌아가지 않는 머리로 그렇게 생각한 순간이었다.

증조할아버지가 일그러진 웃음을 지었다.

"오누마 그 망할 놈, 아주 식겁했겠지."

그 순간 할머니는 깨달았다.

증조할아버지가 젊은 시절에 했던 일과 혼동해서 수문을 연 것이 아니라는 사실을. 증조할아버지는 그것이 나쁜 짓이라는 것도, 그래서 피해를 보는 사람이 생기는 것도, 그 때문에 할머니가 심각한 상황에 처했다는 것도 알고 있었다. 알면서 일부러 그랬다.

정말로 그때 거기까지 생각이 미쳤는지는 할머니도 잘 모르겠다고 한다. 나중에 재판에서 증조할아버지가 마을 사람에게 "꼴좋다" 등의 폭언을 했음이 밝혀지고 나서 든 생각이 섞였을 수도 있다. 다만 그때 할머니의 뱃속에서 격한 감정이 솟아올랐다는 건 확실하다. 눈의 초점이 맞지 않는데도 탁한 웃음이 맺힌 증조할아버지의 얼굴만은 시야 한가운데에 들어왔다는 모양이다. 할머니는 슈퍼 비닐봉지를 현관에 떨어뜨리고 흙발로 부엌에 들어갔다.

손에 들고 나온 것은 외출하기 전에 저녁 반찬으로 먹을 돼지고기를 썬 식칼이 아니라, 전날 밤에 갈아서 싱크대 밑에 넣어둔 식칼이었다.

할머니는 증조할아버지를 향해 돌아섰다. 그리고 어느덧 증조할아버지의 배에는 식칼이 꽂혀 있었다.

그 후 한동안 멍하니 앉아 있던 할머니는 정신이 들자 황급히 119에 신고했다고 한다. 하지만 구급대원이 도착했을 때 증조할아버지는 이미 숨을 거둔 뒤라 손쓸 방도가 없었다. 오히려 거의 즉사가 아니었을까 싶다고 한다.

할머니가 증조할아버지를 죽였다는 소식은 순식간에 온

마을로 퍼졌다. 마을은 충격에 휩싸였다. 설마 그 여자가 그런 짓을.

마을 사람들에게 할머니는 늘 송구하다는 듯이 몸을 작게 움츠리고 다니는 하찮은 존재에 불과했다. 아무리 욕을 퍼붓고 심술을 부려도 할머니가 말대꾸를 하거나 반발하지 않았기 때문이다.

하지만 할머니는 자신이 식칼로 찔러 죽였다고 자백했고 즉시 체포됐다. 정황상 다른 가능성은 고려하기 힘들었고, 자백 자체에 의심을 품는 사람도 없었다. 아니, 이건 정확한 표현이 아니다. 사실 의문을 품는 사람은 적지 않았다.

예를 들어 어머니는 할머니가 그런 짓을 할 리 없다고 거듭 말했다. 죽일 필요가 어디 있어? 할아버지가 그렇게 싫거든 버려두고 마을을 떠나면 그만인걸. 혹시 그럴 수 없었더라도 죽일 방법은 얼마든지 있는데. 어머니의 주장은 재판에서도 쟁점 중 하나였다. 즉, 할머니가 왜 하필 칼로 찔러 죽이는 방법을 선택했느냐에 대해서는 여러 사람이 부자연스럽다고 느낀 셈이다.

실수로 독초를 먹은 것처럼 위장하거나, 계단에서 떨어뜨리고 사고로 위장할 수도 있었다. 무엇보다 가만히 놓아둬도 말기 암이었던 증조할아버지의 목숨은 고작 몇 달밖에 남지 않았으리라. 그런데 왜.

어머니는 '할아버지가 죽여달라고 부탁한 것 아니겠느냐'라고도 주장했다. 암의 고통에서 해방시켜달라는 부탁을 들어준 것뿐이라고. 하지만 그 주장은 할머니 본인이 부정했다.

"저는 제 의지로 시아버지를 죽였습니다. 용서는 바라지 않습니다."

등을 꼿꼿이 펴고 차분히 진술하는 할머니의 목소리에 망설임은 없었다. 깊이 반성하는 것처럼도, 얼굴에 철판을 깐 것처럼도 보였다.

할머니의 그 말을 계기로 재판은 결판이 났다고 할 수 있다.

그래도 할머니가 살인이라는 불합리한 행위를 선택했다는 점은 살인이 어디까지나 충동적이었음을 증명하는 논거로 사용됐다. 또한 마을에서 힘겨운 상황에 처해 있었다는 점을 참작해 할머니에게는 징역 5년이라는 가벼운 판결이 내려졌다.

그러나 결국 할머니는 마을로 돌아오지 못했다. 판결이 내려지고 얼마 지나지 않아 암이 발견됐고, 그대로 감옥에서 세상을 떠났다. 얄궂게도 증조할아버지처럼 폐암이었다고 한다.

할머니는 마을에 해악이었던 증조할아버지를 죽였다. 하지만 주검이 되어 마을로 돌아온 할머니를 기다리고 있던 것은 무라주부라는 결말이었다.

할머니의 장례식은 어머니가 상주를 맡아 도쿄의 장례식장에서 가족끼리 치렀다. 그 후 어머니는 할머니의 유골을 히사미 집안의 묘지에 모셨다. 하지만 나중에 할머니의 짐을 정리하러 내려간 어머니는 도조신 옆에 할머니의 뼈단지가 버려져 있는 광경을 목격하고 만다.

　할머니가 노지네와 똑같은 취급을 받게 된 이유는 단 하나다.

　'마을 사람을 죽인 외지인'이라는 점에서는 양쪽이 다를 바 없기 때문이다.

　나는 가느다란 한숨을 길게 내쉬고 쭈그러진 백팩에 시선을 떨어뜨렸다. 신심이 깊어 조상의 무덤을 다른 어느 집보다도 깨끗하게 돌보았던 할머니. 할머니는 나를 데리고 묘지에 갈 때마다 오랫동안 무덤 앞에서 두 손을 모았다.

　"하지만 그로부터 18년이 지났으니 당시 무라주부에 가담했던 사람들도 대부분 죽고 세대가 교체됐겠지? 17주기 법회도 끝났겠다, 이제 다시 묘지에 모셔도 되지 않겠느냐는 이야기가 나왔어."

　사정을 들은 미즈에의 표정은 전에 없이 험악했다.

　나는 미즈에의 기분도 생각지 않고 완전히 정리하지 못한 내 감정을 토해냈다는 걸 깨닫고 미안해졌다.

"미안해, 이런 이야기……. 기껏 준비한 도시락이 맛없게."

"아니야."

미즈에는 나지막한 목소리로 내 말을 끊고 미간에 깊은 주
름을 잡더니, 허공을 노려보며 종이컵을 쥐고 있던 손에 힘을
주었다. 컵이 찌그러지고 내용물이 조금 쏟아졌다.

"그런 게 아니라…… 정말로 그래도 될까 싶어서."

"그게 무슨 소리야?"

나는 미즈에가 무슨 말을 하려는 건지 이해가 되지 않아
되물었다. 미즈에는 여전히 뭔가를 곰곰이 생각하는지 입가
에 손을 대며 작게 중얼거렸다.

"정말로 할머님의 유골을 묘지에 모셔도 될까."

"어차피 또 파내지 않겠느냐 그거야? 하지만 시간도 많이
흘렀고, 주지 스님의 허락을 받고 봉안하는 거니까……."

"아니, 아니." 미즈에는 고개를 저었다.

**"이제 아무도 파내지 않을지도 모르니까."**


─아무도 파내지 않을지도 모르니까.

대체 무슨 소리일까.

나는 고개를 갸웃했다. 미즈에는 초점이 맞지 않는 눈으로

나를 보았다.

"저어, 방금 전 이야기, 좀 이상하지 않아?"

"뭐가?"

"왜 할머님은 증조할아버님이 병으로 돌아가시기를 기다리지 못하신 걸까?"

너무나 솔직한 표현에 깜짝 놀라 눈이 휘둥그레졌다. 하지만 미즈에는 아랑곳없이 말을 이었다.

"그때까지 몇 년이나 참아오셨잖아? 조금만 더 참으면 되는데."

"여러 가지 일이 겹쳐서 그만 울컥한 것 아닐까?"

"충동적으로 그랬다면 왜 도마 위에 있던 식칼이 아니라 굳이 싱크대 밑에 넣어둔 식칼을 꺼내서 사용하셨을까?"

"그야 증조할아버지가 미웠으니까 좀 더 고통스러울 법한 방법으로……."

"그럼 반대여야 하지 않나?"

미즈에가 날카롭게 말했다.

"돼지고기를 썰어서 날이 무뎌진 식칼로 찔러야 상대방이 더 고통스러울 거야. 그리고 증조할아버님은 칼에 찔렸을 때 진통제를 드신 상태였잖아? 정말로 상대에게 고통을 주고 싶다면 그럴 때 행동에 나설까?"

미즈에는 화장기 없는 얼굴을 숙였다.

"할머님은 증조할아버님이 미워서 죽인 게 아닐 거야."

나로서는 미즈에가 무슨 소리를 하고 싶은 건지 통 알 수가 없었다. 미우니까 죽인 게 아니면 뭐란 말인가.

그때 미즈에가 생각지도 못한 말을 꺼냈다.

"할머님은 그냥 누군가 죽이고 싶으셨던 것 아닐까?"

"누군가 죽이고 싶었다고?"

목소리가 뒤집어졌다.

"에이, 무슨 살인마도 아니고."

나도 모르게 웃음을 머금은 말투로 답했다. 하지만 미즈에는 웃지 않았다.

"할머님은 증조할아버님을 죽였지만 결국 출소하지 못하고 돌아가셨지? 그럼 증조할아버님을 죽인 의미가 없었다는 뜻이잖아."

"그건 결과론이잖아? 결과적으로 그렇게 오래 못 사셨을 뿐이고……."

"할머님은 정말로 자신에게 남은 삶이 그렇게 길지 않다는 걸 모르셨을까?"

미즈에가 나를 똑바로 바라보았다.

"내 생각에는 알고 계셨을 거야."

"왜 그렇게 생각하는데?"

"텔레비전을 사지 않으셨으니까."

미즈에는 내 말이 끝나기가 무섭게 조용히 대답했다.

"물론 텔레비전을 망가뜨린 료이치에게 상처를 주지 않기 위해서이기도 했겠지. 하지만 그런 일이야 한 달만 지나면 대수롭지 않게 느껴지는 법이고, 단지 그 이유뿐이라면 다른 방법이 있지 않았겠어? 그런데 왜 텔레비전을 안 사셨을까?"

"그야……."

"료이치가 텔레비전을 망가뜨린 건 중학교에 올라가기 직전, 그리고 사건이 발생한 건 료이치가 중학교에 올라간 해의 여름. 즉, 텔레비전이 망가지고 얼마 지나지 않아 할머님은 사건을 일으키신 셈이지? 그걸 생각하다 보니 감이 왔어. 할머님은 집에서 보낼 시간이 그렇게 길지 않다는 사실을 알고 계셨던 것 아닐까."

"암이라는 걸 알고 계셨다는 거야?"

"응. 덧붙여 그래서 사건을 저지르신 게 아닐까 싶어."

"……할머니가 계획적으로 살인을 저질렀다는 말이야? 하지만 미즈에, 아까 할머니는 증조할아버지가 미워서 그런 게 아니라고……."

"미워는 하셨겠지. 일부러 수문을 열었다는 건 알자 격한 감정이 솟아오른 것도 사실일 테고. 하지만 그래서 죽인 건 아닐지도 몰라."

"그럼 왜 죽인 건데?"

"무라주부를 당하기 위해서."

예상도 못 한 대답에 나는 말문이 턱 막혔다.

─무라주부를 당하기 위해서?

감정을 억누르듯 담담하게 말하던 미즈에가 얼굴을 살짝 찡그렸다.

"할머님은 돌아가시면 히사미 집안의 묘지에 모셔질 운명이었어. 친정집에서는 '출가외인이 본가의 문턱을 넘는 건 용납할 수 없다'고 했잖아? 그렇다면 당연히 본가의 묘지에 모실 리가 없지. 하다못해 죽고 나서라도 이 마을에서 나가고 싶은데 방법이 없었던 거야. **무라하치부를 당해도 장례와 화재는 예외로 인정하고 대처해주니까.**"

나는 숨을 크게 들이마셨다.

─용서는 바라지 않습니다.

할머니의 그 말은 깊은 반성에서 나온 것도, 얼굴에 철판을 깔았기 때문에 나온 것도 아니었다는 뜻인가.

─말 그대로 **용서를 철저히 거부해 어떤 예외도 인정받지 않기 위해, 노지네처럼 '마을 사람을 죽인 외지인'이 되기 위해 증조할아**

버지를 죽였다면.

"그래서 할머님은 실수로 독초를 먹은 것처럼 위장하지도, 계단에서 떨어뜨리고 사고로 위장하지도, 증조할아버님이 병으로 돌아가시기를 기다리지도 않으셨던 것 아닐까."

말기 암이었던 할머니에게는 얼마 남지 않은 인생보다 사후 세계가 더 가까웠을 것이다.

—끝이 없는 건 무섭지.

죽음을 두려워하는 내게 그렇게 대답한 할머니. 사후 세계를 믿고서 조상의 무덤을 다른 어느 집보다 깨끗하게 돌보았던 할머니. 사후에는 끝이 없다. 그리고 할머니를 안치할 예정이었던 묘지에는 할머니를 끝까지 괴롭힌 증조할아버지도 모셔져 있다.

나는 어안이 벙벙했다.

할머니가 증오심 때문에 증조할아버지를 죽이지는 않았을지도 모른다. 하지만 죽이고 싶을 만큼 미워하는 마음과 살인을 저질러서라도 같은 묘지에 들어가기 싫은 마음에는 대체 무슨 차이가 있을까.

그리고 할머니는 그렇게나 어두운 정념을 품고 있으면서도 끝까지 제 발로는 히사미 집안을 떠나지 않았다. 마치 애초에 그런 선택지는 없다는 것처럼. 나는 그 점이 몹시 무서웠다.

여자에게 결혼이란 상대방 집안의 묘지에 들어가는 일이기도 하다. 자신을 키워준 부모, 형제, 한 핏줄인 친척들과 헤어져 홀로 상대방 집안의 묘지에 들어가야 한다.

나는 지금까지 미즈에가 결혼에 대해 잘 모르는 게 아닐까 생각해왔다. 서로 다른 남남이 결혼해 새로운 가정을 꾸린다는 게 무슨 의미인지 생각해본 적이 없지 않을까, 하고.

하지만 할머니의 본심을 미즈에는 눈치챘고, 나는 눈치채지 못했다.

—결혼에 대해 아무것도 몰랐던 건 나 아니었을까.

나는 어머니의 연락이 온 휴대전화와 어깨끈이 끊어진 백팩을 내려다보았다.

"할머님의 유골, 어떻게 할 거야?"

미즈에가 머뭇머뭇 물었다. 나는 천천히 백팩을 끌어안았다. 본가를 개축할 때 맡은 후로 별생각 없이 벽장 윗단에 넣어둔 할머니의 유골. 가끔 볼 때마다 마음이 어수선하니 할머니에게 죄송한 마음에 사로잡혔다. 하지만.

"일단 집에 가지고 갈 거야."

거기서 말을 끊고 나서 고개를 들고 입을 열었다.

"어머니와 상의부터 해야겠지만…… 뼈를 산이나 강에 뿌리는 방법도 알아보려고."

"그래, 그게 좋을 것 같아."

미즈에가 안심한 듯 표정을 누그러뜨린 순간, 갑자기 뒤에서 말소리가 들렸다.

"저기……?"

곤혹스러운 목소리에 돌아보자 어디서 나타났는지 마흔 살 전후로 보이는 주지가 의아한 표정으로 서 있었다. 나무라는 듯한 시선이 소풍이라도 온 것처럼 먹을 것을 꺼내놓은 벤치로 향했다.

"죄송합니다. 문이 잠겨 있는 것 같아서 돌아오시기를 기다리려다가……."

얼른 벤치에서 일어나 겸연쩍은 기분으로 변명하자 주지는 더욱 수상쩍어하는 기색을 보였다.

"네?"

"그러니까 문이 잠겨 있어서,"

"열려 있는데요."

주지는 독특한 억양의 표준어로 말하며 우리 뒤쪽을 가리켰다.

"뭐라고요?"

나와 미즈에는 동시에 뒤를 돌아보았다.

─문은, 열려 있었다.

마치 지금까지 한 번도 닫힌 적이 없다는 듯이 활짝 열려 있어서 묘비가 늘어선 안쪽이 훤히 보였다.

"이럴 리가……."

"이 문은 거의 잠가놓지 않습니다만."

주지가 의심스럽다는 듯이 이쪽을 바라보았다. 비틀거리다시피 문으로 다가가자 주지 말마따나 오랫동안 움직이지 않았는지 경첩에는 녹과 진흙이 엉겨 붙어 있었다.

나는 경첩을 문지르고 손가락을 가만히 들여다보았다.

잠시 후 주지가 저어, 하고 잠긴 목소리로 나지막하게 말을 꺼냈다.

"혹시 유골을 봉안하겠다고 연락하신……?"

나는 고개를 번쩍 들었다.

"아, 맞는데요."

"아아, 역시 그러셨군요."

내가 봉안은 하지 않기로 했다고 말하기 전에 주지가 눈초리를 내렸다.

"기다리고 있었습니다."

주지는 등을 쭉 편 채 허리를 가볍게 구부리고 벤치 위를 힐끗 보았다.

"그럼 준비가 다 되시면 안으로 들어오십시오."

주지는 물 흐르듯이 말하고 발걸음을 돌려 절 사무소로 향했다. 문 앞에는 우리와 할머니의 유골만 남았다.

침묵이 드리웠다.

얼굴을 마주 보던 나와 미즈에는 동시에 백팩을 내려다보았다. 하지만 말이 잘 나오지 않았다. 아무 말 없이도 서로 마음을 공유하는 기분이었다. 어디 보자, 하고 속으로 중얼거리고 생각을 되돌렸다. 아까까지 무슨 이야기를 하고 있었더라.

─아 참, 그렇지.

"예를 들어 뼈를 뿌린다면 어디가 좋을까."

내가 쳐다보자 미즈에는 "음" 하고 고개를 기울였다.

"글쎄, 나 같으면 바다가 좋은데."

그렇구나 싶어 나는 고개를 끄덕였다.

"알았어. 기억해둘게."

그렇게 중얼거린 순간이었다.

미즈에가 얼떨떨한 표정으로 눈을 깜박였다.

"……그거 혹시 청혼이야?"

"아."

나는 내가 한 말을 되씹어보았다.

─알았어. 기억해둘게.

확실히 그런 뜻으로 들린다.

"그렇게 되네."

내가 고개를 끄덕이자 미즈에는 미소를 지으며 할머니의 유골이 든 뼈단지를 집어 들었다.

목격자는 없었다

이제야 너도 제 몫을 하는구나.

야마기시가 어깨를 쿡쿡 찌르며 한 말이 무슨 뜻인지 슈야는 금방 이해하지 못했다.

"네?" 하고 반사적으로 되묻자 야마기시는 옆에 있는 벽을 가리켰다. 야마기시가 가리킨 곳을 보자 지난달 영업 성적표가 붙어 있었다. 일단 자신이 붙박이로 자리매김하는 제일 밑 부분을 확인하자 다른 사람 이름이 있어서 슈야는 눈을 껌벅껌벅했다.

지금까지는 부장의 지시가 있을 때만 올려다보았던 영업 성적표를 처음으로 먼저 올려다보았다. 턱을 쳐들수록 눈이 커졌다. 밑에서 다섯 번째, 표의 한가운데쯤에서 시선이 멈췄다.

&lt;영업본부 가쓰라기 슈야&gt;

평소보다 어엿하게까지 느껴지는 이름에 시선이 빨려들었다.

"어."

중얼거리는 소리가 다시 흘러나왔다. 미간에 주름이 잡혔다. 지난달은 다른 영업부원들의 성적이 특별히 더 안 좋았던 걸까.

"왜 시큰둥한 표정이냐. 잘됐잖아."

야마기시가 호쾌하게 웃으며 이번에는 슈야의 뒤통수를 때렸다. 슈야는 비틀거리면서도 드디어 표정을 폈다.

"에이, 요행이에요. 지난달은 우연히 다른 사람의 성적이 안 좋았을 뿐이라."

"얼씨구, 누구 놀리는 거냐?"

야마기시가 과장되게 몸을 뒤로 젖히는 시늉을 했다. 듣고 보니 야마기시의 이름은 슈야보다 한 칸 밑에 있었다. 슈야는 눈을 의심했다. 지난달에 한정된 이야기라고는 하나, 자신이 석 달에 한 번은 영업 성적 1위를 차지하는 야마기시보다 순위가 높다는 사실이 믿어지지 않았다.

야마기시는 "장난인 거 알지?" 하며 환하게 웃었다.

"요행이든 뭐든 상관없어. 이런 건 한 번 잘되면 탄력이 붙는 법이거든. 자신감도 생기고, 그러면 계약을 따내기가 더욱 수월해져."

그렇게 말하는 야마기시의 말투에는 비아냥거리는 느낌이 전혀 없어 정말로 기뻐하는 마음이 전해졌다. 슈야는 가슴속이 서서히 따스해지는 기분이었다. 야마기시는 분명 몰래 걱정하고 있었으리라. 무능해서 좀처럼 성과를 내지 못하는 부하를 못마땅하게 여기지 않고 순수하게 응원했던 것이다.

"감사합니다. 야마기시 씨 덕분이에요."

슈야는 진심으로 말하고 고개를 숙였다.

"내가 뭘 했다고 그러냐."

야마기시는 쑥스러운 듯이 얼굴 옆에다 대고 손을 휘휘 내저었다.

"아니요. 야마기시 씨의 지도가 없었다면 여기까지 올 수 없었을 겁니다. 진짜예요."

슈야는 열띤 목소리로 말하며 자신이 이 말을 할 날이 오기를 내내 꿈꿔왔음을 깨달았다. 지금까지 다른 동기들이 상사에게 자랑스럽게 그랬듯이.

등에 여러 사람의 시선이 느껴졌다. 그건 기분 좋은 긴장감이었다. 저절로 등이 펴지고 입꼬리가 올라갔다.

자신감도 생기고, 그러면 계약을 따내기가 더욱 수월해져. 그럴지도 모른다. 확실히 지금이라면 평소보다 매끄럽게, 실득력 있는 말투로 영업을 할 수 있을 것 같다.

"일단은 한 번 더 요행을 붙잡을 수 있도록 노력하겠습니다."

"그래, 그런 마음가짐이야."

슈야가 배에 힘을 주고 말하자 야마기시는 만족스럽게 고개를 끄덕였다.

"뭐, 아무튼 이 숫자에는 자신감을 가져도 돼. 지난달에 다른 사람들의 성적이 특별히 안 좋았던 게 아니야. 내가 입사 3년 차에는 올리지 못했던 매상이라고."

야마기시는 실눈을 뜨고 표를 올려다보더니 격려하듯 슈야의 어깨를 두드리고 물러갔다.

슈야는 "어"라는 목소리를 이번에는 삼켰다. 어색하게 고개를 돌려 다시 표를 올려다보았다. 매상액란에 늘어선 숫자를 1의 자리부터 차례대로 짚어가다 마지막에 다다르자 숨이 턱 막혔다.

한순간 온몸이 굳어버렸다.

—뭘까, 이건.

자신이 시험 삼아 계산한 금액과 동떨어져 있는 건 확실했다. 이 정도 매상이라면 야마기시 말처럼 다른 영업부원의 성적이 나쁘지 않더라도 최하위로 떨어지지 않을 금액이다. 하지만 왜.

슈야는 경고 벨을 울리듯 쿵쿵 뛰는 심장을 와이셔츠 위로 누르며 자리로 향했다. 떨리는 손가락으로 마우스를 조작해 지난달에 작성한 매상 전표를 열었다. 이건 이상 없다. 이것도…… 괜찮다. 하나하나 확인하고 닫기를 되풀이했다. 이상한 점은 발견되지 않는다. 역시 실수는 없었던 걸까. 아니다, 아무리 생각해도 이만큼 계약을 따내지 못했다는 건 자신이 제일 잘 안다. 어딘가에 오류가 있는 것이다. 대체 어디에…….

끝에서 두 번째, 어제 작성한 전표를 열고 반쯤 시선을 내린 순간이었다.

<주식회사 해피라이프 리폼. 7월 24일 수주, 8월 2일 오전 납품. 삼나무 테이블용 목재. 204센티×93센티×3.7센티. 세금 포함 35,000엔 11개. 납품 시 대금상환 지정.>

찬물을 뒤집어쓴 것처럼 온몸에서 핏기가 싹 가셨다.

—설마 이런.

눈앞이 캄캄해졌다.

단순한 입력 실수다. 한 개밖에 주문을 받지 않았는데 열한 개를 수주했다고 입력했다. 3만 5천 엔짜리 열 개분, 즉 35만

엔이 매상에 추가됐으니 성적이 달라지는 게 당연하다.

슈야는 볼 안쪽을 세게 깨물며 전화에 손을 뻗었다. 하지만 수화기를 잡았을 때 움직임을 멈췄다. 재빨리 사무실을 나서서 자판기가 있는 모퉁이를 돈 다음, 주변을 확인하고 휴대전화를 꺼냈다. 목재소 번호를 찾아서 전화를 걸고 휴대전화를 귀에 댔다. 통화 연결음이 길게 이어졌다. 모두 작업 중일까. 슈야는 손목시계 문자반을 노려보았다. 8월 1일. 벌써 나무를 가공해서 목재를 만들었을까.

〈네, 가와키타 목재입니다.〉

수화기에서 퉁명스러운 목소리가 들리자 슈야는 몸이 움츠러들었다.

"아, 안녕하세요. 영업부의 가쓰라기입니다."

〈뭐야, 가쓰라기냐. 내선으로 전화질하지 말고 직접 와. 전에도 말했을 텐데. 이쪽은 손을 놓을 수 없는 일이 많다고. 상품을 자기 눈으로 직접 확인하는 습관을 들이면 영업도 좀 더,〉

"죄송합니다. 마침 밖에 나와 있어서요."

〈엥?〉

품위 없는 목소리가 귀를 때렸다.

〈아아, 뭐야, 외선이냐. 그래서? 무슨 용건인데?〉

"어, 그게."

슈야는 눈동자를 이리저리 돌리며 휴대전화를 움켜쥐었다.

"내일 납품할 삼나무 테이블용 목재 말씀인데요, 지금 어떻게 되어가고 있나 싶어서……."

〈삼나무? 벌써 가공해서 쌓아놨어. 그건 왜?〉

지면이 흔들리며 기울어진 기분이 들었다. 하지만 몸은 미동도 하지 않았다.

"아니요……. 발주처에서 납품 일정에 차질이 없는지 확인을 해서요."

대답하고 나서야 자백하려면 지금밖에 기회가 없음을 깨달았다. 하지만 정정할 틈도 없이 불쾌한 듯 〈고작 그딴 걸 가지고〉라는 대답이 돌아왔다.

〈차질이 있으면 차질이 있다고 이쪽에서 연락했겠지.〉

짜증 섞인 목소리와 함께 전화가 끊어졌다.

"아."

슈야는 휴대전화를 내려다보며 외마디 소리를 내뱉었다. 지금 정정하려고 했는데. 냉큼 그렇게 합리화했다. 나는 정정하려고 했는데 전화가 끊어져서 못 했다. 울고 싶은 기분으로 애써 그렇게 생각했다.

눈꺼풀 안쪽에 야마기시의 웃는 얼굴이 되살아났다. 잘됐
잖아. 내가 뭘 했다고 그러냐. 그리고 자신이 자랑스럽게 꺼낸
말.

"야마기시 씨의 지도가 없었다면 여기까지 올 수 없었을
겁니다. 진짜예요."

야마기시가 이 사실을 알면 어쩌나 싶자 가슴을 꽉 누르는
듯한 압박감이 느껴졌다. 실망하리라. 기뻐해준 만큼, 아니, 그
이상으로. 2년이나 키운 부하가 결국 전혀 성장하지 못했고,
도리어 단순한 실수까지 저지르고 말았으니까.

사무실을 향해 뗀 발이 허공을 머뭇머뭇 헤맸다. 아무래
도 발을 내디딜 기분이 들지 않았다. 혼난다. 어이없어한다. 실
망한다.

―싫어.

귀 뒤쪽이 뜨끈해졌다. 비웃는 소리가 들리는 것 같았다.
역시나. 걔가 꼴등이 아니라니 뭔가 이상하다 싶었어. 입력을
잘못해서 순위가 오른 주제에 꼴값을 떨다니 기가 찬다. 아직
나오지도 않은 말까지 들리는 것 같아 쥐구멍에라도 들어가
고 싶었다.

"젠장!"

주먹으로 넓적다리를 내리쳤다.

"젠장, 멍청이, 등신!"

힘껏 내리치는데도 거의 아프지 않았다. 어금니를 꽉 물고 앓는 소리를 흘리며 고개를 푹 숙였다.

—왜 이렇게 단순한 실수를.

왜 제대로 확인하지 않은 걸까. 기본 중의 기본인데. 신입 사원도 저지르지 않을 실수다.

슈야는 움켜쥔 휴대전화를 초점이 맞지 않는 눈으로 내려 다보았다.

하다못해 왜 방금 정정하지 않았을까. 이런 일은 보고가 늦어지면 늦어질수록 문제가 커진다. 가공을 끝내고 쌓아놓 은 시점이라면 회사 내부에서 혼나고 말 일이지만, 발주처에 납품하고 나면 그쪽에도 사과를 해야 한다. 배송료도 더 들 테고, 무엇보다 발주처가 먼저 지적해서 발각되는 건 최악의 시나리오다. 지금 당장 야마기시에게 보고해서 발송을 막고 전표를 다시 만들면…… 그래도 35만 엔 손실이다.

상여금도 깎이겠지. 최악의 경우에는 변상해야 할 수도 있 다. 그렇게 생각할 때였다.

슈야는 눈을 부릅뜨고 침을 꿀꺽 삼켰다.

—은폐해버리면.

심장이 쿵 뛰었다. 차가워진 배 속으로 맥박이 꿈틀꿈틀

퍼져 나갔다.

그래. 어차피 상여금도 깎일 테고 변상해야 할 가능성도 없지는 않다. 이왕 이렇게 된 바에야 35만 엔어치를 내가 구입하면.

굳은 몸이 조금씩 풀렸다. 그래, 맞다. 그러면 된다. 기묘한 흥분에 숨이 거칠어졌다.

뭘 준비하면 될까. 회사 이름이 들어가지 않은 작업복? 얼굴을 감출 수 있는 모자? 가짜 수령증과 영수증도 필요할 것이다. 아무튼 오늘은 이만 조퇴하고, 내일도 병가를 내자.

슈야는 휴대전화를 호주머니에 쑤셔 넣었다. 허공에 시선을 고정한 채 발걸음을 돌려 사무실로 돌아갔다. 영업본부를 둘러보자 야마기시는 없었다. 숨을 작게 내쉬고 등을 웅크린 채 부장의 자리로 향했다.

목구멍에 엉긴 침을 헛기침으로 삼키고 목소리를 낮추어 말을 꺼냈다.

"죄송합니다. 저어, 몸 상태가 좀 안 좋아서 그런데…… 오늘은 이만 들어가봐도 괜찮을까요?"


코믹하게 생긴 벌 모양 로고가 모퉁이에서 나타났다.

슈야는 즉시 시동을 끄고 렌트한 경트럭에서 내렸다. 찌는 듯한 공기가 온몸을 감싸 가슴이 더 답답해졌다. 작업복 옷깃을 정돈한 후 뛰어들다시피 해피라이프 리폼의 부지로 발을 들여놓았다.

자재가 쌓인 공간의 가장자리에 도착하는 것과 동시에, 차체에 벌 모양 로고가 그려진 운송업자의 트럭이 정문으로 들어왔다.

슈야는 작업장 입구에서 사람이 나오지 않는지 확인하며 큰 몸짓으로 운송 기사에게 신호했다. 남자는 슈야가 지시하는 대로 높이 쌓인 목재 뒤편에 차를 댔다.

"여기에 내려놓으면 될까요?"

남자는 운전석에서 고개만 내밀어 공간이 얼마나 되는지 확인하듯 안쪽을 보았다.

"아니요, 바로 현장에 가져가야 하니까 저쪽 경트럭에 실어 주시겠어요?"

슈야는 아랫배에 힘을 주어 목소리가 떨리려는 것을 참으며 정문 밖에 세워둔 경트럭을 가리켰다. 남자가 눈썹을 치켜세웠다.

"네?"

의아한 듯한 표정을 보고 슈야는 등줄기가 뻣뻣해졌다. 방금까지 시원하게 냉방되는 차에 있었건만 이상하리만치 땀이 줄줄 흘렀다.

　―의심하는 걸까?

　하지만 운송 기사는 슈야가 진짜 사원인지 아닌지 구별할 수 없을 것이다.

　슈야는 목에 건 수건으로 이마를 닦고 "급합니다. 서둘러주세요" 하고 강한 어조로 재촉했다.

　"어, 아, 네."

　남자는 당황한 듯 트럭을 후진시켰다. 삐, 후진합니다, 삐, 후진합니다. 기계음이 너무 커서 슈야는 혀를 찰 뻔했다. 작업장 입구를 돌아보고 주먹을 불끈 쥐었다. 지금 이 소리를 듣고 누가 나온다면. 심장박동이 빨라지고 팔에 소름이 돋았다.

　남자는 슈야의 경트럭 뒤에 트럭을 대고 운전석에서 훌쩍 내렸다. 그리고 트럭 뒤편으로 돌아가 짐칸 문을 열었다. 덜컹, 하고 소리가 울려 퍼져 슈야는 몸을 움츠렸다. 남자는 가슴 주머니에서 구깃구깃한 종이를 꺼내서 펼쳤다.

　"어디 보자. 발송처는 가와키타 목재, 상품은 목재 열한 개. 맞습니까?"

　"네, 맞습니다."

　슈야는 대답을 하는 둥 마는 둥 작업복 소매를 걷어붙였다.

　"옮기는 걸 도와드릴게요."

"네? 됐어요, 됐어. 무거워요, 이거."

"급해서요."

슈야는 몰아치는 투로 말하며 막무가내로 트럭 짐칸에 올라갔다.

"제가 내릴 테니까 경트럭에 실으세요."

"아, 네."

슈야가 두 개씩 포장된 목재를 내려주자 남자는 허둥지둥 받아 들었다. 두 사람은 묵묵히 목재를 내리고 싣는 작업을 계속했다. 남자가 경트럭 짐칸에 목재를 신중하게 쌓는 모습을 볼 때마다 슈야는 초조해 죽을 지경이었다. 빨리, 더 빨리, 진짜 사원이 나오기 전에.

허리가 욱신거리고 땀이 눈에 들어갔다. 그래도 쉴 수는 없었다. 여기서 진짜 사원이 나오면 끝장이다. 신분을 밝히면 상품을 훔치려 했다고는 여기지 않겠지만, 실수를 했다는 사실도 실수를 감추려고 했다는 사실도 들통난다.

전부 다 싣고 나자 숨이 턱까지 차올랐다.

"고생을 시켜서 미안하네요. 하지만 덕분에 빨리 끝났습니다."

"그럼 저는 이만."

슈야는 실실 웃는 남자에게 내던지듯이 말하고 경트럭 운전석으로 향했다.

"아! 잠깐만요!"

남자가 뒤에서 불러 세웠다. 채찍으로 후려친 것처럼 슈야
는 온몸을 움찔했다.

─들켰나?

숨이 막혔다. 돌아볼 수가 없었다.

하지만 남자는 별일 아니라는 것처럼 슬렁슬렁 슈야 앞으
로 와서 섰다.

"여기 수령 확인 사인을 부탁드립니다. 그리고 대금상환이
니까 돈도요."

"네? 아."

슈야는 퍼뜩 바지 호주머니를 눌렀다. 준비해 온 대금 봉
투를 꺼내며 어금니를 악물었다. 뭐 하는 거야. 정신 차려. 남
자에게 수령증과 볼펜을 받아 〈가쓰라기〉라고 쓰려다 손을
멈췄다. 해피라이프 리폼의 담당자 이름을 일부러 괴발개발
적고 봉투와 함께 남자에게 내밀었다.

"어, 대금이……."

"38만 5천 엔에 대금상환 수수료가 2천 엔, 총 38만 7천 엔
이요. 딱 맞게 넣었어요."

"아, 네. 확인하겠습니다."

남자는 익숙지 않은 손놀림으로 지폐를 헤아렸다. 열 장마다 헤아린 돈을 어디 놓아둘지 곤란해하길래 슈야가 도와주었다.

"맞네요, 감사합니다."

마침내 돈을 다 헤아리자 슈야는 남자에게 영수증을 낚아채듯 받아 들고 발걸음을 돌렸다. 운전석에 올라타 시동을 걸자마자 가속페달을 밟았다.

첫 번째 모퉁이를 왼쪽으로 돌아 사이드미러에서 해피라이프 리폼의 간판이 사라지고 나서야 겨우 숨을 내쉬었다.

─일단 첫 관문은 통과했어.

피곤하고 저릿저릿한 팔을 대시보드로 뻗어 담배와 라이터를 집었다. 손에 힘이 잘 들어가지 않아 라이터 휠에 얹은 엄지가 미끄러졌다. 담배를 문 입술 사이로 혀를 차는 소리가 새어 나왔다. 짜증을 담아 라이터 휠을 몇 번 돌린 끝에 간신히 불을 붙이고 담배를 쭉 빨았다. 폐가 넓어지는 듯한 느낌과 함께 이제야 숨이 제대로 쉬어지는 기분이 들었다.

─하지만 문제는 지금부터야.

뺨에 힘을 주고 양손으로 운전대를 고쳐 잡자 물고 있던 담배에서 재가 떨어졌다. 허둥지둥 재떨이에 재를 떨고 측면에 담배를 비벼 껐다.

디지털시계를 본 후 운전대를 돌렸다. 오전 11시 42분. 오전 중에 배송되도록 지정했으니까 더 늦으면 의심이 싹틀 것이다. 아무튼 빨리 끝내는 편이 좋다. 스스로를 격려하며 모퉁이를 한 번 더 돌았다. 해피라이프 리폼의 간판이 다시 보이자 숨이 가빠졌다.

아까와는 달리 이번에는 차를 몰고 부지로 들어갔다. 작업장 입구 가까이에 멈춘 후, 모자를 깊이 눌러쓰고 차에서 내렸다. 제일 위에 놓인 세 개짜리 포장을 풀어서 목재를 하나 꺼낸 다음, 집에서 만들어 온 수령증과 영수증을 확인하고 허리에 찬 파우치에 다시 넣었다. 의식적으로 숨을 길게 내뱉은 후 작업장의 인터폰을 눌렀다.

─누가 나올까.

슈야는 마른침을 꿀꺽 삼켰다. 담당자 오타니와는 한 번 인사를 나누었고 명함도 주었다. 석 달 만에 두 번째로 얼굴을 본다고는 하나, 만약 얼굴을 기억하고 있다면 들킬 가능성도 없지는 않다. 다른 사람이라면 자신이 가짜임은 모르겠지만, 경트럭에 운송업체의 로고가 없는 걸 수상쩍게 여길 우려가 있다. 누가 나오든 재빠르고 자연스럽게 일을 마치는 게 중요하다. 보통은 운송 기사의 얼굴이나 차를 유심히 보지는 않으리라. 어쨌거나 이 목재를 납품하고 수령증에 사인을 받은 후, 대금을 회수하고 영수증을 주면 된다.

몇 초 후에 인터폰이 연결되는 기척이 느껴졌다. 슈야는 고개를 숙인 채 모자를 슬쩍 들었다가 내려놓았다.

"꿀벌 운수입니다. 목재를 납품하러 왔는데요."

〈아, 네, 네. 지금 갈게요.〉

처음 듣는 여자 목소리라 어깨에서 힘이 조금 빠졌다.

—오타니는 없는 걸까.

슈야는 땀이 밴 손바닥을 작업복 배 부분에 문질러 닦고 거듭 헛기침을 했다. 괜찮다. 납품만 끝내면 들킬 걱정 없다. 입술을 핥고 벗겨진 입술 껍질을 앞니로 뜯어냈다.

그런데 다음 순간.

"아이고, 더운데 고생 많으십니다."

뒤에서 들린 목소리에 다시 온몸이 굳었다.

—오타니, 있었나.

슈야는 고개를 숙인 채 돌아섰다.

"늦어서 죄송합니다. 여기에 내려놓으면 될까요?"

평소보다 낮은 목소리로 빠르게 말한 후 대답을 기다리지 않고 파우치에서 영수증을 꺼냈다.

"아, 미안한데 저기 각목 옆으로 옮겨주시겠어요?"

오타니는 느긋한 목소리로 말하고 슈야 뒤쪽의 자재 하치장을 가리켰다. 슈야는 얼굴이 일그러지려는 걸 참으며 "네"
하고 살짝 고개를 끄덕이고 영수증을 도로 넣었다. 목재를 안
아 올리자 오타니가 자연스럽게 반대쪽을 들어주었다. 마주
보는 자세가 되자 심장이 미친 듯이 뛰었다.

"어라?"

오타니가 의아하다는 듯 내뱉은 말에 슈야는 하마터면 목
재를 떨어뜨릴 뻔했다. "네?" 하고 쉰 목소리가 흘러나왔다.

"아니, 포장이 안 되어 있어서요."

슈야는 입을 벌렸지만 말이 나오지 않았다.

"하긴 기사님한테 따질 일이 아닌데. 그게, 가와키타 목재
에서 저번에는 꼼꼼하게 포장해서 보냈거든요."

"……죄송, 합니다."

"아니에요, 아니에요. 기사님 탓이 아닌걸요."

오타니는 친절하게 말하고 "자, 여기면 됩니다" 하고 목재
를 내려놓았다. 슈야도 걸음을 멈추고 허리를 구부렸다.

"고맙습니다. 괜히 일을 시켜서 미안하네요."

"그럼 여기에 사인을."

슈야는 오타니의 말을 막고 수령증과 볼펜을 내밀었다. 오
타니가 관절이 불거진 손으로 적는 글씨를 내려다보며 떨리는
손가락으로 파우치의 지퍼를 만지작거렸다.

"그리고 대금상환이니까 3만 5600엔 부탁드립니다."

"아아, 네, 네. 보자, 여기 3만 6천 엔이요."

오타니는 후줄근한 규격 봉투에서 돈을 꺼내더니 멋쩍은 웃음을 지었다.

"딱 맞게 드려야 하는데, 미안합니다."

"아니요…… 거스름돈 400엔과 영수증입니다."

슈야는 미리 준비해둔 거스름돈과 영수증을 냉큼 건네고 뒷걸음치듯 한 발짝 물러났다. 끝났다. 이제 돌아가기만 하면 된다.

"아 참."

꽉 움켜쥔 것처럼 심장이 아팠다. 들이마신 숨을 내뱉을 수가 없었다.

"괜찮으면 보리차라도 한 잔 드실래요? 이렇게 뜨거운 날씨에 더위라도 먹으면 어째요."

"어……."

"나 때문에 안 써도 될 힘을 썼잖습니까. 그리고 웬 땀을 그렇게."

슈야는 얼굴에 오타니의 시선을 느끼고 얼른 야구모자의 챙을 내렸다.

"……마음 써주셔서 고맙습니다만 배달이 밀려서요."

"그래요? 어쩔 수 없지. 더운데 물 잘 챙겨 마시도록 해요."

오타니는 약간 섭섭한 듯이 말했지만 붙잡지는 않았다. 슈야는 고개를 꾸벅 숙이고 영수증과 돈을 파우치에 넣었다.

"감사합니다."

입을 거의 움직이지 않고 그렇게 말한 후 경트럭에 한 발짝 다가갔을 때였다.

오타니의 어깨 너머로 한 블록 앞에 있는 교차로가 시야에 들어왔다.

이쪽으로 향하는 청회색 미니밴을 인식한 순간, 길모퉁이에서 흰색 승용차가 나타났다.

위험하다 싶었을 때는 이미 늦었다. 승용차가 직진하던 미니밴의 운전석을 힘껏 들이받았다.

충돌하는 소리가 크게 울려 퍼졌다.

미니밴이 슬로모션처럼 느릿느릿 옆으로 기울었고, 뭔가의 파편이 반짝이며 허공으로 튕겨 나갔다. 미니밴 쪽의 신호가 파란불에서 노란불로 바뀌는 광경이 보였다.

한순간 머릿속이 새하얘졌다.

"엇?"

슈야 앞에 있던 오타니가 화들짝 놀라 뒤를 돌아보았다. 슈야는 교차로와 오타니 중 어디에 초점을 맞추어야 할지 몰랐다. 결국 어느 쪽에도 제대로 시선을 주지 못하고 허공을 멍하니 쳐다보았다.

무슨 일이 일어난 건지 금방은 파악이 되지 않았다. 방금 눈에 들어온 광경을 믿을 수가 없었다. 마치 드라마의 한 장면같이, 아니 그보다 더 허망했다. 어떤 복선이나 조짐도 없이 갑작스럽게 충돌한 두 차에 사람이 타고 있다는 게 실감이 되지 않았다.

미니밴은 결국 완전히 옆으로 넘어졌다. 승용차도 범퍼가 무참하게 찌그러졌다. 주변에 유리와 플라스틱 조각이 수없이 흩어져 있는 것이 멀리서도 보였다. 문득 생각이 나서 신호등을 올려다보자 이미 미니밴 쪽의 신호는 빨간불로 바뀐 뒤였다.

슈야가 옴짝달싹도 못 하고 사고 현장을 지켜보고 있자니, 승용차에서 중년 여자가 구르다시피 뛰쳐나왔다. 이마에서 피가 흘렀지만 걸음걸이는 확실했다.

"아아······."

오타니가 탄식하는 소리가 들렸다.

"다행이다. 목숨에 지장은 없는 모양이군."

그 말에 숨을 내쉬고 나서야 슈야는 자신이 숨을 멈추고 있었음을 깨달았다. 온몸을 감싸고 있던 공기가 확 풀어지는 것을 느꼈다. 작업복 위로 가슴을 세게 눌렀다. 하지만 놀란 가슴은 좀처럼 진정될 줄 몰랐다. 심장이 너무 세차게 뛰어서인지, 땀을 너무 많이 흘려서인지 현기증이 심했다. 다리에서 힘이 빠져 옆으로 한 발짝 비틀거렸다.

"뭔가 도울 수 있는 일은…… 아."

현장으로 다가가려던 오타니가 갑자기 걸음을 멈췄다. 슈야도 따라서 바라보자 주변의 집과 건물에서 사람들이 몰려나오는 참이었다. 순식간에 사람들이 사고 현장을 둘러쌌다.

"저래서는 안 가는 편이 낫겠군."

오타니는 혼잣말을 하더니 목에 건 수건으로 이마를 닦았다.

"사고가 일어나는 순간을 봤습니까?"

"아, 네."

슈야는 무심코 고개를 끄덕이다 퍼뜩 정신을 차렸다.

"아니요, 그게 그러니까……."

"방금 뭐가 어떻게 돼서,"

"죄송합니다, 배달을 하러 가야 해서요."

냉큼 말허리를 끊고 이번에야말로 경트럭에 올라탔다. 오타니에게 얼굴을 돌리지 않도록 주의하며 시동을 걸었다.

고개를 꾸벅 숙이고 가속페달에 발을 얹자, "아" 하고 오타니가 운전석 창문에 손을 댔다. 슈야는 깜짝 놀라 상체를 뒤로 젖혔다.

"경찰이 뭔가 물어보면 협력해주세요."

오타니는 주저없이 말했다.

"지인 중에 사고가 났는데 목격자가 없어서 고생한 사람이 있습니다. 저런 사고는 양쪽의 주장이 평행선을 그리면 애먹거든요."

"……그렇군요."

슈야는 나지막하게 대답하며 몸을 구부리고 가속페달을 밟았다.

일단 목재를 집에 들여놓고 렌터카를 반납한 후 다시 집에 돌아오자 오후 3시가 좀 지난 시각이었다. 납을 채운 것처럼 몸이 무거웠지만, 땀에 젖어 달라붙는 작업복을 낑낑대며 벗어 던지고 나서야 겨우 마음이 놓였다.

슈야는 현기증과 두통을 참으며 스포츠 음료를 한 병 다 마신 후, 속옷 차림으로 1인용 침대에 누워 에어컨에서 나오는 차가운 바람에 몸을 맡겼다.

─이걸로 다 끝난 걸까.

아무튼 자신의 실수로 제작된 목재 열 개는 회수했다. 진짜 운송 기사에게는 전표에 기재된 대금을 지불했으니 서면 상으로는 아무런 모순도 없다. 해피라이프 리폼도 하나를 주문하고 하나를 납품받았으니까 아무 문제 없을 것이다.

슈야는 빠르게 식은 몸을 여름 이불 속에서 웅크렸다. 부엌 앞에 쌓아둔 목재가 시야 가장자리에 들어와 끈적거리는 한숨을 내쉬었다.

—저건 어쩌지.

버리는 것이 제일 속 편하겠지만, 저 크기로는 버리기도 힘들다. 잘게 자르면 타는 쓰레기로 내놓을 수 있지만 지금은 그럴 체력이고 기력이고 없다. 더구나, 하고 생각하며 슈야는 지끈거리는 미간을 손가락으로 눌렀다.

35만 엔어치를 고스란히 쓰레기로 내놓으려니 아깝기도 했다. 남에게 팔 수는 없겠지만, 예를 들면 본가에 가지고 간다든가. 맞다, 그러면 손재주 좋은 아버지가 테이블이든 선반이든 만들어 쓸 것이다.

거기까지 생각하자 답답하던 속이 약간 시원해졌다. 어쨌거나 그건 상황을 좀 살피다 잠잠해졌을 무렵에 조금씩 하면 된다. 어차피 직장 사람이 집에 올 일은 없으니까.

슈야는 눈을 감았다. 대번에 잠기운이 몰려왔다. 뭔가 또 해둬야 할 일은 없을지 생각하려 했지만, 다음 순간에는 의식을 잃어버렸다.

죽은 듯이 열네 시간을 자고 이른 아침에 깨어났다. 근육통이 심하게 와서 딱딱하게 뭉친 몸을 겨우 침대에서 일으켜 욕실로 향했다. 욕조에 뜨거운 물을 받으며 세수와 양치질을 마치고, 물이 반쯤 찼을 때 샤워를 했다.

재빨리 몸을 씻고 김이 피어오르는 욕조에 발을 넣었다. 온도 차이 때문인지 피부에 소름이 쭉 끼쳤다. 하지만 뜨거운 물에 어깨까지 담그자 녹아내리듯이 몸이 풀렸다. 슈야는 욕조 가장자리에 뒤통수를 대고 숨을 길게 내쉬었다.

―이제 다 해결됐어.

자연스럽게 그런 생각이 들었다. 예상외의 사태도 있었지만 대체로 잘 넘어갔다. 아무에게도 정체를 들키지 않았고, 목재를 집으로 옮기는 걸 본 사람도 없을 것이다.

이것으로 전부 다 끝났다.

슈야는 천천히 눈을 감았다. 그러자 갑자기 눈꺼풀 안쪽에 옆으로 넘어진 미니밴의 모습이 떠올랐다. 그 순간 입안이 씁쓸해져 눈을 떴다.

―그러고 보니 미니밴을 몰던 사람은 괜찮을까.

승용차에서는 금방 여자가 나왔지만 미니밴을 몰던 사람은 보지 못했다. 그렇게 큰 충격을 받고 옆으로 넘어지기까지

했으니 아무 상처도 없이 멀쩡하지는 않을 것이다. 최악의 경우 죽었을 가능성도 있다. 슈야는 서늘하니 오한이 등골을 기어오르는 걸 느끼고 욕조에서 앉음새를 바로 했다.

만약 미니밴 운전자가 죽었다면 자신은 사람이 죽는 순간을 목격한 셈이다. 어쩐지 몹시 겁이 났다.

슈야는 지금까지 사람의 죽음을 경험한 적이 없다. 유치원 시절에 외할아버지가 돌아가셨지만, 그때는 장례식에만 참석했다. 장례식장에는 죽음의 냄새가 아니라 장례식이라는 절차가 자아내는 일종의 묘한 분위기가 감돌았다. 그 분위기에 겁을 먹고 슈야가 울자 주변 사람들은 할아버지가 돌아가셔서 슬픈 모양이라고 해석한 것 같았지만, 실은 그렇게 슬퍼할 만큼 외할아버지와 친한 것도 아니었다. 오본과 설날 연휴에 놀러 가도 할아버지는 늘 정원에서 뭔가 할 뿐, 안아주거나 살갑게 말을 걸어준 기억은 거의 없었다.

드라마나 영화, 또는 뉴스로밖에 접하지 못한 죽음은 슈야와 아주 거리가 먼 존재였다. 오히려 그렇기에 승용차에서 나온 여자의 이마에 흐르던 붉은 선혈이 머리를 떠날 줄 몰랐다.

―넘어진 미니밴의 운전자는 얼마나 다쳤을까.

슈야는 찜찜한 기분에 안절부절못하다가 벌떡 일어섰다. 온몸에 묻은 물방울을 목욕 수건으로 벅벅 닦으며 세면실의 거울을 보자 궁상맞은 알몸뚱이 남자와 눈이 마주쳤다. 얼른 고개를 숙이고 바닥에 떨어진 속옷을 입었다.

─사고가 난 후에 어떻게 됐는지 알면 마음이 진정될까.

미니밴 운전자가 무사하다는 것만 알면 더는 마음에 담아 두지 않아도 된다.

슈야는 방으로 돌아가 텔레비전을 켰다. 채널을 바꾸며 아침 뉴스를 확인하고 한숨을 쉬었다. 어느 뉴스에서도 어제 일어난 사고는 보도하지 않았다. 타이밍이 안 좋아서 보지 못했을 뿐일까, 아니면 평범한 교통사고 정도는 뉴스거리가 아닌 걸까. 슈야는 머리를 닦던 손을 멈추고 담배에 불을 붙였다.

입술을 내밀어 연기를 뿜어내며 머릿속에 희미하게 퍼져나가는 저릿한 감각을 맛보듯 천장을 올려다보았다. 사고 자체는 흔한 부류이리라. 당사자와 그 지역 사람에게는 큰일이더라도.

"아."

슈야는 입에서 담배를 뺐다.

지역. 맞다. 신문이 있다. 지방지 사회면에는 실렸을지도 모른다.

담배를 비벼 끄고 부리나케 티셔츠와 운동복 바지를 입었다. 지갑과 휴대전화만 호주머니에 넣고 연립주택 뒤편에 있는 편의점으로 향했다. 신문과 빵, 캔 커피와 담배를 사서 잽싸게 집으로 돌아와 빵 봉지를 이빨로 뜯으며 밥상 앞에 책상다리를 하고 앉았다.

〈사이와이정의 맨션에서 불이 나 사상자 두 명 발생〉, 〈전철역 플랫폼에서 추락한 여성 오른쪽 다리에 경상〉, 〈182만 엔을 착복한 혐의로 전직 우체국 직원에게 유죄 판결〉, 〈공사 현장에서 철재가 낙하, 다행히도 다친 사람은 없어〉. 사회면에 줄지은 헤드라인을 손가락으로 짚어나가다 3단에 있는 기사에 접어들었을 때 눈이 커졌다.

　　<교차로에서 자동차 두 대가 충돌, 신호 무시일까>

굵은 고딕체로 적힌 헤드라인이 눈에 확 들어왔다.

　　<2일 오전 11시 55분경에 나카토미정 6번가의 교차로에서 미니밴과 승용차가 충돌하는 사고가 발생했다. 이 사고로 나카토미정 고이와에 거주하는 미니밴 운전자, 회사원 스미다 요헤이 씨(29)가 사망,>

"……아."

저도 모르게 탄식이 새어 나왔다. 사망이라는 글씨를 보자 뭔가가 밑으로 잡아당기는 것처럼 배 속이 묵직해졌다. 역시 죽었구나. 슈야는 한 입밖에 먹지 않은 빵을 밥상에 내려놓고 그다음 문장을 읽었다.

<시모타시 나카이도에 거주하는 승용차 운전자, 주부 모치즈키 가요코 씨(53)는 왼팔이 부러지는 중상을 입었다. 나카토미 서에 따르면 미니밴이 빨간불을 무시하고 달리다가 승용차와 충돌한 것으로 보고 조사를 진행 중이라고 한다.>

"뭐?"

슈야는 휘둥그레진 눈으로 주먹을 입가에 댔다.

—어떻게 된 거야.

슈야가 목격한 바로는 빨간불을 무시한 건 흰색 승용차였다. 그런데 어째서. 미간의 주름이 깊어졌다.

혹시 사고 현장에 상황을 판단할 만한 흔적이 남아 있지 않았고, 다른 목격자는 없었던 걸까. 식은땀이 등을 타고 흘러내렸다.

CCTV나 타이어 자국 등 뭔가 상황을 증명할 만한 증거가 있다면, 당연히 이렇게 잘못된 방향으로 수사가 진행되지는 않았으리라. 만약 살아남은 사람의 증언밖에 쓸 만한 단서가 없다면.

"경찰이 뭔가 물어보면 협력해주세요."

오타니의 목소리가 귓속에서 울려 퍼졌다.

"저런 사고는 양쪽의 주장이 평행선을 그리면 애먹거든요."

이건 평행선을 그리는 정도가 아니다. 한쪽은 증언조차 할 수 없고, 다른 한쪽의 증언만으로 상황이 굳어지고 있으니까. 죽은 사람은 말이 없다는 표현이 떠올라 가슴이 어수선해졌다.

자기가 신호를 무시해놓고 상대방이 반론할 수 없는 것을 이용해 모든 책임을 전가하려 드는 가해자가 몹시 혐오스러웠다. 그런 짓이 용납되어서는 안 된다. 그럼 죽은 남자가 고이 잠들지 못한다. 경찰은 똑바로 수사를 해서 진실을 규명해야 한다. 한 사람의 증언만 듣고 단정하지 말고, 다른 사람의……. 슈야는 끈적이는 침을 목구멍으로 밀어 넣었다.

—다른 사람이라니, 그게 누군데?

슈야는 빵을 밥상 저쪽으로 밀치고 다다미에 놔둔 담뱃갑과 라이터를 집었다. 희미하게 떨리는 손으로 담배를 뽑아 입으로 가져갔다. 담배 끄트머리가 입술에 닿아 바닥에 떨어졌다. 슈야는 혀를 차고 담배를 집어, 거의 씹다시피 입에 물었다. 라이터로 불을 붙이고 연기를 폐 속으로 깊이 빨아들였다.

"경찰이 뭔가 물어보면 협력해주세요."

오타니의 말이 또 떠올랐다. 아무리 생각해도 오타니의 말이 100퍼센트 옳다. 진실을 목격한 이상, 그리고 진실이 왜곡되었음을 알아버린 이상, 잠자코 모르는 척할 수는 없다. 말해야 한다. 지금 당장 경찰에 전화해서 사고가 일어나는 순간을 목격했다고 증언해야 한다.

슈야는 스스로를 설득했지만, 정말로 그럴 마음이 없다는 것도 알고 있었다.

—그걸 어떻게 말하겠어?

그랬다가는 본명을 밝혀야 할 것이다. 오타니와 함께 상황을 설명해야 할지도 모른다. 그러면 자신이 운송 기사인 척했다는 사실도 드러난다.

슈야는 밑동까지 피운 담배를 재떨이에 눌러 끄고 새 담배에 불을 붙였다. 아직 별로 생기지도 않은 재를 신경질적으로 떨고 신문을 내려다보았다. 왜 이딴 걸 굳이 사 와서까지 읽었을까. 뒷일이 어떻게 됐는지 모르는 게 나았을 것을.

—아니야.

슈야는 냉큼 신문을 덮었다. 대충 접어서 두툼해진 신문을 똘똘 뭉쳐 쓰레기통에 처박았다.

　―난 미니밴 운전자가 죽은 것도 몰랐고, 사고 수사가 어떻게 진행되고 있는지도 몰랐어.

　라이터를 든 손으로 주먹을 불끈 쥐고 입속으로 중얼거렸다.

　그래서 내 증언이 필요한지도 몰랐어.

　의식 깊은 곳까지 스며들도록 되풀이해 생각하며 눈을 꼭 감았다. 머릿속에 떠오르는 사고의 순간이 갑자기 비현실적으로 느껴졌다.

　―맞아.

　슈야는 눈을 번쩍 떴다. 미니밴 쪽의 신호가 파란불이라고 생각한 건 착각이었을지도 모른다. 아주 잠깐 사이에 벌어진 일이다. 상황을 정확하게 목격했다고 확신하다니, 그건 이상하지 않은가.

　목 언저리를 꾹꾹 주물렀다. 그래, 미니밴이 빨간불을 무시했다고 경찰이 판단했다면, 분명 그게 진실이겠지. 오히려 여기서 자신이 모호한 증언을 했다가는 괜히 누만 끼치는 꼴이다.

　슈야는 쓰레기통에서 신문을 꺼내서 펼치고 다쳤다는 여자의 이름을 가만히 들여다보았다.

　―그리고 이 사람은 앞으로도 계속 살아가야 해.

안 그래도 이 여자는 사람을 죽였다는 사실을 짊어지고 남은 인생을 살아가야 한다. 뒷손가락질을 당할 테고, 본인도 괴로울 것이다. 그렇다면 이미 벌을 받고 있는 셈이나 마찬가지 아닐까.

슈야는 입술을 적셨다.

확실히 죽은 남자는 불쌍하다. 아무 잘못도 없는데 목숨을 잃는 날벼락 같은 일을 당한 데다 오명까지 쓰다니 억울해서 펄펄 뛸 노릇이리라.

하지만 남자는 이제 억울함을 느낄 의식조차 없다.

—그래.

슈야는 등을 펴고 숨을 내쉬었다.

—진실을 말해본들 아무도 행복해지지 않아. 증언해봤자 올바른 일을 했다는 자기만족감에 젖을 뿐이야.

그렇게 생각하자 갑자기 숨쉬기가 편해졌다.

그래도 슈야는 매달리듯이 담배를 한 개비 또 뽑아 물었다.


그날은 온종일, 회사를 나설 때까지 가슴이 조마조마했다.

언제, 누가, 무슨 소리를 할까. 오타니나 운송 기사에게 안 좋은 연락이 올 가능성이 구체적으로 얼마나 되는지 알지도 못하면서 막연한 불안감에 떨었다. 영업부로 걸려오는 전화를 남이 받을세라 냅다 받으면서도, 그런 모습이 부자연스러워 보이지는 않을까 또 걱정이었다.

하지만 그날이 끝나고 다음 날도 아무 일 없이 지나가자, 이틀 전에 있었던 일은 슈야의 머릿속 한구석으로 점점 가라앉았다. 입력 실수를 은폐한 일은 아무에게도 들키지 않고 마무리됐다고 봐도 되리라. 교통사고에 대해서는 나쁜 짓을 했다는 죄책감이 없지 않지만, 얼굴도 모르는 사람이니 이 감정도 그렇게 오래가지는 않을 거다. 결국 자신과는 무관한 남이니까. 이제 주말에 목재를 본가로 옮기면 이번 일을 까맣게 잊어버릴 것이다.

아니, 하고 슈야는 마음을 바꿨다. 역시 본가로 가져가지는 말자. 이 삼나무 목재로 뭔가를 만든다면 본가에서 그걸 볼 때마다 찜찜한 기분이 들 테니까. 35만 엔은 아깝지만 싹 다 버리는 편이 뒤탈 없이 깔끔할 것이다. 평일 밤에 작업하면 근처에 민폐니까 휴일 낮에라도 톱으로 잘게 잘라서 조금씩 버리면 된다.

그렇게 마음먹었지만 일은 거기서 끝나지 않았다.

목재를 납품하고 사흘 후, 오타니가 회사로 전화를 걸어왔다.

〈해피라이프 리폼의 오타니라고 하는데요. 가쓰라기 씨 계

94

십니까?〉

그 이름을 들은 순간, 슈야는 엉거주춤 일어섰다.

"안녕하세요. 가쓰라기입니다."

〈아, 가쓰라기 씨로군요. 요전에는 감사했습니다.〉

"네?"

뺨이 딱딱하게 굳었다. 하지만 오타니는 부드러운 어조로
말했다.

〈좋은 삼나무 목재를 보내주셨잖아요. 고객님도 좋아하셨
어요.〉

"아…… 별말씀을."

슈야는 가라앉은 목소리로 대답하고 가슴을 쓸어내렸다.

―뭐야, 그쪽이었냐.

"좋아하셨다니 다행입니다. 저어, 제대로 포장하지 않고 발
송해서 죄송합니다."

무심코 말을 덧붙이고 나서 사족이었나 싶어 몸을 움츠렸
다. 진정해라. 쓸데없는 소리 하지 마. 슈야는 볼펜으로 메모
지에 의미 없이 선을 빙글빙글 그렸다.

〈아아, 그거야 뭐 상관없는데요. 실은 다른 일로 좀 확인하
고 싶은 게 있어서 전화드렸습니다.〉

"네?"

반사적으로 긴장된 목소리가 흘러나왔다.

─확인?

땀구멍에서 땀이 왈칵 솟았다.

"음…… 무슨 일이신데요?"

〈요전에 상품을 납품한 운송업체가 어디인지 알 수 있을까요?〉

가슴이 철렁했다.

"……네?"

〈그게, 실은 납품을 받은 날에 회사 근처 교차로에서 교통사고가 났는데요. 신문에는 실렸는데, 아십니까?〉

"어…… 아니요."

〈뭐, 그렇겠죠. 조그맣게 실렸으니까요.〉

오타니는 순순히 수긍하고 말을 이었다.

〈아무튼, 사고가 난 순간에 교차로가 보이는 작업장에서 납품을 받고 있었거든요. 저는 못 봤지만 같이 있던 운송 기사가 사고를 목격했다길래요. 그 사람이 어느 업체에서 일하는지 알려주셨으면 합니다.〉

슈야는 뭔가 대답해야 한다는 생각에 입을 벌렸지만 목소리가 나오지 않았다.

〈실은 지금 경찰이 이야기를 들으러 왔는데요. 아무래도

어떤 상황에서 사고가 났는지 잘 모르는 것 같아요.〉

—경찰이 이야기를 들으러.

이건 그 정도로 큰일인 것이다. 알고 있었는데도 몸속에서부터 떨림이 퍼져 나갔다.

〈요전에는 꿀벌 운수에서 납품한 걸로 기억하는데, 이번에도 그런가요?〉

그 순간 머리가 팽팽 돌아갔다. 여기서 사실대로 대답해야할 것인가 말 것인가. 아니, 어쨌거나 꿀벌 운수가 운송을 맡았음은 금방 밝혀진다.

하지만 경찰이 꿀벌 운수에 이야기를 들으러 가도 담당 운송 기사는 아는 바가 없다고 대답할 것이다.

—그 남자는 사고가 발생하기 몇 분 전에 이미 납품을 끝냈으니까.

발밑에서 뭔가가 무너지는 듯한 기분이 들었다. 실실 웃던남자의 얼굴이 머릿속에서 깜박였다.

〈어? 여보세요? 듣고 계십니까?〉

"아, 네."

당황해서 대답하는 목소리에 오타니의 목소리가 겹쳤다.

〈이번에는 어느 운송업체에 맡기셨습니까?〉

전류와도 비슷하니 씨릿찌릿한 감각이 목덜미를 훑고 지

나갔다. 어쩌지. 어쩌면 좋지? 하지만 대답을 안 할 수는 없다.

"……꿀벌 운수에 맡겼습니다."

〈아아, 역시 그렇군요.〉

오타니는 목소리를 누그러뜨리고 숨을 내쉬었다.

〈뜬금없이 이런 전화를 드려서 죄송합니다. 목재가 또 필요하면 꼭 가와키타 목재에 주문할게요.〉

오타니는 끝인사가 빈말처럼 들리는 걸 얼버무리려는 듯 목소리 톤을 높였다.

"감사합니다."

그렇게 대답하는 것이 고작이었다. 전화가 끊기자 슈야는 수화기를 멍하니 내려다보았다.

경찰은 꿀벌 운수에서 운송 기사를 찾아 사정을 물어보리라. 하지만 남자에게서는 증언을 얻을 수 없다. 오타니에게 들은 이야기와 달라 의아하게 여긴 경찰은 상황을 더 자세하게 알아보려 할 것이다. 몇 시 몇 분에 해피라이프 리폼에 도착했느냐. 납품할 때 무슨 이야기를 했느냐. 납품한 물건은 무엇이냐.

시야가 한층 어두워졌다.

─납품한 숫자에 차이가 있다는 게 밝혀지면, 경찰은 회사에도 이야기를 들으러 올지 몰라.

그 뒤로는 일이 거의 손에 잡히지 않았다. 외근을 하러 나가야 하는데도, 자리를 비운 사이에 경찰이 오면 어쩌나 싶어 외출할 결심이 서지 않았다. 자리에 앉아 있을 수밖에 없다면, 하다못해 사무 작업이라도 해야겠다고 생각하면서도 눈이 숫자 위를 더듬을 뿐 하나도 머리에 들어오지 않았다.

점심도 걸러서 텅 빈 위장이 찌르르 아팠다. 슈야는 갈비뼈 사이를 엄지로 꾹 누른 채 흡연실과 자기 자리를 바쁘게 오갔다.

—어쩌다 이렇게 된 거지. 언제까지 이렇게 겁에 질려 지내야 하는 걸까.

그렇게 생각하자 울고 싶어졌다. 실수를 알아차렸을 때 솔직하게 보고했어야 했다. 그러면 실망이야 시켰겠지만 만회할 여지는 남아 있었으리라. 잘못을 인정하고 관련된 사람들에게 사과하고, 다시 차근차근 노력했다면 언젠가 우스갯소리로 삼을 수 있는 날도 왔을 것이다. 하지만 이제 늦었다.

이대로 가면 이번 달 영업 성적은 다시 최하위다. 그것도 지금까지보다 더 안 좋은 숫자가 나올 것이다. 어차피 실망을 끼칠 거라면 애초에 각오를 다질 걸 그랬다. 그랬다면 그나마 상처가 얕았을 텐데.

"가쓰라기 씨."

퇴근 시각이 5분쯤 지났을 무렵, 비스듬히 맞은편 자리에 있는 여사원이 불렀다. 슈야는 엉겁결에 일어섰다. 놀랐는지 눈이 동그래진 여사원을 보자 얼굴이 화끈 달아올랐다.

"저어, 스미다 씨라는 분이 오셨는데요."

여사원이 슈야를 쭈뼛쭈뼛 올려다보았다. 슈야는 당황스러운 마음에 작게 헛기침을 했다.

"스미다? 어디의?"

"글쎄요, 회사 이름은 말씀을 안 하셨대요."

"남자예요, 여자예요?"

"여자요. 지금 안내데스크에서 기다리고 계세요."

스미다. 그런 고객이 있었나.

"일단 가볼게요."

미심쩍었지만 슈야는 사무실을 나섰다. 넥타이를 고쳐 매고 안내데스크로 향했다.

카운터를 돌아 들어가자 여자가 보여서 걸음을 멈췄다. 갈색 숄더백 어깨끈을 꼭 잡고 벽을 향해 서 있는 여자는 검은 생머리에 심플한 검은색 원피스와 하얀 카디건 차림이었다.

─누구지?

그렇게 생각했을 때 여자가 화장기 없는 얼굴로 돌아보았다. 슈야는 여자의 얼굴을 유심히 들여다보았지만 역시 처음

보는 사람이었다.

"안녕하세요. 가쓰라기입니다. 저를 찾으셨다고요?"

슈야는 일단 영업용 웃음을 지으며 꾸벅 인사를 했다. 그러자 여자는 쭉 편 허리를 구부리지 않고 고개만 숙였다.

"약속도 없이 무턱대고 찾아와서 죄송해요. 스미다라고 합니다."

마치 아나운서처럼 또박또박하니 듣기 좋은 목소리였다. 약속이라는 발음이 묘하게 매끄러워서 오히려 위화감이 느껴질 정도였다.

스미다? 슈야의 머릿속에 다시 물음표가 떠올랐다. 스미다? 어떤 한자를 쓰는 스미다지? 예전에 영업을 하러 갔던 회사 사람일까. 아니면 고객에게 소개를 받은 자영업자? 슈야는 망설이며 여자에게 한 발짝 다가섰다.

"무슨 말씀을요. 주문하실 물건이라도 있으신지요?"

"아니요, 오늘은 여쭙고 싶은 일이 있어서 찾아왔어요."

여자는 눈을 한 번도 깜박이지 않고 대답했다. 생김새는 굳이 말하자면 밋밋한 편이고 눈도 그렇게 크지 않건만, 희한하게도 시선에서는 힘이 느껴졌다.

"네, 무슨 일이신데요?"

슈야는 기가 죽었지만 의식적으로 표정을 누그러뜨리며

고개를 갸웃거렸다.

여자는 몇 초 뜸을 들이다가 입을 열었다.

"사흘 전에 이 회사에서 해피라이프 리폼이라는 회사에 상품을 납품한 걸로 알고 있어요."

슈야는 숨을 삼켰다. 아무 반응도 못 하고 가만히 있자 여자가 슈야를 똑바로 보며 말을 이었다.

"실은 그 회사 근처에서 남편이 교통사고로 세상을 떠났습니다."

이제부터 외출해야 할 일이 있어서 그런데 밖에서 걸으면서 이야기를 나누어도 되겠느냐는 슈야의 제안에, 여자는 바쁘신데 죄송하다고 답했다. 하지만 말과는 달리 미안해하는 낌새는 보이지 않았다. 전체적으로 표정이 빈약해서 감정을 거의 읽어낼 수 없었다.

슈야는 달아나다시피 자기 자리로 돌아오며 손가락 관절을 깨물었다.

─사고로 죽은 운전자의 부인.

뭘 묻고 싶다는 걸까. 설마하니 사고 당시 거기에 있던 가짜 운송 기사가 나라는 사실은 모를 것이다. 그렇다면 왜 나를 찾아왔을까. 슈야는 책상 위에 펼쳐놓은 서류를 아무렇게

나 통근 가방에 쑤셔 넣었다.

오타니와 통화한 후에 생각했던 가능성이 머리에 떠올랐다. 오타니와 꿀벌 운수의 운송 기사 이야기가 몇 군데 어긋난다. 옳고 그름을 분명하게 따지려면 수주자인 내게 이야기를 들으러 오는 것이 합당하다. 하지만 아무리 그렇더라도 너무 빨리 찾아온 것 아닌가?

"많이 기다리셨죠. 죄송합니다."

"아니요."

여자와 짧게 말을 나눈 후 슈야가 반걸음 앞서가는 모양새로 걸었다. 어디로 향할지도 결정하지 못한 채, 오로지 왼발과 오른발을 번갈아 내디뎠다.

"여쭙고 싶은 건 해피라이프 리폼으로 발송된 상품에 대해서예요. 가쓰라기 씨가 담당하셨다고 해서요."

여자는 담담한 말투로 대뜸 본론을 꺼냈다.

내장이 잔뜩 오그라들었다.

여자가 숨을 들이마시는 소리가 왼쪽 귀에만 전해졌다.

"해피라이프 리폼 직원 분에게 이야기를 듣고, 아까 운송업체에도 다녀왔어요."

슈야는 손톱이 손바닥을 파고들 만큼 주먹을 꽉 쥐었다.

"가와키타 목재에서는 어떤 상품을 몇 개나 발송하셨나

요?"

뭘, 어떻게 대답해야 할까.

목구멍에서 뀨륵, 하고 이상한 소리가 났다. 고객 정보라서 대답할 수 없다고 번델까? 생각해보다가 숨을 푹 내쉬었다. 그래, 그게 좋겠다. 그러면 부자연스럽게 보이지 않을 것이다.

슈야는 아랫배에 힘을 주고 입을 열었다.

"죄송합니다만 그건 고객에 관련된 정보라서 답변드릴 수가 없습니다."

거의 기계적으로 그렇게 말하고 입을 다물었다. 여자도 말을 하지 않아서 침묵이 흘렀다. 슈야는 입꼬리에 힘을 주고 거북함을 견뎠다.

"괜찮으니 피우세요."

갑작스러운 여자의 말에 손을 내려다보자 어느 틈엔가 라이터를 쥐고 휠을 칙, 칙 돌리고 있었다. 슈야는 잠깐 망설였지만 고개를 살짝 숙여 인사하고 담배에 불을 붙였다. 담배를 쭉 빨아들이고 연기를 내뿜자 마음이 조금 진정됐다.

—그래, 이거면 됐어.

슈야는 검지로 담배를 톡톡 두드려 재를 땅바닥에 떨었다.

만약 물고 늘어지더라도 이 핑계를 앞세워 계속 번대면 결국 포기하고 돌아가겠지. 여자는 불쾌하게 여기겠지만, 적어도 진실은 탄로 나지 않는다.

하지만 뜻밖에도 여자는 물고 늘어지는 대신 "알려주실 수 없는 거로군요" 하고 중얼거렸다. 슈야는 무심코 걸음을 늦추었다. 벌써 포기한 걸까. 여자가 슈야의 옆에 나란히 섰다가 금세 앞질렀다. 어, 하고 놀랐을 때 여자가 몸을 돌렸다. 슈야는 급하게 발을 멈추느라 고꾸라질 뻔했다.

"실은 저희 남편이 빨간불을 무시한 탓에 사고가 발생했다고 상대방이 주장하고 있어요."

여자가 숄더백에서 주름이 진 신문을 꺼내 슈야의 얼굴 앞에 들이밀었다.

슈야가 며칠 전에 사서 보았던 것과 같은 신문이다.

"경찰도 현장 상황으로는 판단이 되지 않으니, 이대로 가면 그쪽 증언을 중시할 수밖에 없다고 했어요. 하지만."

여자는 거기서 말을 끊고 숨을 한 번 들이마셨다.

"그이는 빨간불을 무시할 사람이 아니에요."

조용한 목소리로 딱 잘라 말한 후, 마치 도발이라도 하듯이 슈야의 얼굴을 똑바로 올려다보았다.

"남편이 평소 준법정신이 투철했다는 둥 남에게 피해를 주기 싫어했다는 둥 제 주관적인 견해를 말씀드리는 게 아니에요. 남편은 정말로 빨간불을 무시할 만한 사람이 아니라고요.

아니, 정확하게 말씀드리자면 빨간불을 무시할 수 없어요."

슈야는 꼼짝도 할 수 없었다. 어떻게 반응하면 좋을지 몰랐다.

"집을 나설 때는 왼발부터 내디딘다. 같이 있는 사람이 재채기를 하면 손으로 자기 얼굴을 쓰다듬는다. 전철의 홀수 칸에는 타지 않는다. 검은 고양이를 보면 집에 돌아갔다가 다시 나와야 한다. 전부 남편이 충실하게 지켰던 징크스예요. 남편은 매일, 정말로 수많은 징크스를 지키며 살았죠. 그중에는 빨간불일 때는 멈춰야 한다는 징크스도 있어요. 남편에게 빨간불일 때 멈추는 건 단순한 교통법규가 아니라 절대 어길 수 없는 징크스였다고요."

"……징크스."

슈야가 중얼거리자 여자는 고개를 끄덕했다.

"그이가 빨간불을 무시했다니 말도 안 되는 소리예요. 만약 상대방이 그렇게 주장하고 있다면, 착각 아니면 거짓말이에요."

여자는 거침없이 단정했다.

"하지만 경찰은 믿어주지 않아요. 그런 건 증거로 볼 수 없다는 거죠."

"그야…… 그렇겠죠."

슈야가 맞장구를 치자 여자의 눈빛이 날카로워졌다. 하지만 더는 열 올려 말하지 않았다. 신문을 숄더백에 넣고 입을 살짝 벌렸다.

"운송 기사는 11시 35분경에 삼나무 목재 열한 개를 배송했다고 했어요. 그때 회사 앞에서 목재를 수령한 젊은 남자가 경트럭에 실어달라고 했다네요. 하지만 해피라이프 리폼 직원 말로는 운송 기사가 11시 50분경에 왔고, 목재 하나를 경트럭이 아닌 자재 하치장에 옮겨달라고 부탁했대요."

여자는 메모 같은 것도 없이 단숨에 말했다.

"그리고 해피라이프 리폼 직원은 운송 기사가 사고를 목격했다고 했는데, 정작 운송 기사는 아무것도 못 봤다고 했어요. 즉, 도착한 시간도, 납품한 수량도, 그때 일어난 일도 전부 달라요. 이상하지 않으세요?"

"……어째서."

슈야는 무심코 되물었다. 하지만 스스로도 뭘 묻고 싶은 건지 몰랐다. 여자는 얼굴 옆에 손가락을 두 개 세웠다.

"가능성은 두 가지예요. 둘 중 한 명이 거짓말을 하고 있다, 또는 두 사람 사이에 제삼자가 개입했다."

그 순간 손끝이 뜨끔 아파서 손을 털었다. 어느새 밑동까지 피운 담배가 허공을 날아 땅바닥에 떨어졌다. 여사가 당연하다는 듯이 쪼그려 앉아 꽁초를 주웠다.

"아."

슈야가 당황해서 손을 내밀었지만 여자는 꽁초를 손가락으로 잡은 채 말을 이었다.

"신기한 건 해피라이프 리폼 직원은 목재를 하나밖에 발주하지 않았다고 하는 거예요. 하나를 발주해서 하나 납품됐으니 문제없다고요. 그럼 왜 운송 기사는 열한 개를 납품했다고 하는 걸까요?"

여자는 슈야에게서 시선을 떼지 않고 고개를 살짝 기울였다.

"회사에서는 몇 개를 발송하셨어요?"

하나라고 대답할 수 없다는 것만큼은 알았다. 전표에 기록된 숫자도, 실제로 발송한 숫자도 열한 개니까.

"……열한 개요."

대답하고 나서야 슈야는 숨을 헉 삼켰다.

—아니야. 대답할 수 없다고 버텨야 했는데.

어금니를 꽉 깨물었지만 이미 늦었다.

"그럼 왜 해피라이프 리폼 직원은 하나밖에 발주하지 않았다고 하는 거죠?"

여자가 앞으로 한 발짝 다가들었다. 모르는 사람을 대하기에는 너무 가까운 거리라 슈야는 비틀거리며 두 발짝 물러났다.

"⋯⋯모르겠습니다."

"모른다고요? 하지만 가쓰라기 씨가 주문을 받았잖아요."

여자가 과장되게 눈을 부릅떴다.

"열 개는 어디로 간 걸까요?"

"모르겠다고 하지 않았습니까. 누가 훔쳐 갔더라도 저희로서는 열한 개를 수주해서, 열한 개를 발송하고, 열한 개분 가격을 받았으니 아무 문제도 없습니다!"

슈야는 거의 소리치다시피 대꾸했다.

"더 이상은 모르겠고, 알 필요도 없어요."

내팽개치듯 말을 내뱉고 여자를 피해서 옆으로 비켰다.

"더는 대답해드릴 게 없네요. 볼일이 있으니 이만 실례하겠습니다."

딱 부러지게 말하고 걸음을 옮길 때였다.

"그럼 회사에 물어봐야겠네요."

뒤에서 들린 말에 슈야는 화들짝 놀라서 몸을 돌렸다. 생각할 겨를도 없이 여자의 팔부터 붙잡았다.

여자가 붙잡힌 팔을 내려다본 후 슈야의 얼굴을 올려다보았다.

"왜 이래요?"

"……안 돼."

슈야는 쥐어짜낸 목소리로 사정했다.

"부탁이니 회사에는……."

"문의하면 곤란한 일이라도 있나요?"

흡, 하고 목구멍에서 숨이 빠져나왔다.

─이 여자는 전부 알고 있는 것 아닐까.

내가 그 자리에 있던 목격자라는 것. 운송 기사와 오타니를 속였다는 것. 실수를 은폐하려 했다는 것. 뭔가 실언을 한 걸까, 아니면 처음부터 다 알고 온 걸까.

슈야는 여자의 팔을 놓고 머리를 숙였다.

"죄송합니다. 무례하게 대응한 점은 사과드리겠습니다."

"사과는 필요 없어요."

여자는 단호하게 말했다.

"나는 목격자에게 증언만 받으면 돼요."

"그건 안 됩니다."

그렇게 대답한 순간 여자의 눈이 동그래졌다.

"……당신이 목격자군요."

─아차.

슈야는 어쩔 줄 모르고 눈만 이리저리 굴렸다.

이번에는 여자가 슈야의 팔을 잡았다.

"부탁드릴게요. 증언 좀 해주세요. 그이는 아무 잘못도 없어요. 그런데 이대로 가다가는 전부 그이가 뒤집어쓰게 생겼다고요."

"하지만……."

"아이가 있어요."

처음으로 여자의 목소리에 눈물이 어렸다.

"아이는 아빠가 죽었다는 것만으로도 마음에 상처를 입을 만큼 입었어요. 그런데 아빠가 가해자라는 누명까지 쓴다면……."

머릿속에 미니밴이 옆으로 기울어지는 광경이 되살아났다. 반짝이며 허공으로 튕겨 나간 유리와 플라스틱 조각, 파란불에서 노란불로 바뀌던 신호. 자신이 똑똑히 본 광경이다.

슈야는 황급히 여자의 손을 뿌리쳤다. 기세를 못 이기고 놓쳐버린 가방이 땅에 내팽개쳐졌다. 얼른 주웠지만 가방 아가리까지 나와 있던 지갑이 미끄러져 떨어졌다. 단지갑에서 대량의 영수증과 운전면허증, 포인트 카드가 우수수 쏟아져 귀 뒤쪽이 화끈거렸다. 슈야가 무릎을 꿇고 주섬주섬 챙기고 있자니, 여자가 운전면허증을 주워서 유심히 들여다보았다. 슈야는 운전면허증을 냉큼 낚아챘다. 너무 손놀림이 거칠었는지라 겸연쩍은 기분으로 일어섰다.

"죄송하지만,"

"증언해줄 수 없다면 당신 회사에 갈 수밖에요."

머리에 피가 거꾸로 솟았다.

"그만 좀 해!"

눈앞이 빨갛게 물들고 머릿속이 새하얘졌다. 손이 바들바들 떨렸다.

"그랬다가는 절대로 증언하지 않겠어."

여자가 움직임을 멈췄다.

"……오히려 당신 남편에게 불리한 증언을 해주지."

여자의 두 눈이 대번에 흐려졌다. 슈야는 얼굴을 홱 돌려 땅을 노려보며 어깻숨을 몰아쉬었다.

"……당신은 자기 자신을 위해서만 증언하는군요."

정면에서 나지막하게 중얼거리는 목소리가 들렸다. 슥, 하고 신발이 땅을 스치는 소리가 이어져 슈야는 고개를 번쩍 들었다.

몸을 돌린 여자가 무슨 표정을 짓고 있는지 슈야에게는 보이지 않았다.


집에 돌아와 잠깐 쉰 후, 슈야는 무거운 몸을 이끌고 쓰레기통으로 향했다. 안에서 신문을 꺼내 사회면을 펼쳤다.


    &lt;스미다 요헤이&gt;


  신문 기사에 작은 글씨로 적힌 이름 위에 시선이 멈췄다.

  스미다. 기사를 한 번 읽었으면서 스미다라는 성씨조차 기억하지 못했다는 사실을 깨달았다.

  ─그이는 빨간불을 무시할 사람이 아니에요.

  여자의 목소리가 되살아났다.

  슈야는 호주머니에서 휴대전화를 꺼내 인터넷에 접속했다. 〈스미다 요헤이〉로 검색하자 제일 위에 SNS 계정이 표시됐다. 짧은 머리에 은테 안경을 끼고 어쩐지 신경질적으로 보이는 남자. 사망했다는 운전자의 얼굴을 보자 비로소 숨이 턱 막혔다.

  요헤이는 그다지 착실한 성격이 아니었는지, 아니면 SNS를 적극적으로 활용하는 사람이 아니었는지 올린 글이 거의 없었다. 이따금 과학 논문 사이트를 공유하는 정도였고, 올린 사진도 프로필에 사용한 사진 한 장뿐이었다.

  하지만 글을 거슬러 올라가자 5년 전 날짜에 짧은 문장이 나타났다.

<무사히 태어났다. 이제 그만 써도 된다.>

뜻 모를 문장에 눈살이 찌푸려졌다. 슈야는 시선을 집중한 채 더 전으로 거슬러 올라갔다.

그러자 그 글 이후로는 글다운 글이 없지만, 그 날짜를 경계로 이전에는 하루도 거르지 않고 글이 계속 올라왔다는 것을 알 수 있었다.

<맑은 뒤 흐림>, <비>, <비>, <맑음>. 다만 전부 날씨만 적어서 올렸다. 슈야는 날씨만 죽 이어진 화면을 재빨리 올렸다. 날씨만 적힌 글은 약 8개월 전 어느 날에 갑자기 멈췄다.

거기에는 기묘한 말이 적혀 있었다.

<아이가 생겼다. 매일 빼먹지 말고 날씨를 써서 올릴 것.>

─이건, 뭐지?

여자의 목소리가 슈야의 머릿속에 울렸다.

"집을 나설 때는 왼발부터 내디딘다. 같이 있는 사람이 재채기를 하면 손으로 자기 얼굴을 쓰다듬는다. 전철의 홀수 칸에는 타지 않는다. 검은 고양이를 보면 집에 돌아갔다가 다시 나와야 한다. 전부 남편이 충실하게 지켰던 징크스예요. 남편은 매일, 정말로 수많은 징크스를 지키며 살았죠. 그중에는 빨간불일 때는 멈춰야 한다는 징크스도 있어요. 남편에게 빨간불일 때 멈추는 건 단순한 교통법규가 아니라 절대 어길 수 없는 징크스였다고요."

슈야는 입술을 깨물고 휴대전화 화면을 들여다보았다.

<무사히 태어났다. 이제 그만 써도 된다.>

—이것도 징크스였을까.

임신했음을 알고 나서 실제로 태어나기까지 8개월. 그는 징크스 때문에 한번 시작한 일을 그만둘 수 없어 하루도 빼먹지 않고 SNS에 날씨만 써서 올린 걸까. 아이가 무사히 태어나기를 바라는 마음으로.

휴대전화를 조작하는 손을 멈췄다. 잠시 후에 화면에서 불빛이 사라졌다.

"아이는 아빠가 죽었다는 것만으로도 마음에 상처를 입을 만큼 입었어요. 그런데 아빠가 가해자라는 누명까지 쓴다면……."

슈야는 휴대전화를 베갯머리에 휙 던지고, 쓰러지듯이 침대에 드러누웠다.

　—안 돼. 이 이상은 모르는 게 나아.

　눈을 꼭 감고 잠기운이 몰려오기를 기다렸다. 결국 슈야는 동 틀 녘이 가까워져서야 잠에 빠졌다.

　온몸이 나른하고 머리가 지끈지끈 아팠다. 출근할 생각만 해도 현기증이 났지만 쉴 수는 없었다. 1일에 조퇴한 것과 2일의 결근을 포함해 요 며칠 제대로 일한 날이 거의 없다. 외근을 나가야 하는 거래처도 쌓였고, 무엇보다 일을 쉰들 집에서 우울한 생각만 할 것 같았다.

　슈야는 미지근하고 끈적거리는 한숨을 내쉬고, 몸을 질질 끌다시피 직장으로 향했다. 하지만 일단 일을 시작하자 나름대로 기분이 나아졌다. 억지웃음이라도 계속 지으니 굳은 얼굴이 풀렸다. 적어도 몸을 움직이는 동안에는 쓸데없는 생각을 하지 않아도 된다.

　밀린 업무를 처리하는 것만으로도 근무 시간이 모자랄 지경이었다. 슈야는 오랜만에 느끼는 단순한 피로감에 몸을 맡기고 잠자리에 들었다.

　다음 날 아침, 슈야의 잠을 깨운 것은 휴대전화 알람이 아니라 현관의 초인종 소리였다. 슈야는 머리가 띵해서 찌푸린 얼굴로 고개를 들다가, 마음을 바꾸어 이불을 덮어썼다. 이불

속에서 휴대전화를 확인하자 아직 오전 6시도 안 된 시각이었다.

─이렇게 아침 일찍 대체 누구야.

슈야는 인상을 구기며 몸을 웅크렸다.

하지만 또 초인종이 울렸다. 이번에는 연달아 세 번이었다. 혀를 차던 슈야는 마지못해 침대에서 내려와 현관으로 갔다.

"누구세요?"

노골적으로 불쾌한 목소리를 던지며 외시경에 눈을 댔다. 밖에 있는 낯선 남자 두 명을 보자 한순간 숨이 막혔다.

"안녕하세요, 가쓰라기 씨. 이른 아침에 죄송합니다."

남자 중 한 명이 그렇게 말하며 몸 앞에다 신분증을 쳐들었다. 어디서 본 적 있는 표장과 거기에 적힌 'POLICE'라는 글씨가 눈에 들어오자 머리가 핑글핑글 돌았다.

"가쓰라기 씨, 문 좀 열어주시겠습니까?"

"아…… 네."

대답하는 목소리가 목구멍에 걸렸다. 설마 정말로 사고 당일에 뭘 얼마나 납품했는지 물어보러 온 걸까.

떨리는 손가락으로 자물쇠를 풀고 조심조심 문을 밀어서 열었다.

"안녕하세요, 가쓰라기 씨. 이른 아침에 죄송합니다."

117

둘 중 나이가 더 많은 중년 형사가 같은 말을 되풀이했다. 아니요, 하고 대답하려 했지만 목소리가 나오지 않았다. 그 여자와 같은 질문을 하면 뭐라고 대답해야 할까. 경찰을 상대로는 대답을 못 한다고 벋댈 수 없다.

그런데 다음 순간 형사가 이렇게 말했다.

"닷새 전에 사이와이정의 맨션에서 방화로 추정되는 화재가 발생했는데, 알고 계십니까."

"네?" 하고 되묻는 목소리가 갈라졌다.

"방화로 추정되는 화재요?"

"네. 요 근처 주민들께 차례대로 이야기를 듣고 있는데요. 8월 2일 정오경에 발생했습니다. 아십니까?"

"……모르는데요."

슈야는 맥이 탁 풀려서 중얼거렸다. 잔뜩 긴장하고 있던 만큼 힘이 더 빠지는 기분이었다.

―뭐야, 전혀 다른 일인가.

형사가 눈을 가늘게 떴다.

"어, 모르신다고요? 요 부근에서도 제법 소동이 났을 텐데요."

슈야는 무심코 어, 하고 말을 내뱉고 나서 기억을 더듬었다. 8월 2일 정오경, 사이와이정의 맨션, 방화로 추정되는 화재. 목덜미를 문지르며 방금 형사가 한 말을 곱씹었다. 제법 소동이 났다고? 정말로?

슈야는 빠르게 말라붙는 목구멍을 생침으로 적셨다. 형사는 늘 이렇게 압박감을 주는 방식으로 말하는 걸까. 형사가 이야기를 들으러 온 건 처음이라 모르겠지만, 이런 식으로 물어보면 누구든 평소대로 행동하기는 힘들지 않을까.

슈야가 대답을 하지 못하고 머뭇거리자 형사는 천천히 입을 열었다.

"이쪽은 화재 현장으로부터 바람이 불어오는 방향이라서요. 근처 주민들 이야기로는 연기 냄새도 심했다는 모양입니다."

"그렇군요."

맞장구를 치는 목소리가 약간 잠겨서 슈야는 동요했다. 스스로도 왜 이렇게 동요하는지 알 수가 없었다. 이 일에 대해서는 켕기는 점이 하나도 없다. 옆 동네에서 불이 났다 해도 자신과는 무관하며, 정말로 그런 사건이 일어난 줄 몰랐으니까 모른다고 말했을 뿐이다. 그런데도 평정심을 유지할 수 없는 건 교통사고가 발생한 날과 같은 날이기 때문일까.

그렇게 생각했을 때 중년 형사가 슈야를 똑바로 응시하며 말했다.

"가쓰라기 씨, 참고로 8월 2일 정오경에는 어디 계셨습니까?"

슈야는 입을 벌렸다가 다물었다. 사실대로 대답할 필요는 없을 것이다. 그렇다면 어떻게 대답해야 할까. 평일 낮이니까 일하러 갔다는 대답이 제일 자연스럽다. 그러나 만약 회사에 문의한다면. 아니다, 그냥 옆 동네에 사는 사람의 증언을 그렇게까지 해서 확인할 리 없다.

"글쎄요, 평일이니까 일하러 갔겠죠."

"직장은 어디 있죠."

"야시로시요."

"아아, 제법 멀군요."

형사는 잡담이라도 나누는 듯한 목소리로 맞장구를 치며 손에 든 수첩에 뭔가 적어 넣더니, 볼펜 꽁무니를 턱에 대고 연기라도 하듯 과장되게 고개를 기울였다. 그나저나 이상하네, 하고 중얼거린 후 시선만 들었다.

"요 부근에서 가쓰라기 씨를 봤다는 분이 계십니다만."

슈야는 눈이 휘둥그레졌다.

─누군가 봤구나.

황급히 고개를 숙이고 "아, 그게" 하고 입속으로 중얼거렸다.

"죄송합니다, 착각했네요. ……8월 2일은 일을 쉬고 집에 있었습니다."

"그런데 소동이 일어난 줄 모르셨다고요?"

형사가 지체 없이 파고들었다.

"……왜."

묻는다기보다 저절로 그런 소리가 입에서 흘러나왔다. 두 형사는 대답하지 않고 탐색하는 듯한 시선을 던졌다. 슈야는 마음을 지탱하는 기둥이 희미하게 떨리는 기분이었다. 왜 이렇게 물고 늘어지는 걸까. 날 의심하나? 그렇게 생각하자 온몸에서 단숨에 핏기가 싹 가셨다.

"자고 있었습니다."

슈야는 꼬일 것 같은 혀를 열심히 움직여 대답했다.

"감기에 걸렸었거든요. 열이 39도까지 올라가서 어찌나 정신이 멍하던지. 그리고 에어컨을 켜놔서 창문도 닫아뒀습니다."

굳이 할 필요 없는 말까지 해버려서 형사와 눈을 마주칠 수가 없었다. 거짓말을 하는 인간은 말이 많아진다. 언젠가 텔레비전 같은 데서 본 문구가 갑자기 떠올라 더욱 초조해졌다.

더 태연하게 대답해야 한다. 형사들이 빨리 내가 무관하다고 판단하도록.

"밖에도 전혀 나가지 않았고,"

말하다 말고 누군가 자신을 봤다면 이것도 이상하지 않나 하고 깨달았다.

"……하지만 먹을 게 없어서 편의점 정도는 갔을지도 모르겠습니다만."

"혼자 사십니까?"

젊은 형사가 슈야의 말이 끝나기도 전에 끼어들었다. 얼핏 보기에 20대 후반일까. 슈야 또래다.

"그런데요."

"혼자 사는데 감기에 걸리면 더 고생이겠네요."

젊은 형사가 갑자기 친근한 어조로 말하며 슈야의 어깨 너머로 방을 힐끔 들여다보았다. 슈야는 문손잡이를 잡은 손에 반사적으로 힘을 주었지만, 형사가 문틈에 발을 끼워놓고 있어서 꼼짝도 하지 않았다. 슈야는 상체를 비틀어 실내에 쌓아둔 목재를 가렸다. 형사는 순순히 슈야의 얼굴로 시선을 돌렸다.

"이제 몸은 괜찮으십니까?"

"네…… 뭐."

─닷새 만에 다 낫다니 부자연스럽다고 생각하는 걸까.

"그거 다행이군요. 소방차 사이렌 소리는 못 들으셨어요?"

젊은 형사가 느닷없이 화제를 바꾸었다. 슈야는 시선을 이리저리 돌렸다. 어떻게 대답해야 할까. 옆 동네라지만 소방차가 왔는데 사이렌 소리가 전혀 들리지 않았다고 하면 부자연스러울까. 이제 사실과는 상관없이 어떻게 대답해야 형사들이 수긍하고 넘어갈까, 그 걱정뿐이었다.

"⋯⋯자느라고요."

간신히 그렇게만 대답했다. 하지만 자신의 귀에도 수상하게 들리는 목소리였다.

형사가 갑자기 코를 움찔거렸다.

"가쓰라기 씨, 담배를 피우시는군요. 무슨 담배입니까?"

"그게 무슨 상관인지⋯⋯."

"현장 근처에 이걸 떨어뜨리지 않으셨습니까?"

형사가 도중에 끼어들었다.

슈야는 형사의 손을 보고 깜짝 놀라 숨이 넘어갈 뻔했다. 바로 슈야가 애용하는 것과 똑같은 상표의 담배꽁초였다. 물론 단순한 우연일 것이다. 하지만 슈야의 반응에서 뭔가 알아내려는 것처럼 형사들의 눈빛이 날카로워졌다.

슈야는 허둥지둥 얼굴 앞에다 대고 손을 내저었다.

"아닙니다. 그건 제가 피운 게 아니에요. 애당초 저는 사이와이정에 가질 않았다고요."

"가지 않았다고요? 이상하네. 당신이 현장에서 10미터쯤 떨어진 주차장에서 담배를 피우며 맨션을 한동안 올려다보았다는 증언이 있는데요."

슈야는 두 귀를 의심했다.

이게 무슨 헛소리인가. 그럴 리 없다. 정말로 사이와이정에는 가지 않았다. 그 시간에는 해피라이프 리폼에 있었으니까.

"그래서 거기를 다시 조사해보니 이게 떨어져 있었습니다만."

"저 아닙니다!"

"그걸 증명할 수 있는 사람은 있습니까?"

슈야는 입을 벌렸다. 하지만 목소리가 목구멍에 턱 걸렸다.

대체 뭐가 뭔지 알 수가 없었다. 하지만 아주 무서운 사태가 벌어졌다는 것만은 이해가 갔다.

식은땀이 등을 타고 흘러내렸다.

─해피라이프 리폼에 있었다고 대답하면.

그러면 혐의를 벗을 수 있다.

하지만 동시에 지금까지 애써 숨겨왔던 사실이 들통난다.

"죄송합니다만 서까지 동행해주셨으면 합니다."

"그게 무슨,"

슈야는 깜짝 놀라 고개를 번쩍 들었다.

─그런 말도 안 되는.

나는 아무 잘못도 안 했다. 그런데 목격자가 있다는 이유만으로 범인 취급을 한단 말인가.

억울해하던 슈야는 숨을 짧게 들이마셨다.

"그이는 아무 잘못도 없어요. 그런데 이대로 가다가는 전부 그이가 뒤집어쓰게 생겼다고요."

불현듯 여자의 목소리가 머릿속에 되살아났다. 그리고 여자가 가지고 있던 것과 같은 신문에 실린 기사도 떠올랐다.


<사이와이정의 맨션에서 불이 나 사상자 두 명 발생>


전류처럼 강렬한 오한이 등줄기를 내달렸다.

교통사고 기사와 같은 면에 실려 있던 기사. 그리고 현장에 없었던 나를 목격했다고 거짓으로 증언한 사람이 있다는 사실.

평범하게 생각하면 그런 증언을 해본들 득을 보는 사람은 없다. 무엇보다 내가 실제로 어디 있었는지 밝히면 혐의는 바로 벗겨진다.

슈야는 심한 현기증을 느끼고 주저앉을 뻔했지만, 문손잡이를 잡고 버텼다.

―하지만 득을 보는 사람이 딱 한 명 있어.

설령 슈야가 바로 혐의를 벗더라도 상관없는, 아니 오히려 그러기를 바라는 사람이.

"자세한 이야기는 서에서 듣도록 하겠습니다."

"제가 그런 게 아니라고요 !"

슈야는 소리를 질렀다.

"당신은 자기 자신을 위해서만 증언하는군요."

입술이 덜덜 떨렸다. 관자놀이가 욱신거렸다. 여자가 한 말의 의미가 머릿속에 울려 퍼졌다.

슈야는 고개를 푹 숙인 채 맥없이 입을 열었다.

고마워, 할머니

뒤에서 문바퀴가 미끄러지는 소리가 들렸다.

반사적으로 상체를 틀어 뒤를 돌아보자 땅에 닿아 있던 유카타(목욕 후나 여름철에 주로 입는 무명 홑옷—옮긴이 주) 무릎 부분에서 뜨득, 하고 둔탁한 소리가 났다. 찌푸린 얼굴로 발코니 유리문에 손을 대고 왼쪽으로 체중을 실으며 일어서려 했을 때, 문이 움직이지 않는다는 것을 깨달았다. 시선이 잠겨 있는 크레센트 자물쇠로 빨려들었다.

휘둥그레진 두 눈 사이에 굵은 눈송이가 떨어졌다.

차갑다는 느낌을 받자마자 녹아서 물로 변한 눈이 콧대를 타고 흘러내렸다.

"뭐야?"

탁한 목소리가 새어 나왔다. 동요한 마음이 목소리에 묻어 나서 뺨이 화끈거렸다.

"안, 장난치지 말고 얼른 열어."

최대한 평소와 다름없는 목소리로 말하려 했지만, 자신이 듣기에도 당황한 낌새가 역력했다. 헛기침을 한 후 양손으로 무릎을 짚고 일어섰다. 축축한 눈이 맨발바닥에 닿자 목구멍에서 소리 없는 비명이 흘러나왔다. 젖은 머리카락이 금세 차가워졌고 오한이 단숨에 등줄기를 기어올랐다. 얇은 천 한 장에 감싸인 위팔에 오스스 소름이 돋았다.

"이런 꼴로 밖에 있으면 할머니 얼어 죽어."

별생각 없이 꺼낸 말이 심상치 않게 다가와서 가슴이 철렁했다.

유리문을 두드리는 주먹에 자신도 모르게 힘이 들어갔다.

"안! 할머니 말 안 들을래? 화낸다!"

하지만 유리창 한 장을 사이에 두고 서 있는 안은 무표정한 얼굴로 꼼짝도 하지 않았다. 무슨 생각을 하는 걸까. 안 들리는 걸까. 문득 떠오른 생각이었지만 그런 문제가 아니라는 걸 금방 알아차렸다. 왜냐하면 지금도 안은 나를 쳐다보고 있으니까.

"……안?"

목소리가 꼴사납게 떨렸다. 의연하게 행동해야 한다고 생각했지만 몸에 힘이 잘 들어가지 않았다. 이가 딱딱 맞부딪쳤고 등이 움츠러들었다. 제발 열어달라는 말이 턱밑까지 올라왔지만 간신히 참았다.

숨을 내쉬고 아랫배에 힘을 주어 안을 똑바로 노려보았다.

"안."

안의 어깨가 희미하게 떨렸다.

"해서 되는 일이 있고 안 되는 일이 있잖아. 안, 잘 생각해봐. 이건 되는 일이야, 안 되는 일이야?"

평소 야단칠 때의 어조로 말하자 안이 고개를 숙였다. 나는 한숨을 푹 쉬고 입매를 누그러뜨렸다.

"장난을 한번 쳐보고 싶었던 거지? 괜찮아. 안이 반성했다면 할머니도 화 안 낼게."

"……는 일."

"뭐?"

되묻는 것과 동시에 안이 고개를 들었다. 안의 얼굴에 풀죽은 기색이 없다는 사실을 깨달은 순간, 알아듣지 못한 말이 형태를 이루었다.

―되는 일.

방금 안은 그렇게 말하지 않았던가.

나는 얼른 그 생각을 지워버렸다. 그럴 리 없다.

"뭐? 안, 방금 뭐라고 했어?"

"되는 일."

이번에는 안의 입 모양도 보였다. 눈과 귀 양쪽으로 똑똑히 확인하고 나자, 자신이 무슨 질문을 던졌는지 아리송해졌다.

하얘진 주먹을 펴고 손바닥을 유리창에 댔다. 몇 분 전에 안쪽에서 만졌을 때는 엉겁결에 손을 뗄 만큼 차가웠는데, 지금은 딱딱한 감촉밖에 느껴지지 않았다.

혈관이 불거진 손가락 사이로 허공을 쳐다보는 안의 얼굴을 들여다보았다.

"저기, 안. 장난,"

이지, 하고 물으려던 말이 목구멍에 걸렸다. 안의 얼굴에는 웃음기가 전혀 없었다.

—혹시.

거기까지만 생각했는데도 온몸에서 열기가 싹 가셨다.

—혹시 안은 날 미워하고 있었던 걸까.

제일 먼저 그런 의심이 솟아올라서 실은 훨씬 예전부터 그럴 가능성을 마음속에 품고 있었단 걸 깨달았다.

"그게 안의 본심인지 아닌지 어떻게 알아. 엄마가 자꾸 그런 식으로 나오니까 안도 할머니 눈치를 보는 것뿐일 수도 있잖아."

불쾌함이 섞인 딸의 목소리가 귓속에서 울려 퍼지고 시야가 어두워졌다. 언제 들은 말이었지. 나는 뭐라고 대답했고. 그때 옆에 있던 안의 표정은 어땠더라.

정리되지 않는 생각의 틈새에서 안의 생기 없는 표정이 떠올라 급히 고개를 내저었다.

—아니야. 그럴 리 없어.

안은 언제나 내게 고마워했다. 고마워, 할머니. 그것도 전부 연기였다는 말인가.

보이지 않는 뭔가로 꾹 누른 것처럼 명치가 아팠다. 목소리가 되지 못한 숨결이 목구멍에서 새어 나왔다.

"안, 할머니는……."

다음 말을 이을 수가 없었다. 현기증이 심해서 서 있지도 못할 지경이었다. 그 자리에 쪼그려 앉아, 거기밖에 의지할 곳이 없다는 듯 거무스름한 문틀 구석을 노려보았다.

숨을 길게 내쉬고 넓적다리 위에 주먹을 쥐었다.

—아무튼 지금은 이 문부터 열게 해야 해.

안과 여러모로 대화를 나눌 필요가 있지만, 방에 들어가는 것이 급선무다.

"저기, 안."

애써 부드러운 목소리로 부르며 웃음을 지었다. 실은 안의 손을 양손으로 붙잡은 채 말하고 싶지만, 닿지 않으니까 어쩔 수 없다. 무릎으로 서서 안과 시선을 맞추고 입을 열었다.

"할머니가 뭔가 오해하고 있었는지도 모르겠네. 안, 할머니에게 하고 싶은 말이 있으면 해보렴. 귀 기울여 들을게."

어서, 하고 상냥하게 재촉하자 안이 고개를 살짝 젓더니 유리문에서 얼굴을 돌렸다. 나는 숨을 삼켰다. 하나도 재미있지 않건만, 입술이 마음과는 다르게 웃는 모양새로 굳어버렸다.

장난이 아니라는 것만은 알았다.

눈이 내리는 추운 날에 이런 차림새로 쫓아내면 죽는다. 아홉 살 먹은 안도 그 정도는 알 것이다.

일어서서 유카타 소맷자락을 누르고 입술을 깨물었다. 휴대전화는 방에 있다. 그리고 방에는 안밖에 없다.

유리문에서 물러나 발코니 난간으로 달려갔다. 몸을 내밀고 주변을 둘러보았다. 약 5미터 간격으로 줄지은 발코니 어디에도 사람은 없다. 당연하다. 이렇게 눈이 내리는데 굳이 발코니에 나오는 사람이 어디 있겠는가. 정처 없이 떠돌던 시선이 새까만 바다로 빨려들었다. 암벽을 때리는 파도 소리만 들려왔다. 뻣뻣하게 굳은 손가락 사이에서 명함이 빠져나갔다. 물기를 먹어 무거워졌을 텐데도 작은 종이는 바람에 팔랑팔랑 휘날리며 떨어져 내렸다. 명함을 눈으로 좇고 있자니 땅까지 얼마나 먼지 실감이 돼서 다리가 얼어붙었다. 고객님, 3층에서 7층까지 원하는 층을 사용하실 수 있는데, 몇 층이 좋으실까요? 할머니, 난 높은 게 좋아. 그래? 그럼 7층으로 부탁할게요. 체크인을 할 때 나누었던 대화가 떠올랐다. 설마 안은 이럴 생각으로 그랬던 걸까. 아니다, 그럴 리 없다. 발코니로 나온 건 명함이 바람에 날려 갔기 때문이다. 그럼 왜 안이 주우러 가지 않았을까. 생각에 생각을 거듭하다 부랴부랴 잡생각을 떨쳐냈다.

—역시 안에게 열어달라고 해야 해.

생침을 삼키고 유리문 앞으로 돌아왔다. 안 앞에 쪼그려 앉아 "얘, 안" 하고 타이르는 목소리로 말을 걸었다.

"빨리 문을 열어주지 않으면 할머니는 정말로 죽을 거야."

내던진 말이 안의 눈앞에서 얼어붙었다. 무표정해 감정을 읽을 수 없는 얼굴을 보자, 오싹하니 온몸에서 핏기가 가시는 기분이었다. 안, 지금 무슨 생각을 하는 거니. 왜 아무 말도 없어?

안의 마음을 모르겠는 건 이번이 처음이었다. 언제든지 이해하며 지내왔다. 안이 하고 싶은 일, 하기 싫은 일, 안이 좋아하는 것, 싫어하는 것. 누구보다도 안의 가까이에서 안을 지켜봐왔는데.

"할머니."

머리 위에서 목소리가 들려 고개를 휙 들었다. 나를 내려다보는 안과 눈이 마주쳤다.

안이 천천히 입꼬리를 끌어올렸다. 스스로가 지금 어떤 상황에 처했는지도 잊고서 신비한 빛을 띤 그 웃음에 한순간 매료됐다.

—안이 이렇게나 예쁜 아이였나.

마비된 머리 한구석으로 그렇게 생각했을 때, 안이 살며시 입을 열었다.

✦

새해 복 많이 받으세요.

동그스름한 금색 글씨와 꼬리가 빙그르르 말린 코믹한 원숭이 일러스트가 사진 여백에 가득했다.

사진 속에서 커다란 몸을 쭉 펴고 호쾌하게 웃는 사위의 모습이 제일 먼저 눈에 들어왔다. 그리고 몸에 꼭 맞는 검은색 원피스 차림의 딸과, 대조적인 부모 사이에서 포동포동한 등을 부자연스럽게 구부린 안에게 시선을 옮겼다. 길게 자란 앞머리 틈새로 노려보듯 카메라를 올려다보는 안과 눈이 마주치자 머리끝까지 화가 났다.

"대체 이게 뭐니."

나는 퉁명스럽게 쏘아붙이며 연하장 다발을 딸에게 들이 댔다. 딸은 항복이라는 듯 양손을 들고 요란스럽게 몸을 뒤로 젖혔다.

"뭐긴 뭐야, 연하장이지."

나는 테이블에 연하장을 내팽개쳐서 딸의 대답을 막았다.

"그야 보면 알지. 내 말은, 왜 연하장을 멋대로 만들었느냐 는 거야."

"어, 말 안 했나? 거래처인 인쇄 회사에서 싸게 해주겠다기 에 부탁했어. 어때, 괜찮지?"

주눅 드는 기색 하나 없이 눈을 동그랗게 뜨는 딸을 보자 머리가 띵했다. 내가 화났다는 것 정도는 알고도 남을 텐데, 어째서 이렇게 깐죽거리는 걸까. 아니면 모르는 걸까? 만약 그 렇다면 더 골치 아프다.

"괜찮기는 뭐가. 왜 네 맘대로 나서고 그러니? 연하장 사진 은 내가 고르겠다고 했잖아."

"그랬나?"

딸이 정말로 놀란 듯이 눈을 깜박이는 걸 보고 확신했다. 딸은 일부러 내게 알리지 않고 연하장을 만든 것이다.

나는 어휴, 하고 일부러 크게 한숨을 쉬었다.

"이런 사진을 쓰다니 믿기지가 않네. 얘, 넌 너희 딸이 안 예쁘니?"

"무슨 소리야. 당연히 예쁘지."

딸이 미간을 찌푸리고 몸을 내밀었다. 테이블에서 연하장 한 장을 집어서 뒤집더니 흐뭇한 표정을 지었다.

"음, 역시 잘 나온 사진이야."

"어디가?"

화가 나는 것을 넘어 불쾌하기까지 해서 나는 한 발짝 물러났다. 테이블을 내려다보자 가족사진을 인쇄한 연하장 수십 장이 어질러져 있었다. 킹사이즈 소파 침대에 나란히 앉은 사위와 안은 아빠와 딸 아니랄까 봐 생김새가 판박이다. 뚜렷한 쌍까풀에 커다란 눈, 반듯한 콧대와 입꼬리가 살짝 올라간 고운 입술. 하지만 그 모든 것이 똥그랗게 살찐 얼굴 속에 파묻혔다.

나는 연하장에서 고개를 돌려 거실 바닥에서 스트레칭을 하고 있는 안을 보았다. 사진을 찍었을 때보다 10킬로 넘게 빠져서 아역으로 데뷔까지 한 예쁜 손녀를.

"안, 너도 이런 사진은 싫지?"

안은 바닥에 떨어진 연하장을 곁눈질하더니 딱딱하게 굳은 얼굴로 고개를 끄덕였다.

"응."

"안."

딸이 부리나케 안 앞으로 뛰어가더니 다리를 180도로 벌린 안의 어깨를 양손으로 잡고 다정한 목소리로 말했다.

"네 마음을 솔직히 말해봐."

"나, 이런 거 싫어."

딸은 돌처럼 굳어버렸다. 나는 작게 코웃음을 쳤다.

"봤지? 안의 프로 의식이 얼마나 강한지도 모르고."

"프로 의식이라니……. 안은 아직 아홉 살밖에 안 됐는걸."

"나이가 뭔 상관이람. 안이 싫다니까 싫은 줄로 알아."

딸은 한순간 말문이 막혔지만, 깨끗하게 물러나지 않고 "엄마가 유도한 거잖아" 하고 목소리를 쥐어짰다.

"엄마가 자꾸 그런 식으로 말하니까 안이 자신을 무조건 긍정할 수 없게 되는 거야. 안, 엄마는 네 얼굴이랑 몸매가 어떻든 널 사랑해."

뒷부분은 안을 향해 열을 올려 말했다. 안은 고개를 숙인 채 아무런 반응도 보이지 않았다. 그런 안이 가엾어서 나는 무심코 "그만해" 하고 언성을 높였다.

"시답잖은 소리 집어치워. 나랑 안이 얼마나 고생했는지 알기는 알아?"

부모의 일 때문에 아주 어릴 적부터 미국에서 자라, 그쪽 식생활에 물들 대로 물든 안에게 다이어트를 시키려니 고생이 이만저만 아니었다. 귀국한 뒤로 정크푸드와 단것을 먹고 싶다며 우는 안을 야단치고, 매일 몸무게를 재어가며 격려한 건 바로 나다.

안은 점점 본래의 예쁜 얼굴을 되찾았다. 그 사실을 자각하자 안은 먹을 것이 아니라 거울에 손을 뻗었다. 늘 등을 웅크린 채 치켜뜬 눈으로 주변을 쭈뼛쭈뼛 바라보던 안은, 쭉 등을 펴고 선망하는 시선을 받게 됐다.

나는 딸을 밀어젖히고 안 앞에 꿇어앉아 가녀린 몸을 끌어안았다.

"안이 얼마나 열심히 노력했는지는 할머니가 잘 알지."

"할머니, 간지러워."

안이 몸을 비비 꼬며 웃었다. 부드럽고, 맑고, 사랑스러운 목소리였다. 안을 놓아주고 돌아보자 딸은 벌레를 씹은 듯한 표정이었다.

"……이렇게 어린애한테 다이어트를 시키다니, 이상해."

이쪽을 보지도 않고 마룻바닥을 향해 중얼거렸다. 나는 딸을 똑바로 바라보았다.

"그럼 미국에 살았을 때 안이 건강한 체질이었다고 생각하는 거니?"

"그야⋯⋯."

"좋아하는 음식이라고는 피자, 초콜릿, 프라이드치킨. 채소
도 제대로 안 먹고 운동도 안 해서 그저 투실투실 살만 쪘었
잖아."

"엄마, 그런 식으로 말하는 건,"

"내 방식에 불만이 있으면, 네가 일을 그만두고 밥이고 뭐
고 전부 다 해주려무나."

내가 말을 막고 쏘아붙이자 딸은 입을 다물었다. 애당초
귀국하고 나서도 일을 하고 싶으니 도와달라고 부탁한 건 딸
이다. 딸은 월요일부터 금요일까지, 거의 매일 안이 잠든 후에
야 들어온다. 저녁 차리기, 목욕물 받기, 다음 날 아침밥 차리
기, 안 돌보기 등등 전부 내가 도맡는다.

"난 말이다, 안이 품고 있는 가능성을 펼쳐주고 싶을 뿐이
야."

고개를 숙인 딸의 얼굴을 들여다보며 느릿느릿 말을 걸었다.

"아역 배우는 아무나 하고 싶다고 할 수 있는 일이 아니야.
기획사에 소속된 수많은 아이들 중에 안처럼 콕 찍어서 의뢰
가 들어오는 아이는 한 줌도 안 되지. 안에게는 재능이 있어.
너도 엄마니까 그 재능을 펼쳐주고 싶지?"

"그야 뭐, 그렇지만……."

"아무튼."

나는 목소리 톤을 높여 이야기를 끝맺었다.

"안이 예쁘게 나온 사진으로 연하장을 다시 만들 거야."

"뭐?"

딸이 고개를 번쩍 들었다.

"무슨 소리야, 아깝잖아."

"괜찮아, 우체국에 들고 가서 잘못 쓴 엽서라고 하면 새 엽서로 교환해줄 테니까."

"인쇄비도 날리는 셈인데."

"돈 문제가 아니잖니."

나는 따끔하게 말했다.

"안은 이제 평범한 아이가 아니야. 아역 배우로 일하는 프로라고. 프로듀서나 기획사 관계자, 업무와 관련된 사람들에게 연하장을 보내서 자연스럽게 사진을 보여줄 수 있는 좋은 기회야. 이런 사진을 보냈다가 일이 끊기기라도 하면 어떡할 거니."

"어린애인데 일할 필요가 어디 있어?"

"얘도 참, 아직도 그런 소리를 하네."

나는 눈을 부릅떴다. 질렸다는 말이 입에서 흘러나왔다.

"그 이야기는 지금까지 지겹도록 하지 않았니. 넌 안의 의사를 존중하기로 했지? 그래서 안에게 어떻게 하고 싶으냐고 물어보니, 안도 일하고 싶다고 대답했어. 그래서 일을 시작한 거잖아."

"그건…… 하지만 그게 안의 본심인지 아닌지 어떻게 알아. 엄마가 자꾸 그런 식으로 나오니까 안도 할머니 눈치를 보는 것뿐일 수도 있잖아."

"아, 그래? 그럼 안에게 다시 물어보든지? 나는 자리를 비켜줄게."

그렇게 말하고 몸을 돌려 거실을 나섰다. 침침한 복도의 공기는 싸늘하리만큼 차가웠다. 나는 문에 등을 기댄 채 위팔을 문지르다 천장으로 고개를 쳐들고 엄지와 검지로 미간을 주물렀다.

─어처구니가 없어서 원.

이렇게 시답잖은 대화를 몇 번이나 되풀이해야 할까. 입술이 일그러졌다. 사실 딸은 안의 마음을 알고 싶은 게 아니리라. 그저 자기가 바라는 대로 안이 대답하기를 기다릴 뿐이다. 그렇기에 딸은 같은 질문을 몇 번이고 안에게 던지는 것이다.

나는 중력이 시키는 대로 무거운 눈꺼풀을 내렸다. 천천히 열을 헤아리고 나서 주먹을 쥐고 문을 두드렸다.

"이제 들어가도 돼?"

하지만 대답은 돌아오지 않았다. 나는 미간을 모으고 문에 귀를 댔다.

"뭐야? 아직도 이야기 안 끝났어?"

"들어와, 할머니."

대답한 것은 안이었다. 나는 숨을 짧게 내쉬고 거실로 들어갔다. 딸의 얼굴이 침통한 것으로 보건대 안이 어떻게 대답했는지는 물어볼 필요도 없었다. 어처구니가 없어서 원. 다시 한번 그렇게 생각하고 테이블 위에 흩어진 연하장을 모았다.

"잘 알았지? 다시는 쓸데없는 짓 하지 마."

경고한 후 연하장을 정리해 뒤집은 순간이었다.

"시어머니에게도 보여드렸어."

갑자기 딸이 나지막하게 말했다.

나는 움직임을 멈추고 시선만 들어 딸을 보았다.

"……그게 무슨 소리야?"

"오랜만에 보내는 연하장이잖아? 그래서 어머님께도 미리 확인을 받았지."

딸은 입매를 살짝 풀었다. 나는 말라붙은 목구멍을 침으로 축였다.

"비슷한 구도로 다시 찍으면……."

"늦을걸."

딸은 기세를 되찾은 것처럼 딱 잘라 말했다.

"그이는 크리스마스가 지나야 돌아오니까."

그이, 혼자 미국에서 일하고 있는 사위의 얼굴이 떠올랐다.

"그럼 딱히 가족사진에 연연할 필요는 없잖아. 안만 나온 사진으로 다시 만들면,"

"어머님한테는 뭐라고 설명해?"

딸은 마치 직장에서 일할 때처럼 거침없이 받아쳤다.

"무엇보다 연하장은 가족이 보내는 거잖아. 난 부모의 이름도 적었으면서 아이 사진만 들어간 연하장은 별로야."

"다들 그러는데 뭘! 그리고 안의 사진이라면 받은 사람도 눈호강을 하는 셈인걸."

"연하장에 그런 걸 바라는 사람은 없어."

딸은 입꼬리를 끌어올려 웃음을 지었다.

"이런 건 형식이 중요해. 사진발을 잘 받았는지는 누구도 신경 쓰지 않는다고."

"하지만 먼 훗날까지 남잖아? 앞으로 안은 점점 스타로 성장할 텐데, 이런 사진이 유출되기라도 하면 큰일이야. 지금까지 안이 뚱뚱했던 시절의 사진을 가지고 있는 사람은 국내에 아무도 없었는데."

"유출이라니, 호들갑은."

"호들갑이라니! 그렇지, 안?"

안이 허공을 쳐다보고 고개를 끄덕였다. 불안한 듯한 표정을 보자 가슴이 메었다. 그 표정에 딱딱하게 굳은 안의 옆얼굴이 겹쳤다.

그때 안은 기획사 선배가 출연한 예능 프로그램을 보고 있었다. 출연자들의 어린 시절 사진을 보고 누구인지 맞히는, 흔해 빠진 퀴즈 코너였다. 개성 있는 미남 연기자로 인기가 높은 남자 출연자의 어린 시절 사진이 예상외로 귀여워서 스튜디오에 환호성이 일었지만, 안은 안색이 좋지 못했다.

"저기, 할머니. ……내 사진도 언젠가 저렇게 다른 사람들이 보게 될까?"

그런 걱정을 하고 있었단 말인가. 나는 흐뭇한 기분으로 "걱정 마" 하고 안의 머리에 손을 얹었다.

"공개하기 싫으면 사진을 방송 스태프에게 주지 않으면 그만인걸."

"하지만…… 멋대로 보여주는 것 같은데."

나를 올려다보던 안이 다시 텔레비전으로 고개를 돌렸다. 화면 속에서는 배우가 호들갑을 떨고 있었다. 이게 뭐야, 어느 틈에 이런 사진을. 카메라에 잡힌 매니저가 자기는 모른다는 듯이 어깨를 으쓱했다. 십중팔구 짜고 치는 연기다. 적어도 매니저의 승낙 없이 배우의 과거 사진을 사용할 리 없다.

하지만 그렇게 말해도 안의 표정은 풀리지 않았다. 그리고 안은 그로부터 며칠 후 집에 있던 자신의 앨범을 전부 버렸다.

나는 눈에 힘을 주어 딸을 노려보았다.

"얘, 자기 사진을 버린 안의 마음을 모르겠니?"

"마치 엄마는 이해한다는 식으로 말하지 마."

딸은 내뱉는 듯한 투로 말했다.

"그것도 결국 엄마가 시킨 거나 마찬가지잖아."

"내가?"

목소리가 갈라졌다.

"무슨 소리를 하는 거야. 난 아무 짓도 안 했어. 말했잖아? 오히려 난 옛날 사진이 자기 의사와는 상관없이 공개되지는 않을까 걱정하는 안을 달랬다고."

"안한테 못생겼다고 했다면서. 그게 달랜 거야?"

"예쁜 사진이라면 모를까, 아주 나쁜 마음을 먹지 않은 이상은 못생긴 사진을 쓸 리 없다고 했어."

"못생긴 사진이라니, 그렇게 말하지 마!"

딸이 고함을 지르며 테이블을 내리쳤다.

"엄마의 가치관을 강요하지 마. 조금 뚱뚱한 게 뭐 어때서?

어린애다워서 예쁜 사진이잖아. 컴퓨터에도 좀 저장해놨으니 망정이지, 자칫하면 지금까지 찍은 안의 사진이 전부 없어질 뻔했다고."

"대체 몇 번을 말해야 알아먹겠니."

몸은 거의 움직이지도 않았건만 숨이 찼다.

"연예계는 어린애답다는 허울 좋은 소리가 통하는 바닥이 아니란 말이야. 조금이라도 틈을 보였다가는 지는 거야. 지금이라면 유출되지 않게끔 통제할 수 있는데, 왜 굳이 이렇게 못생긴 사진을 보내려고,"

"그만 좀 해!"

딸이 신경질적으로 소리를 질렀다.

"그렇게 불만이면 다시 만들든지. 하지만 난 이 연하장을 보낼 거야."

딸은 연하장 다발을 챙겨 들고 몸을 휙 돌렸다.

"잠깐만."

허둥지둥 손을 뻗었지만 한 끗 차이로 닿지 않았다. 딸은 마치 놀리듯이 연하장 다발을 머리 위로 높이 쳐들고 흔들었다.

목구멍에서 작은 신음이 새어 나왔다.

"내 말 못 알아들었어? 그래서는 의미가 없다니까. 이런 사진은 단 한 장도 나돌아다니면 안 돼."

"그럼 엄마가 어머님을 설득하든지."

나는 아랫입술을 깨물었다. 불가능한 일이다. 안의 친할머니는 누구보다도 안의 연예계 활동에 반대했다. 아이답지 않다. 유명세를 치르려면 고생한다. 학교 공부를 소홀히 하다니 말도 안 된다. 며느리를 볼 때마다 꼭 그렇게 말하는 사람인데, 어떻게 이쪽의 논리로 설득한단 말인가.

현기증이 살짝 느껴져 주먹을 쥐고 손톱으로 손바닥을 찍었다. 통증에 의식을 집중해 부글부글 끓는 속을 달랬다.

"할머니."

가녀린 안의 목소리를 듣자 정신이 번쩍 들었다. 어느덧 안이 반걸음 뒤에 서 있었다. 매끄러운 뺨에서 핏기가 사라졌고, 얇은 입술도 약간 창백해졌다.

"할머니가 아무것도 못 해줘서 미안하구나, 안."

안을 끌어안고 딸에게 들리도록 말하자, 안이 품속에서 몸을 살짝 비비댔다. 나는 안의 부드러운 머리칼을 어루만지며 작게 중얼거렸다.

"가엾어라."

딸은 한순간 걸음을 멈추고 입을 벌렸다. 하지만 결국 아무 말도 꺼내지 않고, 연하장 다발을 든 채 거실에서 나갔다.

안이 처음 아역 배우가 되고 싶다고 말한 건 지금으로부터 1년 전, 귀국이 결정된 딸과 안이 준비차 잠시 일본에 들어와 있을 때였다.

앞으로는 안과 좀 더 편하게 만날 수 있겠구나 싶어서 기뻤지만, 일본 생활에 익숙지 않은 안이 당황스러워하는 기색이라 딱하기도 했다. 나는 재미있는 곳이 많다는 걸 알려주고 싶어 매일같이 유원지며 온수 풀장에 안을 데리고 갔다. 하지만 어딜 가도 안은 내가 시키는 대로 구경하거나 놀이기구를 탈 뿐, 그렇게 재미있어하는 것처럼은 보이지 않았다.

지친 끝에 마지막으로 친구가 표를 준 뮤지컬을 보러 갔다. 안에게는 아직 이를지도 모르겠다 싶었지만, 솔직히 더는 돌아다닐 체력이 없었다.

하지만 스토리를 잘 따라갈 수 있을까 걱정했던 건 기우였다. 시작하기 전만 해도 영화와 달리 팝콘을 못 먹어서 칭얼거리던 안이, 팝콘 대신 사준 사탕을 먹는 것조차 잊어버리고 내내 몸을 내민 채 뮤지컬에 집중했다.

"저어, 할머니. 나, 걔를 만나보고 싶어."

뮤지컬이 끝나고 로비로 나왔을 때, 출연자들과 만나는 시간이 있다는 걸 알고 안은 뺨을 붉히며 그렇게 말했다.

준비된 장소로 가보자 안과 동갑인 여자아이가 있었다.

그 후 만두 광고로 화제에 올라 이름을 모르는 사람이 거의 없을 만큼 일약 스타가 된 미쓰키는, 당시 무명이었지만 연기력은 놀랄 만큼 뛰어나 함께 공연했던 베테랑 배우를 압도하는 장면마저 나왔을 정도였다.

안은 미쓰키 앞에 몰려든 사람들에게서 눈을 떼지 못한 채 다시 입을 열었다.

"악수하고 싶어."

내가 알기로 안이 먼저 남과 교류하기를 바란 건 그때가 처음이었다. 내성적인 성격이라 홈 파티에 데려가도 그 집 아이들과 놀지 않고 조용히 요리만 먹었다는 안이 말이다. 그것만으로도 눈시울이 뜨거워졌다.

―안, 친구가 없는 모양이야.

딸의 말이 머릿속에 떠올랐다.

―국제 학교에서도 늘 혼자 지냈던 모양인데…… 왕따를 당한 건 아니었지만, 가끔 놀림을 받았던 것 같아. 하지만 안에게도 책임은 있어. 친구가 말을 걸어도 대답을 하지 않고 무시했거든. 그러니까 일방적으로 미움을 받은 건 아니야. 안에게 무시당하고 운 아이도 있다니까, 그런 의미에서는 피장파장이라고 할까…….

피장파장은 무슨, 네가 안을 잘 지켜줘야 할 거 아니야. 일단 그렇게 딸을 야단쳤지만, 마음을 모르는 바는 아니었다. 안이 일방적으로 미움을 받을 만한 아이는 아니라고 여기고 싶었을 것이다. 따돌림을 당하는 것이 아니라 혼자 있고 싶어 하는 것이다. 그러니 전혀 비관할 일이 아니라고.

"그렇구나. 그럼 가볼래?"

약간 뻣뻣해진 손으로 안의 등을 밀었다.

하지만 막상 미쓰키 앞에 가자 안은 고개조차 들지 못했다.

"왜 그러니, 안. 얼른 인사해야지."

당황해서 어깨를 두드렸지만 안은 우물쭈물하며 자기 손톱만 만지작거렸다.

"빨리 안 하면 순서가 끝날 거야. 악수하고 싶다면서?"

초조함이 솟아올랐다. 아무 말도 하지 않으니 계속 여기 버티고 있을 수는 없다. 그러나 아무 말도 하지 않고 물러나면 안은 분명 후회할 것이다. 모처럼 자신의 의지로 행동에 나서는 경험을 쌓을 기회인데.

"미안하구나."

나는 불쑥 미쓰키에게 말을 꺼냈다.

"우리 손녀가 참 내성적이라……. 실은 미쓰키 양이랑 악수를 하고 싶다고 했어. 이게 우리 손녀한테는 참 드문 일이거든."

"감사합니다. 정말 기쁘네요."

미쓰키는 익숙한 태도로 말하며 안에게 웃음을 지어주었다. 미쓰키의 웃음을 보자 나까지 마음이 편해졌다. 이 정도면 충분할까 싶었을 때 미쓰키가 안의 손을 잡았다.

"이름은 뭐니? 몇 살이야?"

안이 몸을 움찔하며 손을 빼냈다. 내가 얼른 대답했다.

"안이라고 해. 이제 곧 아홉 살."

"와, 저랑 똑같네요!"

방금 손길을 거부당했지만, 미쓰키는 그런 일이 없었다는 듯 아무렇지도 않게 가슴 앞에서 손뼉을 치고 신난 목소리로 말했다. 가까이에서 보니 너무 짙은 화장도 다른 세상에서 살아가는 증표처럼 보였다. 땀이 반짝이는 피부가 눈부셨다. 고마운 마음에 가슴이 뜨거워졌다. 제대로 이야기는 못 했지만, 안에게도 좋은 추억으로 남으리라. 악수가 하고 싶어서 자기 스스로 줄을 섰으니까 미쓰키와 이야기를 나눌 수 있었다며 자신감을 가지는 계기가 될지도 모른다.

"미쓰키 양, 고마워."

"안, 넌 어떤 음식을 좋아하니?"

이야기를 마무리하고 물러가려 했지만 미쓰키가 또 질문을 했다. 마치 전학생에게 말을 붙이는 학급 위원처럼.

"안. 미쓰키가 어떤 음식을 좋아하느냐고 묻잖아."

어깨를 잡고 흔들었지만 안은 꼼짝도 하지 않았다.

—이건가.

입안에 쓴맛이 돌았다. 딸의 말처럼 처음에는 안에게 먼저 말을 건 아이도 있었으리라. 하지만 이 정도까지 반응이 없으면 같은 또래가 아니더라도 어쩌면 좋을지 난감해진다. 나도 어쩌면 좋을지 몰랐다.

"어, 우리 손녀는 피자를 좋아해."

대답하면서 속이 바짝바짝 탔다. 안 된다, 너무 평범한 대답이라 이래서는 대화가 연결되지 않는다.

"장래희망이 뭐냐는 질문에 피자라고 대답한 적도 있을 정도로……."

말하다 말고 아차 싶었다. 고개를 숙이고 있던 안이 소맷자락을 세게 잡아당겼기 때문이다. 이건 말하지 않길 바랐단 걸 알고서야, 안이 그렇게 대답했을 때 어땠는지가 떠올랐다. 모두에게 비웃음을 당해 안은 얼굴이 새빨개졌다고 했다.

혹시 그 일 때문에 안이 이렇게까지 내성적으로 변한 거라면.

"피자가 되고 싶다고? 피자집을 하고 싶은 게 아니라?"

목소리를 높이는 미쓰키를 보자 후회가 막심했다. 어쩌지. 어떻게 두둔하면 좋지.

"아니야."

안의 목소리가 들려 깜짝 놀랐다. 바라보니 안의 두 귀가
새빨갰다.

"피자는 못 돼. 그런 건 나도 알아."

금방이라도 울음을 터뜨릴 것 같은 목소리였다. 나는 냉큼
안의 옆에 무릎을 꿇고 앉았다.

"그럼, 그럼. 미안하구나, 안. 할머니가 괜히 예전 이야기를
꺼내서."

그렇게 말하며 안의 등을 문지른 순간이었다.

"될 수 있어."

왼쪽에 서 있던 미쓰키 쪽에서 경쾌한 목소리가 들렸다.
안이 화들짝 놀랐는지 처음으로 고개를 홱 들었다. 따라서 나
도 시선을 주자 미쓰키는 부드럽게 미소를 지었다.

"뭐든지 될 수 있어. 나도 아까까지 고양이 요괴였는걸."

미쓰키에게 인사를 하고 줄에서 벗어난 뒤에도 안은 한동
안 멍한 상태였다. 잘됐다느니, 미쓰키는 참 착하다느니 말을
걸어도 대답이 없었다. 하지만 평소처럼 마음을 닫았다기보
다 정말로 다른 데 정신이 팔려 그런 것 같았다.

아무튼 싫은 추억으로 남지는 않을 듯해서 다행이었다.

그렇게 생각했을 때 안이 작게 말했다.

"저어, 할머니. 나도 미쓰키처럼 되고 싶어."


"컷!"

호통치듯 날카로운 감독의 목소리가 스튜디오에 울려 퍼졌다.

양손과 입에 번들거리는 기름을 묻힌 채 프라이드치킨을 우물거리던 안이 즉시 치킨에서 입을 뗐다. 나는 물티슈를 들고 부리나케 달려가 주위의 시선에서 안을 가리듯이 섰다. 허리를 구부리고 안의 입가에 물티슈를 댔다.

"얼른 뱉어."

내가 작게 말하기도 전에 안이 씹고 있던 닭고기를 물티슈에 뱉었다. 입에서 길게 이어진 침을 잡아당겨서 끊고, 물티슈를 허리에 찬 파우치 속의 비닐봉지에 넣었다. 물티슈를 한 장더 뽑아 안의 양손과 입을 닦아주었다. 그러는 동안 안은 시선만 들어 감독 쪽을 살폈다.

그 시선에 이끌려 나도 감독을 돌아보았다. 그러고 보니 아까 전까지는 컷을 외치자마자 평을 하며 의견을 내놓았는데, 이번에는 아직 아무 말도 없었다.

감독은 살짝 굳은 웃음을 띤 채 양복 차림 중년 남자에게 모니터 화면을 보여주고 있었다. 중년 남자는 그런 대접을 받는 게 당연하다는 듯이 팔짱을 낀 채 모니터를 내려다보았다. 아까까지는 없었던 사람이다.

누굴까 생각한 순간, 중년 남자는 화면을 가리키며 웃음을 지었다.

"얘, 괜찮네."

나는 숨을 짧게 들이마셨다. 안을 보고 하는 말이다!

감독이 신경 쓰는 상대이니, 방송국의 높은 사람이리라. 그런 사람이 안을 보고 '괜찮다'고 했다! 흥분이 뱃속에서 솟아오르고 입매가 누그러졌다. 중년 남자가 화면에서 고개를 들고 이쪽을 보았다. 나는 안의 어깨에 오른손을 올리고 고개를 살짝 숙여 인사했다. 한 발짝 내디디며 왼손을 재킷 호주머니에 넣었다가 흠칫 놀라 손을 내려다보았다. 허둥지둥 반대쪽 호주머니도 옷 위로 두드린 후, 파우치 속을 헤집었다. 명함, 명함이 어디 있더라. 설마 오늘 같은 날 잊어버리고 온 건 아니겠지. 식은땀이 관자놀이를 타고 흘러내렸고 내장이 잔뜩 오그라들었다.

그러는 동안에도 중년 남자는 이쪽으로 다가오는 중이었다. 빨리 명함을 찾아서 인사해야 한다. 이름을 각인시킬 절호의 기회다. 내 실수로 기회를 놓쳐서는 안 된다.

"할머니."

"일어나서 먼저 인사하렴."

걱정스러워하는 안의 목소리에 나지막이 대답하며 비닐봉지를 끌어당기고 빗을 치우자, 눈에 익은 명함집이 나타났다. 찾았다!

"아."

하지만 중년 남자는 명함을 내밀려는 내 옆을 지나쳐 자연스럽게 안에게 다가갔다. 그리고 멀뚱하게 서 있는 안의 앞에서 허리를 구부렸다.

"정말 맛있게 먹어주더구나."

—먹어준다고?

묘한 표현이라 의아하게 생각하며 명함을 꺼내 "저어" 하고 한 발짝 앞으로 나섰다.

"인사가 늦어서 죄송합니다. 저는 니시카와 안의 매니저입니다."

나는 안의 명함을 내밀었다. 앞면에는 안의 웃는 얼굴과 이름만 크게 박아놨고, 내 이름과 연락처는 뒷면에 있다.

"네? 아아, 감사합니다."

중년 남자는 눈을 깜박깜박하더니 명함을 받았다. 그 손이 가슴주머니로 향하는 걸 가만히 바라보았다. 명함을 받아준 것만으로도 감지덕지지만, 상대도 명함을 준다면 더할 나위 없다. 나중에 인사한다는 핑계로 메일을 보내 한 번 더 안을 홍보할 수 있기 때문이다.

다음 순간 중년 남자가 명함을 꺼내며 말했다.

"안녕하세요, 후지누마라고 합니다."

"감사합니다. 명함 잘 간직하겠습니다."

나는 고개를 깊이 숙이며 명함을 들여다보았다. 작은 종이에는 〈파파 치킨〉이라는 로고와 익숙한 닭 일러스트가 박혀 있었다. 큼지막한 역에는 꼭 있다고 할 만큼 간판이 자주 눈에 띄는 패스트푸드점이다.

—이번 광고의 광고주야.

나는 즉시 파우치 아가리를 손바닥으로 가렸다.

"이번 광고는 아역 배우의 연기가 무엇보다 중요하거든요. 그렇게 말했더니 P에이전시에서 안을 추천하더군요."

"그렇게 말씀해주시니 기쁘네요. 자, 안."

"감사합니다. 열심히 노력하겠습니다!"

안이 싹싹하게 인사하자 후지누마는 눈초리를 내리며 흐뭇하게 웃었다.

"참 야무지구나. 아직 아홉 살이지?"

안은 평소 내가 가르쳐준 대로 수줍은 웃음으로 답했다. 후지누마는 만족스러운 듯이 고개를 끄덕였다.

"이야, 안에게 부탁하길 정말 잘했어."

후지누마의 말에 가슴이 뜨거워졌다.

사실 이번 광고에서 안이 등장하는 시간은 10여 초에 불과하다. 하지만 후지누마 말마따나 안의 연기에 광고의 완성도가 좌우되는 것도 사실이다.

설 연휴에 치킨을 먹자는 내용의 광고다.

할아버지, 할머니 집에 간 안이 "자, 세뱃돈"이라는 말에 눈을 반짝이는 장면. 하지만 곧 할아버지, 할머니 사이를 빠져나와 안쪽 식탁으로 달려가는 장면이 이어지고, 식탁에 가득 차려진 치킨이 비친다. 마지막으로 정말 맛있게 치킨을 먹는 안의 클로즈업된 상반신에 〈파파 치킨이 세뱃돈을 드립니다〉라는 자막과 설 연휴 한정 할인 메뉴가 겹친다.

"아주 맛있게 먹는 모습이 보기 좋았어."

후지누마는 눈을 가늘게 뜨고 안의 얼굴을 들여다보았다.

"자주 먹니?"

안이 나를 휙 돌아보았다. 대화에 부자연스러운 틈이 생겨서 혀를 찰 뻔했다.

"네, 그럼요."

나는 안과 후지누마 사이에 끼어들었다.

"안이 파파 치킨을 얼마나 좋아하는데요."

"그런가요, 이렇게 기쁠 수가."

후지누마는 대화에 묘한 틈이 생긴 걸 눈치채지 못한 듯했다. 나는 웃음을 갖다 붙인 입꼬리를 의도적으로 더 끌어올렸다.

"그래서 이번에 파파 치킨에서 광고를 의뢰했다는 이야기를 듣고 정말 기뻤어요."

"그렇게 말씀해주시니 저희도 영광입니다. 아 참."

후지누마가 양복 안주머니에 넣어둔 지갑에서 갑자기 쿠폰을 한 장 꺼냈다.

"이거, 파파 치킨의 모든 지점에서 사용할 수 있는 무료 치킨 쿠폰이야. 자, 받으렴."

후지누마가 안에게 쿠폰을 내밀자 이번에는 안도 나를 쳐다보지 않고 받았다.

"감사합니다."

하지만 목소리에는 어린아이다운 천진난만함이 없었다. 나는 안의 등을 세게 두드리며 와, 하고 환성을 질렀다.

"좋겠다, 안!"

안이 어깨를 움찔하며 고개를 들더니 촬영할 때와 똑같은 표정을 지었다.

"무료 치킨 쿠폰이야! 신난다!"

"많이 먹고 쑥쑥 크려무나."

"네!"

안이 포니테일을 흔들며 얼굴 가득 웃음을 짓자 후지누마
는 만족스러운 표정으로 물러갔다. 후지누마가 스튜디오에서
나가는 것과 동시에 감독이 "오케이" 하고 소리쳤다.

"안, 좋았어."

"감사합니다."

"먹고 싶으면 남은 치킨 가지고 갈래?"

"와, 그래도 돼요?"

안은 가슴 앞에서 손뼉을 치며 들뜬 목소리로 말했다.

"신경 써주셔서 감사합니다."

나는 거듭 고개를 숙이며 조감독이 건네준 비닐봉지를 받
았다. 안의 등을 두드리자 화들짝 놀란 것처럼 안이 등을 쭉
폈다.

"감사합니다! 먼저 실례하겠습니다!"

또렷또렷한 목소리로 크게 말하고 허리를 깊이 숙였다. 나
는 안의 팔을 세게 잡아당기며 서둘러 대기실로 돌아와 문을
닫자마자 안을 돌아보았다.

"안."

나지막하게 부르자 안이 어깨를 살짝 떨었다.

"왜 제대로 대답하지 않았어?"

"······죄송해요."

"그 사람은 파파 치킨에서 나온 사람이야. 그 사람이 안을 쓰겠다고 결정했기 때문에 안이 일을 받을 수 있었던 거라고. 알겠니?"

안이 몸을 움츠렸다.

"할머니가 늘 말했지? 카메라가 돌아가지 않을 때도 일하는 중인 거야. 생각해보면 알 텐데. 파파 치킨 사람이 물어봤으니 자주 먹는다고 대답해야 하잖아."

"하지만 안 먹으니까······."

"실제로 먹는지 안 먹는지는 상관없어."

치킨이 든 비닐봉지와 무료 치킨 쿠폰을 종이봉투에 넣었다. 허리에 찬 파우치에서 촬영 중에 안이 뱉은 치킨도 꺼내서 종이봉투에 던져 넣었다. 안이 휘둥그레진 눈으로 팔을 뻗었다. 나는 안을 무섭게 노려보았다.

"안, 이런 걸 먹으면 돼, 안 돼?"

"······안 돼요."

"안이 꼭 먹고 싶다면 먹어도 돼. 하지만 이런 걸 먹었다가는 다시 옛날 몸매로 돌아갈걸. 그래도 괜찮겠어?"

안이 힘껏 고개를 저었다.

나는 표정을 누그러뜨렸다.

"그래, 그럼 됐어. 자, 할머니가 만들어 온 도시락 먹자."

가방에서 작은 도시락을 꺼냈다. 오곡밥에 반찬은 토란찜, 열빙어구이, 다시마 절임, 건더기가 가득한 된장국이다.

안은 도시락을 바라보며 작게 말했다.

"고마워, 할머니."


컴퓨터 앞에서 꼼짝도 하지 않는 안에게 무슨 말을 해야 할지 몰랐다.

창문에서 비쳐드는 석양이 얼룩이나 뾰루지 하나 없이 매끄러운 피부를 비추었다. 이윽고 안이 조용히 오른손을 들더니 무표정한 얼굴로 마우스를 잡고 클릭했다.

오디션 결과가 적힌 메일 화면이 닫히고 안의 얼굴을 배경으로 설정한 모니터 화면이 나타났다. 눈부실 만큼 밝게 웃는 배경화면의 얼굴과 지금의 무표정한 얼굴이 그야말로 천지 차이라 가슴이 아팠다.

안, 하고 부르려다 목소리를 꿀꺽 삼켰다. 화면이 인터넷 게시판으로 바뀌었다. 오디션 정보가 모이는 통칭 데뷔 게시판은 나도 정기적으로 확인하는 곳이었다. 오디션에 참가하는 경쟁자의 동향을 살필 수 있고, 가끔은 다른 날에 오디션을 본 사람이 부주의하게 정보를 흘리기도 하기 때문이다.

하지만 오디션 결과가 나온 지금은 낙선을 한탄하는 글만 올라왔다. 누가 합격했는지 질문하는 글이나, 결과를 조작한 게 뻔하다고 주최 측을 욕하는 글까지 눈에 띄어 입안이 씁쓸해졌다.

안에게는 이런 걸 보여주고 싶지 않았다. 확실히 이번 오디션에서는 안도 제 실력을 톡톡히 발휘했으므로 합격하지 않을까 기대도 했다. 하지만 떨어진 원인을 이런 곳에서 찾아본들 아무 의미도 없다.

나는 웅크린 안의 등을 보기가 싫어져서 고개를 돌렸다. 테이블 가장자리에 쌓아둔 우편물을 집어 부동산 광고지와 초밥집 메뉴 사이에서 필요한 것만 가려냈다.

엽서 한 장이 눈에 들어오자 나도 모르게 "아" 하고 목소리가 나왔다.

"미쓰키가 상을 당했네."

안이 재빨리 돌아보았다. 엽서 내용에 반응했다기보다 이제야 제정신을 차린 듯한 동작이었다. 실제로 안은 내 얼굴을 보고 고개를 갸웃했다.

"상을 당했다는 게 무슨 뜻이야?"

그건, 하고 대답하려다가 컴퓨터를 가리켰다.

"뭐든지 바로 묻지 말고 스스로 찾아보라고 할머니가 그랬지?"

안은 고개를 살짝 끄덕이고 컴퓨터를 향해 앉아 다른 창을 열고 조사하기 시작했다. 눈살을 모은 채 몇몇 사이트를 살펴보던 안이 다시 나를 돌아보았다.

"누군가 죽었다는 뜻?"

나는 대답하는 대신 상중 엽서를 건네주었다. 안은 엽서를 내려다보고 "신년 인사를 드려야 마땅하지만, 어머니의 상중이라 부득불 양해 말씀 올립니다" 하고 더듬더듬 읽더니, 한 박자 늦게 숨을 삼켰다.

"엄마가 죽었다는 거야?"

"그래. 소중한 가족이 세상을 떠났는데 새해 복 많이 받으라느니, 축하한다느니 인사를 하는 건 이상하지? 그래서 그럴 때는 연하장이 아니라 이렇게 상중 엽서를 보내는 거야."

안은 입술에 손을 댔다. 묵묵히 뭔가를 생각하듯 잠깐 그러고 있더니 불쑥 중얼거렸다.

"미쓰키는 괜찮을까."

안이 연예인을 꿈꾸는 계기가 된 미쓰키는 현재 안의 기획사 선배다. 어머니가 매니저를 맡았으니 타격이 크리라. 하지만 다음 분기부터 시작되는 연속 드라마에서 미쓰키는 아버

166

지를 병으로 잃는 소녀 역할을 맡았다.

"매니저는 소속사에서 붙여줄 테니까 별문제 없을 거야. 게다가 연기에 깊이가 생기지 않겠니? 이번에 맡은 역할이 딱 그런 역할이잖아. 오히려 이걸 계기로 일감이 더 늘어날지도 모르겠네."

안은 대답하지 않았다.

그때 테이블 위에서 휴대전화가 울렸다.


<고마가사키 중앙 초등학교>


화면에 뜬 글씨를 보고 휴대전화를 테이블에 내려놓으려다 마음을 바꿔서 통화 버튼을 눌렀다.

"네, 니시카와입니다." 일부러 빠르게 말하자 전화 저편에서 당황한 낌새가 전해져왔다.

〈어, 안의 할머님이세요? 저는 안의 담임인 나가쿠라라고 합니다. 지금 통화 괜찮으실까요?〉

몇 초 망설이다 안에게 등을 돌렸다.

"지금 밖에 나와 있는데요."

〈그럼 나중에 다시 걸겠습니다. 몇 시쯤이면 집에 계실까요?〉

나는 한숨을 쉬고 거실에서 복도로 나갔다.

"뭐예요?"

〈네?〉

"용건이 뭐냐고요. 언제 들어갈지 확실치 않으니까 지금 들을게요. 짧게 부탁해요."

〈음, 그러니까.〉

나가쿠라는 본인이 전화를 걸어놓고 할 말을 찾는 듯 우물쭈물했다. 2초쯤 뜸을 들이고 나서야 마음을 다잡은 것처럼 말을 이었다.

〈2학기에 안이 학교에 거의 나오지 않았잖아요. 걱정이 돼서요.〉

예상과 조금도 다르지 않은 말이라 힘이 쭉 빠졌다. 그래서 딸네 집이 아니라 내게 전화를 건 것이다. 아니면 딸이 내게 직접 말하라고 시킨 걸까.

"그 이야기는 전에도 했을 텐데요."

〈그렇지만 이대로 가면 친구와의 관계도,〉

"지금이 제일 중요한 시기라고요."

나는 담임의 말을 막았다.

"기껏 이름이 알려지기 시작해서 일감을 받게 됐는데, 지금 쉴 수는 없어요."

〈외람된 말씀입니다만, 할머님, 안이 오랜만에 등교했을 때 어땠는지 아세요? 학교에 와서 집에 갈 때까지 친구와 거의 말을 하지 않았어요.〉

"친구라는 표현 좀 그만둘 수 없겠어요?"

〈네?〉

"친구가 아니라 그냥 같은 반 아이죠. 그리고 딱히 괴롭힘을 당하는 건 아니잖아요?"

〈그야 물론 그렇죠. 오히려 아이들이 안의 분위기에 압도당한다고 할까요.〉

아마 그럴 것이다. 안은 연예인이니까. 보통 아이들과는 사는 세상이 다르다.

하지만, 하고 나는 입술에 손을 댔다. 확실히 슬슬 전학을 시켜야 할지도 모르겠다. 앞으로 더욱 연예계 활동에 힘을 쏟아야 하는데, 배려를 해주지 않는 학교에 다니면 여러모로 불편하다. 다른 아이들에게 시샘을 받는 것도 귀찮고, 같은 반에 아역 배우가 또 있는 편이 안에게도 자극이 되리라.

담임이 짧게 숨을 내쉬는 소리가 들렸다.

〈실은 요전에 안이 학교에 왔을 때 친…… 반 아이랑 싸웠습니다.〉

"싸웠다고요?"

나는 미간을 찌푸리며 되물었다.

"안이요?"

솔직히 의외였다. 안이 동갑내기 아이와 싸우는 모습은 상상도 할 수 없었다. 그러자 담임은 〈싸웠다고 할까…… 좀 다퉜어요〉 하고 말을 얼버무렸다.

〈안은 사육 위원인데요, 평소에 학교를 자주 쉬니까 매일 사료를 줄 수는 없거든요.〉

"그래서 다퉜다고요?"

그렇다면 애당초 사육 위원을 시킨 게 잘못이다. 그러나 담임은 〈아니요〉 하고 부정했다.

〈그 자체는 문제가 아니에요. 처음에 상의해서 안은 사료 주기 이외의 일을 맡기로 했으니까요.〉

"그럼 왜."

〈……안이 죽은 금붕어를 변기에 버리고 물을 내렸습니다.〉

어, 하는 목소리가 목구멍에 엉겼다. 어떻게 반응을 해야 할지, 그전에 나 스스로도 어떻게 받아들여야 할지 몰랐다.

〈안이야 평소에 돌본 것도 아니니 딱히 애착이 있지는 않았겠죠. 죽은 동물을 어떻게 다루어야 할지 잘 몰랐을 수도 있고요.〉

나는 고개를 틀어 거실 문을 보았다.

〈다만 싸운 아이가 금붕어에게 사료를 주는 일을 담당했 거든요. 걔가 울음을 터뜨려서 소동이 벌어졌고, 모두가 안을 비난하는 모양새가 되고 말았습니다.〉

"비난하다니……."

〈물론 당장 학급 회의를 열어 일방적인 비난은 좋지 않다 고 반 아이들 모두에게 주의를 주었어요. 안이 잘못한 건 아 니라고…… 실제로 저는 안이 잘못했다고는 생각지 않습니다. 아직 죽음을 제대로 이해하지 못해도 이상할 것 없는 나이고, 기르던 동물이 죽으면 묻어줘야 한다는 것도 경험이 없으면 모르는 게 당연하죠.〉

딸은 알고 있을까. 알고 있으리라고 생각하자 가슴속이 어 수선해졌다. 이렇게 할머니에게까지 연락을 하는 담임이라면 다툼이 있었던 날에 바로 아이 엄마에게 연락했을 것이다. 하 지만 딸은 그 이야기를 내게 하지 않았다.

─가엾어라.

며칠 전 내가 딸에게 들리도록 한 말이 머릿속에 되살아났 다. 그때 딸은 뭔가 말하려는 듯 입을 벌렸지만 결국 아무 말 도 꺼내지 않았다.

〈그러니까 제가 오늘 이 이야기를 말씀드린 건 그 일을 문제 삼기 위해서가 아닙니다. 그 일은 이미 해결이 됐어요. 다만 반 아이들 사이에서 응어리가 완전히 사라진 건 아닙니다. 아까 지금이 안의 경력에 가장 중요한 시기라고 하셨는데요, 지금은 안이 반에 융화될 수 있느냐 없느냐는 의미에서도 중요한 시기입니다.〉

답답한 침묵이 드리웠다. 나는 휴대전화를 쥔 손에 힘을 주었다. 뒤에서 문이 열리는 소리가 들렸다.

안이었다. 염려하는 듯한 표정을 보고 "나가쿠라 선생님이야" 하고 알려주었다.

"저기, 안."

나는 휴대전화를 귀에서 떼고 안의 얼굴을 들여다보았다.

"실은 일 안 하고 학교에 가고 싶니? 일 그만둘까?"

안은 대번에 고개를 저었다.

"아니, 계속하고 싶어."

참고 있던 숨이 새어 나왔다. 나는 휴대전화를 다시 귀에 댔다.

"들었어요?"

담임의 입에서는 즉시 대답이 나오지 않았다. 골치 아픈 보호자라고 생각하는 것이리라. 그 정도는 나도 안다. 하지만 남이 어떻게 생각하든 상관없다. 안을 위해서라면 무슨 소리든지 들을 각오가 되어 있었다.

〈……알겠습니다.〉

담임이 쥐어짜낸 듯한 목소리로 말했다. "그럼, 이만" 하고 통화 종료 버튼에 손가락을 뻗으려 할 때 〈저어〉 하는 목소리가 들렸다.

"아직도 할 말이 남았어요?"

나도 모르게 목소리가 까칠해졌다. 말을 머뭇거리는 낌새가 아주 잠깐 느껴졌다.

〈종업식을 마치고 반에서 크리스마스 파티를 합니다. 아이들과 교류할 수 있는 기회이니, 하다못해 파티에만이라도 안이 참석할 수는 없을까요?〉

"종업식이 며칠인데요?"

〈12월 22일입니다.〉

나는 거실로 돌아가 달력을 올려다보았다. 22일에는 일이 없지만, 23일부터 후쿠이에서 로케이션 촬영을 한다. 이른 아침부터 촬영이 시작되므로 전날 저녁에는 현지에 가 있어야 한다.

"오후에 나가봐야 하니까 종업식만이라면 참석할 수 있을지도 모르겠네요."

〈하지만 그래서는 의미가…….〉

"그것도 그러네요."

나는 고개를 끄덕였다. 수업도 아닌 행사에 참석할 바에야 집에서 대사를 확인하는 편이 더 유익하리라. 두 시간짜리 단발성 드라마지만 인기 있는 젊은 여배우 신자토 아카네가 주인공이므로 시청률이 나름 높을 것으로 예상된다.

"그럼 그런 줄로 알고 계세요." 다시금 이야기를 정리하고 전화를 끊은 후, 나는 안에게 몸을 돌렸다.

"22일에 반에서 크리스마스 파티를 한다는데, 거절했어."

"어?"

대본을 읽던 안이 고개를 들었다.

"종업식에는 가도 되는데, 어떻게 할래?"

안은 다시 대본으로 시선을 떨어뜨렸다. 나는 대본을 분석하느라 이것저것 잔뜩 적어놓은 페이지를 힐끗 들여다보며 "뭐, 가봤자 별 의미 없을 것 같은데" 하고 말을 이었다.

"안 갈래."

안은 이번에는 고개를 들지 않고 짤막하게 대꾸했다.


유목을 세로로 쌓아 올린 것처럼 생긴 바위 표면이 눈에 들어온 순간, 서늘한 기운이 발치에서 기어올라 오금이 저렸다. 고개를 쑥 내밀어 바다를 내려다보자, 바닥이 보이지 않는

짙은 감색 물결이 절벽으로 밀려왔다. 물결은 순식간에 하얀 물보라로 변해 허공으로 튀어 올랐다.

지금은 눈이 내리지 않지만, 암벽 군데군데 남아 있는 하얀 눈이 몹시 쌀쌀하게 느껴졌다. 흐린 회색 하늘, 하얀 눈, 짙은 감색 바다, 하얀 물보라, 진갈색 암벽, 안의 뽀얀 피부······ 간신히 무채색이 되는 걸 모면한 풍경 속에서 무엇에도 물들지 않은 안의 뽀얀 피부가 더욱 도드라져 보였다.

대학생으로 보이는 그룹이 환성과도 비슷한 비명을 지르는 가운데, 다운재킷의 모자를 덮어쓴 안은 조용히 앞만 보고 있었다. 조용하고 싸늘한 공기가 그 딱딱한 표정에 잘 어울렸다.

나는 입을 열려다가 말았다. 대신에 안의 시선이 향하는 곳으로 얼굴을 돌렸다.

거기에는 아무것도 없었다. 그저 깎아지른 듯한 절벽을 안은 눈 한 번 깜박이지 않고 가만히 쳐다보고 있었다. 아마도 내일 어떻게 연기할지 이미지트레이닝을 하고 있는 것이리라. 살인사건의 범인을 쫓는 형사, 남편을 죽인 아내, 그리고 안은 살해된 아빠에게 학대당한 딸 역할을 맡았다.

대사 자체는 거의 없다. 하지만 그건 표정만으로 모든 감정을 표현해야 한다는 뜻이기도 하다.

안은 학대를 당한 적은 물론이고, 가족이나 친척을 여읜 적도 없다. 장례식에 참석한 경험조차 없다.

"아직 죽음을 제대로 이해하지 못해도 이상할 것 없을 나이고, 기르던 동물이 죽으면 묻어줘야 한다는 것도 경험이 없으면 모르는 게 당연하죠."

안의 담임이 한 말이 갑자기 떠올랐다. 분명 안은 사람이 죽는다는 것이 무엇인지 실감 나게 이해하지는 못하리라. 하지만 그렇더라도 안은 경험해본 적 없는 감정을 표현해내야 한다.

나는 안에게서 한 발짝 물러났다. 시끄럽게 떠들며 휴대전화로 서로 사진을 찍어주던 커플 중에 여자가 안을 힐끗 보았다. 깜짝 놀랐는지 눈이 휘둥그레진 여자가 남자의 소맷자락을 잡아당기더니 귓가에 입을 대고 뭐라고 속삭였다.

안이 아역 배우임을 알아차렸는지도 모른다. 얼굴을 본 기억은 없는 듯했지만, 평범한 아이가 아니라는 건 눈치챘으리라. 이제 안에게는 그저 예쁘기만 한 아이는 소화할 수 없는 일종의 독특한 분위기가 감돌고 있다.

"할머니."

안이 절벽에 시선을 고정한 채 갑자기 말을 꺼냈다.

"할머니는 안 피곤해?"

뜬금없는 질문에 나는 눈을 크게 떴다.

"안은 피곤하니?"

"그런 게 아니라."

안이 답답하다는 듯이 목소리에 힘을 주었다.

"……왜 날 위해서 이렇게까지 해주는가 싶어서."

안이 시선을 발끝으로 떨어뜨렸다. 나는 입매를 누그러뜨렸다.

"할머니는 안을 보살피는 게 삶의 보람이란다. 그래서 안에게 힘이 되어줄 수 있다는 게 무엇보다도 기뻐. 안을 위해서라면 죽어도 될 만큼."

안이 나를 올려다보았다. 나는 손을 뻗어 머리칼을 휘젓듯안의 머리를 쓰다듬어주었다.


오후 4시가 지났을 무렵에 호텔로 돌아왔다. 호텔 레스토랑에서 일찌감치 저녁을 먹고 천연 온천을 즐길 수 있다는 목욕탕에 갔다.

옷을 벗은 안은 납작한 가슴에 수건을 대고 작은 보폭으로 탈의실을 나섰다. 나란히 서서 샤워를 하고 약용거품탕, 전기탕, 수압마사지탕, 노천탕, 노송나무탕 등 다양한 욕탕을 순서대로 돌아다녔다. 손님이 별로 없는지 거의 전세를 낸 것이

나 마찬가지였다. 마침 노천탕으로 나갔을 때 눈이 내리기 시작했다.

노천탕에서 눈 내리는 바다의 경치를 감상하다 나오자, 뜨거운 물에 너무 오래 들어가 있었던 탓인지 몸 상태가 좋지 않았다. 온몸이 후끈후끈한 데다 머리가 띵하고 가슴도 두근거렸다. 머리를 말릴까 말까 망설였지만, 결국 탈의실에서 정수기로 물 한 잔만 마시고 방으로 돌아왔다.

젖은 머리를 수건으로 감싸고 일단 침대에 누웠다.

"할머니, 괜찮아?"

"걱정하지 말렴. 조금 누워 있으면 괜찮아질 거야."

실제로 몸을 식히고자 발코니로 통하는 유리문을 열고 차가운 공기를 맞은 지 5분쯤 지나자 머리와 가슴은 괜찮아졌다. 나는 상체를 일으키고 안이 냉장고에서 꺼내 온 이온 음료를 마셨다. 후, 하고 숨을 내쉬고 나자 지금 시간이 날 때 명함을 확인해두는 편이 좋겠다 싶었다.

요전에 파파 치킨의 후지누마와 인사를 했을 때가 떠올랐기 때문이다. 내일은 그때처럼 명함을 못 찾아서 허둥대고 싶지 않았다.

명함집을 가방에서 꺼내서 열었을 때 강한 바람이 불어와 명함 한 장이 허공으로 날아갔다.

"저기 안, 미안한데."

좀 주워달라는 말을 꿀꺽 삼켰다. 안은 진지한 표정으로 대본을 읽고 있었다. 나는 소리가 나지 않도록 조용히 일어나서 유리문으로 다가갔다.

명함은 발코니 가장자리에 떨어져 있었다. 하지만 맨발로 발코니에 나가기는 망설여졌다. 신발을 가지고 오기도 귀찮아서 나는 문틀을 붙잡고 팔만 뻗기로 했다.

낑낑거리는 소리가 목구멍에서 흘러나왔다. 손이 닿을 것 같으면서도 닿지 않았다. 상체를 더 내밀어 손끝이 명함에 닿은 순간, 문틀을 붙잡고 있던 손이 미끄러졌다.

아차 싶었을 때는 이미 발코니에 넘어진 뒤였다. 아픈 것보다도 창피한 마음이 앞서서 얼굴이 화끈거렸다.

"아이고 참, 할머니도 나이를 먹었네."

상황을 얼버무리듯이 자조하며 명함을 주웠을 때였다.

뒤에서 문바퀴가 미끄러지는 소리가 들렸다.

✦

"빨리 문을 열어주지 않으면 할머니는 정말로 죽을 거야."

내던진 말이 안의 눈앞에서 얼어붙었다.

무미건조하니 무표정한 안의 얼굴에서는 아무 기색도 느껴지지 않았다.

온갖 감정을 겹쳐 올려 감추었기에 어떤 기색인지 읽어낼 수 없는 것이 아니라, 처음부터 아무 기색도 칠해지지 않은 것처럼 보였다.

—안은 지금 무슨 생각을 하고 있는 걸까.

그런 의문이 떠오르자 오싹했다.

모르겠다는 사실을 인정하는 것 자체가 공포였다.

언제나 이해하며 지내왔다. 안이 하고 싶은 일, 하기 싫은 일, 안이 좋아하는 것, 싫어하는 것. 누구보다도 안의 가까이에서 안을 지켜봐…….

갑자기 눈꺼풀 안쪽에 몇몇 광경이 떠올랐다.


"넌 안의 의사를 존중하기로 했지? 그래서 안에게 어떻게 하고 싶으냐고 물어보니, 안도 일하고 싶다고 대답했어. 그래서 일을 시작한 거잖아."

그때 딸은 뭐라고 했더라?

"그건…… 하지만 그게 안의 본심인지 아닌지 어떻게 알아. 엄마가 자꾸 그런 식으로 나오니까 안도 할머니 눈치를 보는 것뿐일 수도 있잖아."

내가 치킨을 버린 순간, 안은 휘둥그레진 눈으로 팔을 뻗었
다.

"안, 이런 걸 먹으면 돼, 안 돼?"

"……안 돼요."


"22일에 반에서 크리스마스 파티를 한다는데, 거절했어."

"어?"

"종업식에는 가도 되는데, 어떻게 할래? 뭐, 가봤자 별 의
미 없을 것 같은데."

"안 갈래."

그렇게 대답했을 때 고개를 숙이고 있던 안의 표정은 어땠
을까.


"할머니는 안 피곤해?"

오금이 저릴 만큼 험준한 절벽을 눈 한 번 깜박이지 않고
쳐다보던 안의 딱딱한 얼굴이 머릿속에 어른거렸다.

"왜 날 위해서 이렇게까지 해주는가 싶어서."

"할머니는 안을 보살피는 게 삶의 보람이란다. 그래서 안
에게 힘이 되어줄 수 있다는 게 무엇보다도 기뻐……."

"할머니."

머리 위에서 목소리가 들려 고개를 홱 들었다. 나를 내려다보는 안과 마주 보는 모양새가 됐다.

"……미안해."

내뱉는 목소리가 떨렸다.

"할머니가 아무것도 몰랐구나. 안이 사실은 배우가 되기 싫어하는 줄은 정말 꿈에도 몰랐어."

안이 고개를 갸웃했다. 그 천진난만한 동작을 보고 한순간 사고가 정지됐다. 어, 하는 목소리가 새어 나왔다.

"안, 실은 싫었던 거지?"

"뭐가?"

안은 무슨 소리인지 모르겠다는 듯이 눈을 깜박거렸다. 이것도 연기일까. 아직도 안은 내 눈치를 보는 걸까. 그렇게 생각하면서도 부풀어 오르는 위화감을 떨칠 수 없었다.

안이 천천히 입꼬리를 끌어올렸다. 스스로가 지금 어떤 상황에 처했는지도 잊고서 신비한 빛을 띤 그 웃음에 한순간 매료됐다.

—안이 이렇게나 예쁜 아이였나.

마비된 머리 한구석으로 그렇게 생각했을 때, 안이 살며시 입을 열었다.

"이러다 할머니가 죽으면 연하장을 보내지 않아도 되잖아.
고마워, 할머니."

언니처럼

3세 여아 학대로 사망. 친모 "상담할 수 있는 상대가 없었다" / 나가사키

나가사키 현경 사카모토 서는 16일 오후, 나가사키시 사카모토 4번지의 길거리에서 세 살배기 딸을 계단에서 밀어서 떨어뜨린 시마 나호코(28) 씨를 살인미수 혐의로 체포했다.

사카모토 서에 따르면 16일 오후 1시 40분경, 현장에 있던 근처 주민의 신고를 받고 출동한 구급대원이 피를 흘리며 쓰러진 여아를 발견했다고 한다. 여아는 의식불명 상태로 병원에 옮겨졌지만 결국 사망했다. 사카모토 서는 혐의를 살인으로 전환해 조사를 진행 중이다. 용의자 시마 씨는 이전에도 딸의 다리를 때리거나 기둥에 머리를 찧는 등

의 학대를 반복해왔다고 한다.

경찰 조사에 혐의를 전면적으로 인정한 시마 씨는 "상담할 수 있는 상대가 없어 스트레스를 받았다"라고 진술했다.

2015년 8월 17일 시사신문

✦

남편이 신문을 접는 소리가 거실에 울렸다.

언니의 사건이 실린 사회면이 안쪽으로 감추어지고, 텔레비전 방송 안내란이 겉으로 나왔다.

"처형은 뭐래?"

남편은 신문을 테이블에 아무렇게나 내려놓고 짜낸 듯한 목소리로 나지막이 물었다. 내가 고개를 젓자 커피가 든 머그 컵을 집어 들었다.

"하지만 장모님은 만나고 오셨잖아?"

"……다른 말은 없이 미안하다는 말만 하더래."

대답하는 목소리가 잠겼다. 남편은 머그 컵을 입에 대지 않고 도로 테이블에 내려놓았다.

"사과를 했다니, 역시 사실인 거겠지."

나는 입을 벌렸지만 말이 나오지 않았다. 사실일 리 없다.

뭔가 사정이 있을 것이다. 그렇게 생각하는 한편으로 언니가 나를 만나기 싫다고 했다는 이야기를 듣고 동요한 마음이 목구멍을 틀어막았다. 사실이 아니라면 왜 언니는 나를 만나려 하지 않는 걸까. 왜 직접 사정을 말해주지 않는 걸까.

아무리 생각해도 답은 나오지 않았다. 아니, 어쩌면 뭘 어떻게 생각해도 나오고야 마는 답을 직시할 수 없는 건지도 모른다.

하다못해 내게 상담했다면. 막상 언니가 상담했더라도 적절하게 충고할 수 있었을 것 같지는 않지만, 그런 생각이 머리를 떠나지 않았다. 그래도 이야기해주었다면 적어도 언니가 혼자 끌어안고 끙끙대지는 않았으련만.

맛있었지, 하고 장난스럽게 웃는 언니가 문득 떠올라 마음이 세게 짓밟힌 것처럼 아팠다.

분명 내가 네 살, 언니가 열 살 때였을 것이다.

나는 《머핀 아줌마의 빵집》이라는 그림책을 아주 좋아했는데, 일로 바쁜 엄마 대신에 언니가 자주 읽어주었다.

그날도 거실에서 글씨가 작은 책을 읽고 있던 언니에게 그림책을 들고 가자 언니는 "알았어, 여기 앉아" 하고 웃었다. 옆에 딱 붙어 앉아 언니가 펼친 그림책을 들여다보았다. 언니는 페이지를 한 장씩 넘기면서 엄마보다 아주 약간 어설픈 말투로 읽어주었다.

"선반에 줄지은 단지를 들여다보자 아노닷테가 좋아하는 것들이 가득했어요. 딸기잼, 머루잼, 자두, 건포도, 커피 크림, 사과잼, 초콜릿, 시나몬, 아몬드, 슈가 파우더. 전부 냄새도 좋고 맛도 좋답니다."

빵집에서 일하는 소년 아노닷테가 밤중에 몰래 좋아하는 재료를 잔뜩 넣고 빵을 만드는 이야기는 벌써 몇십 번이나 들어서 완전히 외웠지만, 몇 번을 다시 들어도 가슴이 두근거렸다. 언니가 늘 "자, 뭘 넣을까?", "이렇게 큰 빵은 어떻게 만드는 걸까요?" 하고 대사를 끼워 넣었기 때문이다. 따스함이 느껴지는 빵 일러스트는 정말 맛있어 보였고, 금방이라도 좋은 냄새가 풍길 것 같아서 그림책을 읽어줄 때마다 나는 언니의 어깨에 머리를 기대며 "좋겠다, 나도 먹어보고 싶어" 하고 중얼거렸다.

평소에는 "그러게, 나도 먹어보고 싶다"라고 말하고 "끝" 하며 책을 덮는 언니가 그날은 책을 펼쳐놓은 채 씩 웃었다.

"그럼 만들어 먹을까?"

"응? 어떻게?"

내가 눈을 깜박거리자 언니는 빵 사진이 실린 책을 내밀었다.

"학교 도서실에서 빌려 왔지. 빵 만드는 법이 적힌 책이야."

언니는 들뜬 목소리로 말하더니 책 두 권을 들고 부엌으로 향했다. 언제부터 계획했는지 어디선가 이미 반죽한 생지와 용돈으로 샀다는 토핑용 과자를 들고 왔다.

"여기, 이거 나눠줄게."

언니는 엄마가 심부름을 부탁할 때 같은 투로 말했지만, 나는 평소에 심부름할 때보다 몇 배는 더 신이 났다. 언니랑 둘이서 정말로 만드는 거다! 아노닷테의 빵을 먹을 수 있다!

"자, 뭘 넣을까?"

언니가 그림책을 읽을 때와 똑같은 대사를 했다.

"초코!"

"좋아, 넣자, 넣자."

"언니는? 뭐 넣을 거야?"

"마시멜로!"

"와, 맛있겠다!"

쑹쑹, 하고 소리 내어 말하면서 언니와 함께 생지에 좋아하는 과자를 집어넣었다. 순식간에 빵빵해진 생지를 숙성시켜 넣자, 오븐이 가득 찼다.

"괜찮으려나?"

"괜찮겠지."

191

우리는 킥킥 웃고는 다 넣지 못하고 남은 과자를 먹으며 기다렸다. 어떤 빵이 만들어질까. 그림책처럼 부풀어 오를까. 집이 빵으로 가득 차면 어쩌지? 몇 번이나 오븐을 들여다보러 왔다 갔다 했고, 빵을 먹는 장면을 상상하다 바닥을 데굴데굴 구르며 웃었다.

당연히 그림책 같은 결과는 나오지 않았다. 오븐이 망가지지도 빵이 집 안 가득 넘쳐나지도 않았고, 그저 겉은 탔는데 속은 설익은 못생긴 빵이 완성됐을 뿐이다.

"이게 뭐야!"

"빵이야!"

언니가 웃는데도 나는 정말로 빵을 만들었다는 것에 감동해서 목소리를 높였다.

"굉장해, 언니. 진짜로 빵을 만들었어!"

"먹어볼까."

뜨겁다고 또 요란을 떨며 오븐 앞에서 손끝으로 뜯어서 맛을 보고 있자니 엄마가 일을 마치고 돌아왔다. 엄마는 부엌에 벌어진 참상을 보고 비명을 질렀다.

"어휴, 너희들 대체 무슨 짓을 한 거야!"

호되게 야단을 맞는 동안 풀 죽은 표정으로 어깨를 축 늘어뜨린 채 죄송하다고 사과하던 언니는 엄마가 옷을 갈아입으러 간 틈에 나를 돌아보고 웃음을 지었다.

"하지만 맛있었지?"

"응!"

상냥하고 뭐든지 잘하고 늘 웃는 얼굴이었던, 내가 정말 좋아하는 언니.

언니는 언제나 내 목표였다. 언니처럼 되고 싶었다. 언니 같은 엄마가 되고 싶었다. 언니가 아이를 낳고 반년 후에 나도 출산했을 때는 기뻤고, 언니와 똑같이 딸을 낳은 것도 마음에 들었다.

멀리 떨어진 후쿠오카와 나가사키로 각자 시집을 갔으므로 그렇게 자주 만나지는 못했지만, 그래도 매주 통화했고 석 달에 한 번은 서로의 집에 왕래했다. 언니는 언제 어느 때나 온화하니 여유가 있었으며, 육아와 관련된 고민도 친절하게 들어주었다. 반면 언니가 육아 스트레스나 남편과 불안한 장래에 대한 불만을 입 밖에 꺼낸 적은 한 번도 없었다.

그런 언니가 이런 사건을 일으켰다니 도저히 믿기지 않았다. 신문과 텔레비전에 오르내리는 언니의 이름은 동성동명인 남의 이름처럼 보였고, 곤혹스러워하면서도 사건 자체는 금방 사실로 받아들인 내 남편도 남처럼 느껴졌다.

몇 번이나 되풀이해 읽어서 구깃구깃해진 신문을 바라보

고 있자니 초점이 흐려졌다. 잔상같이 어른어른하는 불쾌한 빛이 어두워진 시야의 중심을 맴돌았다. 나는 현기증을 견디지 못하고 눈을 감았다.

지금으로부터 일주일 전, 사건에 관한 소식을 처음으로 들었을 당시가 눈꺼풀 안쪽에 떠올랐다.

휴대전화가 둔중하게 진동하는 순간, 나는 인상을 찌푸렸다. 찜찜한 예감이 들었기 때문이 아니다. 간신히 재운 딸 유이카가 깨면 어쩌나 싶어 신경이 곤두섰을 뿐이다.

남편의 전화일 것이라 믿어 의심치 않았다. 출산한 후로 밤에 느닷없이 전화를 거는 사람은 남편 정도밖에 없었다. 이제 들어갈 거야. 미안한데 그럼 식빵 좀 사다 줄래? 문자메시지로도 충분한 업무 연락 같은 대화. 그렇기에 유이카를 재우는 오후 8시 전후에는 전화를 걸지 않기로 정했다. 남편이 가끔 깜박하고 전화를 걸기도 했지만, 내가 받지 않으면 유이카를 재우는 중인 것으로 알고 넘어가는 게 암묵적인 규칙이었다.

나는 진동하는 휴대전화를 베개 밑에 쑤셔 넣었다. 유이카의 작은 배를 너무 꼭 누르지 않도록 조심해서 문지르는 내내 진동이 멈추지 않자 그제야 위화감을 느꼈다. 베개 밑에 손을 넣어 휴대전화를 잡은 순간 진동이 뚝 멈췄다. 화면의 불빛이 새어 나가지 않도록 이불로 가린 채 휴대전화를 살며시 뒤집었다.

    <수신 1건 엄마>

    화면에 떠 있는 글씨를 보자 할머니에게 무슨 일이 생긴 게 아닐까 하는 생각이 제일 먼저 들었다. 올해 아흔 살인 할머니는 심각한 지병은 없지만, 역시 나이를 고려하면 무슨 일이 생겼어도 이상할 것 없다. 만약 최악의 사태가 벌어졌다면 남편은 휴가를 얻을 수 있을까, 만약 얻지 못해서 나 혼자 유이카를 데리고 본가에 가려면……. 그렇게 몹시 현실적인 생각이 머릿속을 스쳤다는 사실에 죄책감을 느끼며 수신 이력을 열었다.

    전화를 걸려고 발신 버튼에 엄지를 얹은 것과 동시에 휴대전화가 다시 진동했다.

    화면에 엄마가 아니라 남편의 이름이 떴다. 이번에는 바로 전화를 받았다. 여보세요, 라는 말이 끝나기도 전에 〈여보, 들었어?〉 하고 화급한 목소리가 귀를 때렸다. 역시 좋지 않은 소식이구나 싶어 단단히 각오했다. 뭘, 하고 되묻는 목소리가 갈라졌다.

〈방금 장모님께서 당신이랑 연락이 안 된다며 전화하셨어.〉

남편은 긴박한 말투와는 달리 답답할 만큼 어쩔 줄 몰라 쩔쩔맸다. 애당초 엄마에게 나와 연락이 안 됐다는 걸 들어놓고 들었느냐고 묻는 데서 남편이 얼마나 혼란에 빠졌는지가 느껴져 나도 마음이 더 뒤숭숭해졌다.

"무슨 일인데?"

남편은 숨을 가다듬고 나서 목소리를 낮추어 대답했다.

〈처형이 체포됐대.〉

무슨 소리인지 이해가 가지 않았다. 체포? 익숙지 않은 말이 전혀 현실감 없이 귓속에 울려 퍼졌다. "엥?" 하는 얼빠진 목소리가 목구멍에서 흘러나왔다. 남편이 지금까지 쩔쩔매던 것과는 정반대로 빠릿빠릿하게 상황을 설명했다. 언니가 저지른 죄의 내용, 경찰에 체포돼 취조를 받고 있다는 것, 발뺌할 수 없는 상황이었던 듯하다는 것.

악을 쓰는 듯한 울음소리에 제정신을 차렸다.

나도 모르는 새 유이카가 얼굴을 잔뜩 찡그린 채 울고 있었다. 귀에 댄 휴대전화에서 〈무슨 일이야?〉 하고 의아해하는 남편의 목소리가 들렸다.

"아니야, 그냥 잠투정."

유이카를 안아 올리며 대답했을 때 몸 한복판이 싸늘해졌다. 뺨이 딱딱하게 굳는 걸 스스로도 알 수 있었다.

〈무슨 일이야?〉라는 남편의 목소리가 귓속에서 메아리쳤다. 이 시간에 전화를 하면 유이카가 깰 수도 있다는 것 정도는 남편도 안다. 잠들었다 깨면 유이카가 투정을 부리는 것이 당연한 일상임도.

—아니야, 별 의미 없어.

나는 스스로를 타일렀다. 남편은 그저 평소처럼 물어봤을 뿐인데, 내가 필요 이상으로 신경 쓰고 있을 뿐이다. 머리로는 알지만 마음이 진정되지 않았다.

"일단 집에 전화해볼게."

나는 짤막하게 말하고 전화를 끊었다. 본가 전화번호를 찾으려다 일단 옷을 풀어헤치고 젖가슴을 꺼냈다. 빽빽 울어대는 유이카를 품에 안자 유이카는 눈을 감은 게 맞나 싶을 만큼 정확하게 젖을 빨았다. 느닷없이 침실에 정적이 돌아왔다.

만족스럽게 젖을 꼴깍꼴깍 먹는 유이카를 내려다보고 있으니 안도와 후회가 같은 비율로 솟구쳤다. 겨우 밤중 수유 끊기에 성공했는데 하는 마음에 후회 쪽으로 바늘이 크게 기울었다.

지금으로부터 한 달 전, 젖을 먹여서 재우는 것부터 그만두면 젖을 쉽게 뗄 수 있다는 이야기를 듣고 즉시 실행에 옮겼다. 유이카가 젖을 조를 때마다 안아 들고 매일 한 시간 넘게 격투하다시피 어르고 달래서 잠을 재운 1개월. 그렇게 유이카와 함께 쌓아 올린 공든 탑을 내가 무너뜨렸다고 생각하자 유이카에게도 미안했다. 안아서 달랠걸 그랬다고 생각하면서도 젖가슴에서 유이카를 떼어놓을 마음은 들지 않았다. 작은 두 손으로 꼭 끌어안듯이 젖가슴을 감싼 채, 안심한 표정으로 젖을 빠는 딸을 보고 있으니 누가 누구를 달래는 건지 모를 지경이었다.

나는 매달리는 심정으로 유이카의 보드라운 머리칼을 쓰다듬으며 떨리는 손가락으로 발신 버튼을 눌렀다.


"그건 그렇고 너무해."

정면에서 들린 남편의 목소리에 정신이 번쩍 들었다.

"너무하다니……."

무심코 되묻자 남편은 당황한 듯 "아니, 그게" 하고 말을 이었다.

"나는 남자잖아. 아무래도 형님 입장에서 생각하게 되거든. 아내에게 이런 식으로 배신당한다면 견딜 수 없을 거야."

"배신? 왜 언니 탓만 하는 건데. 애당초 형부가,"

"나한테 따져봤자 무슨 소용이야."

남편은 내 말을 막고 가슴 앞에서 손을 내저었다. 그리고 그만하자는 듯 자리에서 일어났다.

"유이카, 이만 일어나야지."

남편은 갑자기 목소리 톤을 바꾸며 거실에서 나갔다.

"낮잠 너무 많이 자면 밤에 잠 못 잔다."

문이 닫히자 남편의 목소리가 한층 멀어졌다.

나는 테이블으로 뻗은 손이 신문에 닿은 순간 움직임을 멈추었다. 마음을 바꾸어 그 옆에 놓여 있던 주간지를 집었다. 접힌 자국이 생긴 페이지가 거의 저절로 펼쳐지고, 증명사진처럼 묘하게 긴장한 표정의 언니 사진이 나타났다. 그 밑에는 《할아버지의 도깨비 카메라》라는 책의 표지가 언니 사진보다 더 크게 실려 있었다.

6년 전 언니가 동화 콩쿠르에 응모해 심사위원 특별상을 받은 작품이다. 할아버지에게 파인더를 들여다보면 도깨비가 보이는 카메라를 받은 소년의 이야기로, 수상하고 반년 후에 책이 출간되자 서점과 도서관의 〈나가사키 출신의 작가 코너〉에 진열됐다. 이미 언니는 결혼해서 집을 떠나고 없었지만 엄마는 책을 몇십 권이나 사서 이웃에게 나누어주었다. 나는 엄마를 나무라면서도 역시 언니 이야기를 입에 달고 지냈다. 초면인 사람과 만나면 형제자매가 있느냐고 묻고, 같은 질문이 돌아오면 언니가 한 명 있다고 대답했다. 그리고 상대가 묻지도 않았는데 언니가 사쿠라이 사토코라는 필명의 동화 작가로 활동한다고 알려주었다. 동화 작가라니 대단하다고 사람들의 눈이 휘둥그레질 때마다 나는 언니가 옛날부터 똑똑했다며 자랑스러운 마음으로 콧구멍을 벌름거렸다.

하지만 '동화 작가의 민낯'이라는 헤드라인이 박힌 기사는 언니의 직업과는 관계없는 신랄한 증언으로 가득했다.

완벽주의자. 딸이 아직 아기일 때 모유 수유를 위해 식생활을 완벽하게 통제한다면서 맘친(비슷한 나이의 아이를 키우는 걸 계기로 친해진 엄마들을 가리키는 말—옮긴이 주) 모두에게 내준 케이크를 혼자서 먹지 않은 적이 있다.

딸에게 비싼 브랜드 옷만 입히는 게 이상했다.

언제 가봐도 집을 항상 깔끔하게 정리해놔서 어린아이가 있는 집으로는 보이지 않았다. 겉치레를 좋아하는 인상.

세 살배기 딸을 유치원에 보내는 것으로 모자라 피아노, 수영, 영어까지 가르쳤다. 그렇게 많이 가르치면 학원비 때문에 힘들지 않느냐고 묻자, 당신은 아이의 가능성을 펼쳐주고 싶지 않느냐고 설교했다.

증언의 내용은 둘째 치고 아무리 사건 후에 취재를 했다고는 하나, 언니 주변에 언니를 비난하는 사람밖에 없어서 놀랐다.

각각의 일화는 나도 알고 있는 이야기다. 언니는 분명 모유 수유에 힘을 쏟았고, 아이에게 비싼 브랜드 옷을 입혔다. 집을 늘 청결하게 유지했고, 교육에도 열과 성을 다했다.

그런데 과연 그게 정말로 나쁜 짓일까?

예를 들어 아이가 장래 올림픽 선수가 된 후에 이러한 일화가 언니의 육아법으로 소개되면 많은 사람들이 '어머니의 헌신 덕분'이라고 칭송하지 않을까.

"엄마!"

침실에서 유이카가 부르는 목소리가 들렸다. 하지만 나는 당장 일어설 수가 없었다.


사건이 발생한 지 여드레 후, 남편이 언니의 사건을 두고 왈가왈부하는 인터넷 게시판을 본다는 사실을 눈치챘다.

남편은 내가 유이카를 재우고 거실로 돌아오자마자 허둥지둥 마우스를 움직였다. 그리고 아무렇지도 않은 척 노트북 컴퓨터를 닫더니, 씻고 오겠다며 내 시선을 피해 달아나듯 거실에서 나갔다. 나는 그 뒷모습이 시야에서 사라질 때까지 계속 남편을 바라보았다. 추궁해서는 안 된다는 건 알고 있다.

남편이 뭔가 감추고 싶어 한다면 그냥 놓아둬야 하리라. 그렇게 생각하면서도 나는 인터넷 방문 기록을 어떻게 확인하는지 조사하면서까지 남편이 보고 있던 사이트를 찾아냈다.

거기에는 사건 관련 정보라기보다 언니의 개인 정보가 적혀 있었다. 중학교 때 따돌림을 당했던 것, 비주얼계(음악 자체를 넘어 화장이나 의상 같은 시각적 표현을 중시하는 장르―옮긴이 주) 록 밴드의 팬클럽에 가입한 적이 있다는 것 등등. 언니를 직접 아는 사람이 아니면 모를 만한 정보도 있어서 마우스를 쥔 손이 잘 움직이지 않을 만큼 덜덜 떨렸다. 게시판에는 언니의 사진도 올라와 있었다. 화질은 좋지 않지만 언니를 아는 사람이라면 한눈에 알아볼 수 있을 정도였다. 처음 보는 사진이라 어디서 누구와 있다가 찍힌 건지는 알 수 없지만, 언제쯤 찍혔을지는 상상이 갔다. 사진 속의 언니가 뚱뚱했기 때문이다. 8년 전 결혼을 전제로 사귀던 남자친구가 바람을 피워서 실연하고, 폭식과 폭음을 하며 지내느라 언니가 제일 못생겼던 시절의 사진이었다.

〈저게 사람 얼굴이냐?〉, 〈토 나오게 생겼네〉, 〈뚱땡이〉 등등 사진이 올라오자마자 언니의 외모를 욕하는 댓글이 달려서 온몸에 소름이 쭉 끼쳤다. 눈의 초점이 흐려져 시야가 밋밋한 회색으로 가득 찼다. 나는 언니와 생김새가 닮았다.

게시 글은 대부분 언니가 저지른 짓을 비난하는 내용이었지만, 개중에는 '이 사람만 나무라는 건 너무하다'는 취지의 글도 있었다.

<남편은 전혀 몰랐을까. 알고도 말리지 않았다면 공범이지. 몰랐더라도 애당초 그게 문제니까 역시 공범.>

<인간이 살아가는 방식은 대물림되는 법이야. 부모가 이 사람을 그렇게 키운 것 아닐까?>

하지만 그러한 글을 본다고 내 마음이 편해지지는 않았다. 왜냐하면 언니의 고민을 알아차리지 못한 사람 중 한 명이 바로 나이며, 나도 언니와 똑같은 환경에서 자랐으니까.

언니를 무자비하게 단죄하는 목소리도 듣기 괴롭지만, 언니가 죄를 저지른 원인을 외부에서 찾는 목소리 또한 나를 몰아붙인다는 것을 깨달았다.

나는 언니를 비난하는 온라인 악성 글을, 보아서는 안 된다고 생각하면서도 하나하나 계속 읽어나갔다.

알고 싶은 건지, 알고 싶지 않은 건지 긴가민가했다. 딱지가 생길 때마다 손톱으로 떼어내는 짓을 반복하는 것처럼 나

자신을 멈출 수가 없었다.

남편이 이런 말들을 어떤 기분으로 읽고 있었을까 생각하자 몸속이 식어가는 기분이었다.


&lt;범죄자 조카&gt;


인터넷 방문 기록에서 검색어를 보고 가슴이 철렁했다.

—남편은 유이카를 걱정한다.

부모로서 당연한 마음이다. 이모가 죄를 저질렀다는 사실이 장차 유이카의 인생에 어떤 영향을 줄지 나도 불안하기 그지없다.

하지만 남편이 내게 직접 이야기를 하지 않은 것이 마음에 걸렸다. 남편 나름의 배려이리라는 것은 알지만, 몹시 서운했다. 남편은 우리 언니 탓에 유이카가 '범죄자의 가족'이 되었음에도 언니를 서슴없이 나무라지 못하는 내 마음을 꿰뚫어보고 있다. 그런 한편으로 남편은 나와 달리 망설임 없이 우리 언니를 '범죄자'라는 말로 표현했다.

남편은 우리 언니와 함께 살기는커녕 기껏해야 몇 번 만난 것이 전부니까 유이카의 인생에 그늘을 드리운 언니를 용서할 수 없는 것도 이해는 간다. 하지만 나는 남편이 꼭 언니를 용서해주길 바랐다. 죄는 미워할지언정, 그런 짓을 저지를 만큼 궁지에 몰린 사정을 참작할 여지를 남겨두었으면 했다.

하지만 가족인 남편조차 그럴 수 없었을 정도니까 세상이 그러지 않는 건 당연하리라. 아니, 세상이 그러지 않았으니까 남편도 언니를 미워한 걸지도 모른다.

얼마 후 한 남자 고등학생이 교실에서 같은 반 학생을 살해하는 사건이 일어나 맥이 탁 풀릴 만큼 싱겁게 세상의 관심이 그쪽으로 옮겨 갈 때까지, 남편은 검색을 계속했고 나는 그 발자취를 좇았다. 서로 직접적으로 화제에 올리지는 않고서.

언니가 사건을 일으킨 후로 맘친들과도 거리를 두게 되었다. 언니가 저지른 사건에 대해 맘친들에게 직접 알리진 않았지만, 언니가 동화 작가 '사쿠라이 사토코'라는 이야기는 입이 닳도록 했으니까 뉴스를 보고 대부분이 알아차렸을 것이다. 나도 만약 그 사람들 입장이라면 거리를 두지 않을까 생각하자 먼저 연락할 마음은 들지 않았다. 볼 꼴 못 볼 꼴 다 본 오랜 친구라면 모를까, 시에서 주관하는 엄마들 모임에서 아이를 연결 고리로 만난 친구들이다. 그런 죄를 저지른 사람의 가족과 아이를 동반해 만나기 싫은 건 본능이나 다름없다는 생각마저 들었다.

그런데 언니가 사건을 저지르고 두 달쯤 지난 어느 날, 맘친 중 한 명이 놀러 오라고 불렀다.

엄마들 모임에서도 특히 친하게 지냈던 네 사람 중 한 명이 둘째를 낳아서 다 함께 아기를 보러 간다기에 더 놀랐다.

설마 나를 다시 불러줄 줄이야. 그것도 집으로. 기뻤고 정말 고마웠다. 내가 일을 너무 심각하게 받아들였을 뿐, 어쩌면 주변에서는 그렇게 중대하게 여기지 않는지도 모른다. 적어도 나를 직접 아는 사람은 언니와 나를 별개로 생각하는지도 모른다.

실제로 당일 긴장된 마음으로 유이카를 데리고 가자, 언니가 일으킨 사건을 언급하는 사람은 아무도 없었다. 지금까지와 거의 변함없는 태도로 "유이카네 엄마, 오랜만이네" 하고 웃음을 지었고 유이카에게도 "유이카, 오늘 머리 모양 참 예쁘다" 하고 말을 걸어주었다.

둘째를 출산한 사람이 진통에 대해 말하자 다들 경쟁하듯 자신의 체험담을 꺼내놓았고, 순서대로 아기를 안아보고는 옛날 생각이 난다며 호들갑을 떨었다.

언니가 사건을 일으킨 게 맞나 싶을 만큼 평온한 시간이었다. 나는 예전과 다름없다. 몇 번이고 스스로를 그렇게 다독이며 디카페인 커피로 바싹 마른 목을 축였다.

아주 조금씩 긴장이 풀려 사건이 발생한 후 거의 처음이라

할 만큼 오랜만에 자연스러운 웃음이 나왔을 무렵, 아기를 안아보는 순서가 돌아왔다. "자, 유이카네 엄마도" 하며 아기를 넘겨받았을 때는 가슴이 철렁했지만, 아기 엄마가 딱히 싫어하는 내색을 하지 않아 안심했다. 참 예쁘다, 옛날 생각 난다, 그렇게 다른 사람들과 비슷한 감상을 늘어놓으며 아직 고개를 가누지 못하는 아기를 조심해서 안았다.

다음 순간, 지금까지 기분 좋게 예쁜 짓을 하던 아기가 갑자기 크게 울음을 터뜨렸다.

이때의 분위기를 나는 결코 잊지 못한다. 블라인드를 쫙 내리듯이 한순간에 분위기가 싹 바뀌는 걸 실감했다.

아기가 툭하면 운다는 것 정도는 나도 안다. 이쪽이 불안해하면 아기도 불안해진다. 이럴 때는 "울음소리도 씩씩하네" 하며 아무렇지도 않게 안고 있든지, "역시 엄마 품이 좋은가 보구나" 하며 엄마에게 돌려주면 그만이라는 것도 알고 있다.

그런데도 바로 아무 말도 꺼내지 못한 건 나도 동요했기 때문이다.

"어? 배가 고픈가?"

아기 엄마가 굳은 얼굴로 핑계를 대듯 말하는 걸 보고 그녀도 당연하게 받아들이지 못했음을 알았다. 결국 내 품에서 아기를 안아 든 사람은 아기 엄마가 아니라 다른 맘친이었다.

"자, 그럼 진짜 엄마한테 가볼까."

꼼짝도 못 하는 나 대신 돌려주려고 했을 뿐이리라. 그런데 그 사람이 안아 든 순간, 아기는 울음을 멈추었다. 그 사람도 진짜 엄마는 아니건만.

—왜 나한테만.

하다못해 내게 아이가 없다면, 하고 매달리는 심정으로 생각했다. 그렇다면 아기를 안는 데 익숙하지 않아서 그렇다고 변명할 수 있을 텐데. 하지만 나는 엄마다. 유이카를 36개월 가까이 키워왔다. 그런데도 아기를 울리다니 뭔가 있는 것 아닐까. 다들 그렇게 생각하는 게 아닐까 싶어 불안했고, 무엇보다 나 자신이 그런 의구심을 떨쳐낼 수가 없었다.

이 아이는 내 내면의 뭔가를 느낀 것 아닐까. 우리 언니가 품고 있는 것과 똑같은, 사악한 뭔가를.

"엄마."

비스듬히 아래쪽에서 유이카의 목소리가 들렸다.

"이제 유이카도, 유이카도."

유이카의 말에 자리의 분위기가 누그러졌다. 나는 유이카를 안아 들고 달콤하니 독특한 냄새를 빨아들이며 솟구치는 눈물을 애써 참았다.

그 후로도 표면상으로는 예전과 다름없었다. 아이들이 노는 동안 육아 고민을 토로하고, 남편에 대한 불평불만에 열을 올린다. 이야기하는 짬짬이 아이의 사진을 찍고, 장난감을 차지하려고 다투는 아이를 야단친다. 하지만 그러는 동안에도 나는 유이카가 한없이 어지르는 장난감만 계속 정리했다. 무슨 이야기를 하면 좋을지 몰라서 다른 맘친과 한 테이블에 앉아 있기가 괴로웠기 때문이다.

무엇보다 유치원 작은 반에 들어가기 전에 다닌다는 유치원 체험반이 화제의 중심이라 이야기를 따라갈 수가 없었다. 나 말고 다른 맘친들은 다들 4월부터 아이를 유치원 체험반에 보내는 모양이다. 하지만 나는 언니 사건 때문에 정신이 없어서 신청 기간을 놓쳤다.

얇고 하얀 막을 둘러친 듯한 맘친들을 이따금 멍하니 바라보며 생각했다. 언니와 이야기를 하고 싶다고. 언니를 몹시 보고 싶다고.

이 지경이 되어서도 나는 여전히 언니를 갈구했다. 아니, 정확하게 말하자면 전보다 더욱 언니와 이야기를 하고 싶었다. 언니가 왜 그런 짓을 저질렀는지, 무슨 사정이 있었는지, 언제부터 고민을 끌어안고 있다가, 어디서부터 돌이킬 수 없는 곳까지 와버렸는지. 전부 언니에게 직접 듣고 싶었다.

그리고 끊일 줄 모르는 육아의 고민을 언니가 들어주었으면 했다. 그럴 때는 이렇게 하면 된다고 지침을 내려주었으면 하고 바랐다. 더는 그런 걸 바라면 안 되는 사람이란 걸 알지만, 언니 말고는 내 고민을 숨김없이 털어놓을 수 있는 사람이 없었다.

유이카 때문에 짜증이 날 때가 있다, 뭔가 가르치고 싶지만 돈도 없고 뭘 시키면 좋을지도 모르겠다, 아이만 키우며 세월을 보내는 게 불안하다, 유이카가 제대로 성장하고 있는지 걱정된다, 일을 그만두지 말걸 그랬다는 후회를 지울 수 없다, 출산하고 몸매가 예전으로 돌아가지 않는다, 실은 거북한 맘친이 있다. 다른 사람들도 이렇듯 사소한 일로 고민하는 걸 본 적이 있다. 내가 말하더라도 분명 많은 사람들이 공감해줄 테니 꼭 언니가 아니라 맘친에게라도 상담하면 그만이리라. 하지만 이제는 내 고민을 상대방이 어떤 식으로 받아들일지 의문이다.

얼마 후 졸리는지 유이카가 투정하는 것을 계기로 그만 모임을 마치기로 했다. 차례대로 화장실에 다녀오고 아이의 기저귀를 갈아주며 돌아갈 채비를 했다. 기분이 안 좋은지 유이카는 양말을 신기려고 발만 붙잡아도 빽빽 소리를 지르며 내 손을 뿌리쳤다. 움직임을 멈추고 억지로라도 양말을 신길까, 아니면 맨발로 신발을 신길까 고민했다. 그때 한 맘친이 갑자기 어, 하고 목소리를 높였다.

"지갑이 없어졌어."

맘친들의 시선이 한순간 내게 모였다. 그중 한 명이 흠칫하며 고개를 돌렸다. 부자연스러울 만큼 한꺼번에 시선이 흩어지고 나서 "아, 미안해" 하는 목소리가 이어졌다.

"보조 가방에 넣어놨네."

"어휴, 지갑 말고 정신도 좀 잘 챙겨."

누군가가 놀리는 말에 웃음이 터져 나왔다.

나도 웃어넘길 수 있다면, 아무 일도 아니라는 듯한 분위기를 만들 수 있다면. 귀 뒤가 뜨거워지는 걸 느끼며 그렇게 생각했다.

그 후로 맘친들은 집을 나설 때까지 나와 한 번도 눈을 마주치지 않았다.

그날 돌아오는 길, 나는 잠든 유이카를 유아용 안전 의자에 앉혀놓고 주차장에서 휴대전화로 긴 메일을 썼다. 상대는 고등학교 때부터 친하게 지낸 친구였다. 언니가 사건을 일으켰을 때 제일 먼저 내게 전화를 걸어 〈괜찮아? 걱정된다〉 하고 음성 메시지를 남긴 유일한 사람이다.

걔라면 내 기분을 이해해줄 것이라 믿으며 언니가 체포되고 나서 있었던 일을 적은 후, 내용이 잘 전달되도록 어미와 표현을 수정까지 했지만 나는 결국 메일을 보내지 않았다. 만약 걔마저 지금까지와는 다른 태도를 취하면 어쩌나 걱정돼서 도저히 발신 버튼을 누를 수가 없었다.

나는 눈을 내리깐 채 산뜻한 빛깔의 벚나무 가로수 사이로 차를 몰아 나가사키 시내에 있는 본가로 향했다. 새근새근 잠든 유이카를 곁눈질하고 입술을 깨물었다. 그러지 않으면 울음이 터질 것 같았다. 엄마, 하고 속으로 불렀다. 나, 너무 힘들어. 터져 나올 것 같은 어린애 같은 목소리를 간신히 꿀꺽 삼켰다.

언니가 사건을 저질러서 느낀 충격, 수치스러움, 불안을 진정한 의미에서 공유할 수 있는 건 피로 이어진 가족밖에 없다. 마음을 있는 그대로 털어놓아도 되는 상대도.

나는 현관에 들어서자마자 유이카를 안은 채 주저앉아 펑펑 울었다. 엄마는 얼른 유이카를 받아 들고 부리나케 거실로 데려갔다. 그리고 바로 돌아와서 내 손을 양손으로 감싸고 열심히 문질러주었다. 마치 거기 새겨진 뭔가를 문질러서 지우려는 것처럼.

"가엾은 내 새끼, 많이 힘들었지. 이렇게 힘들게 해서 엄마가 미안하구나."

나는 엄마에게 안기다시피 거실로 가서 지금까지 누구에

게도 말할 수 없었던 속내를 털어놓았다. 나도 언니처럼 되는 건 아니냐고 의심하는 시선이 날아드는 기분이 든다는 것, 그 때문에 누구에게 뭘 상담해야 할지 모르겠다는 것, 남편에게 조차 진심을 털어놓지 못하고, 유이카와 단둘이 있으면 가끔 눈앞이 캄캄해진다는 것. 엄마가 거듭 고개를 끄덕여주는 것만으로도 지금까지 목구멍에 묵직하게 엉겨 있던 뭔가가 녹아내렸다.

실컷 말한 후 나는 흐느끼며 숨을 푹 내쉬었다. 엄마는 내 머리를 쓰다듬더니 "차 한잔 마시자" 하고 일어섰다. 나는 소파 등받이에 뒤통수를 댄 채 엄마가 차를 준비하는 기척을 느끼며 벽에 장식된 드라이플라워를 올려다보았다.

빨간색, 노란색, 파란색, 분홍색의 색채가 선명했을 꽃다발이 빛바랜 모습으로 거꾸로 매달려 있다. 마른 낙엽처럼 칙칙한 빛깔을 바라보고 있자니 초등학생 때 언니와 손을 잡고 갔던 꽃집이 떠올랐다.

엄마가 좋아하는 보라색 꽃을 가리킨 언니의 손가락, 둘이서 함께 꺼낸 용돈을 받은 점원의 손바닥. 언니와 신나게 떠들면서 집으로 돌아와, 엄마가 얼른 일을 마치고 들어오기를 애타게 기다렸다. 엄마가 기뻐하는 얼굴을 상상하자 웃음이 나왔다. 하지만 꽃다발을 받은 엄마는 고맙다가 아니라 미안하다고 말했다. 이렇게 멋진 꽃다발은 비쌌을 거라며.

엄마는 꽃다발을 꽃병에 꽂지 않고 그대로 거꾸로 매달아 드라이플라워로 만들었다. 우리 딸내미들이 아낀 돈으로 산 꽃이잖니. 이러면 오래가거든. 그때 언니의 표정은 어땠더라.

부엌에서 엄마가 찻잔 두 개를 들고 돌아왔다. 고맙다고 말하며 손을 뻗다가 엄마의 손목에 시선을 빼앗겼다.

염주 모양 팔찌가 손목을 뒤덮듯이 감겨 있다.

—대체 언제부터.

나는 침을 꿀꺽 삼켰다. 적어도 언니가 사건을 일으키기 전에는 없었을 것이다. 하지만 정확히 언제부터인지는 기억을 더듬어도 답이 나오지 않았다. 엄마는 내가 알아차린 줄 모르는 듯 불단을 향해 두 손을 모았다. 그 둥그스름한 등에 언니의 책을 이웃에게 나누어주던 엄마의 뒷모습이 겹쳤다.

엄마가 염불 같은 것을 작게 외기 시작했다. 장례식 때 스님이 읊는 경과는 다른 가락이 낯설게 들렸지만, 엄마의 태도가 워낙 진지해서 그건 뭐냐고 물어볼 엄두도 내지 못했다. 대신에 두꺼운 커튼을 쳐놓아서 침침한 집 안을 둘러보았다. 처음 보는 물건들이 여기저기 많았다. 복갈퀴와 크고 작은 부적이 온갖 곳에 널려 있었다.

—나는 지금까지 뭘 본 걸까.

언니가 사건을 일으킨 뒤로도 본가에는 몇 번이나 왔으면서.

요란스러운 부적에 시선이 멈추자 얼굴이 딱딱하게 굳었다. 대체 저딴 것에 돈을 얼마나 쓴 걸까. 그 순간, 그렇게 생각하는 자신이 섬뜩하게 느껴졌다.

나는 허둥지둥 자리에서 일어났다.

"느닷없이 찾아와서 미안해. 이야기하고 나니 속이 좀 편하네."

빠르게 그렇게만 말하고 잠든 유이카를 안아 올렸다.

"왜 그렇게 서둘러?"

"어, 저녁도 준비해야 하고……."

"하루쯤 밥 안 차려주면 어떠니. 너도 많이 지친 거야. 오늘은 자고 가렴."

"고마워, 하지만 괜찮아."

딱 잘라 말하고 현관으로 향했다. 더는 엄마에게 의지해서는 안 된다. 그렇게 스스로를 훈계했지만, 그게 본심인지는 알 수 없었다.


집에 도착하자 오후 5시 반이었다. 유이카에게 먹인 야키소바빵 봉지를 쓰레기통 밑바닥에 쑤셔 넣어서 감춘 후 디즈니 영어 교육 DVD를 틀어놓고 서둘러 돼지고기생강구이를 만들었다.

오후 7시가 지났을 즈음, 집 앞에 차가 멈추는 소리가 들려 DVD를 껐다. 유이카가 불만스러운 표정을 짓길래 "아빠 오셨네" 하고 말을 걸어서 주의를 돌렸다. 테이블에 남편의 저녁을 차리고 유이카를 탈의실로 데려가 겨우 옷을 벗겼을 때 유이카가 탈의실에서 뛰쳐나갔다.

"유이카, 안 돼, 이리 와!"

"싫지롱."

유이카는 재미있다는 듯이 말하며 알몸으로 복도를 뛰어다녔다. 나는 고함을 지르려다 황급히 입을 다물었다. 아랫배에 힘을 주고 소리 내어 한숨을 쉬었다.

"알았어, 엄마 혼자 목욕할 거야."

일부러 쌀쌀맞게 말하고 욕실로 향했지만, 유이카는 쫓아오지 않았다. 예전에는 이러면 쫓아왔는데. 그렇게 생각하자 더 피곤해졌다. 다시 한번 한숨을 쉬고 유이카를 따라 거실로 갔다. 유이카는 종이 기저귀조차 차지 않은 꼴로 블록을 가지고 놀고 있었다.

나는 유이카 앞에 쪼그려 앉았다.

"유이카, 엄마랑 같이 목욕하자."

목소리를 의식적으로 높여 타이르는 투로 말했다.

"나갔다 왔으니까 더러워졌지? 목욕하면 기분 좋을 거야."

"유이카는 목욕 안 해!"

"음, 유이카는 블록을 가지고 놀고 싶구나. 하지만 기저귀도 안 차고 놀다가 쉬야 하면 바닥이 축축해질 거야. 목욕하고 나서 블록 놀이 하자."

"싫어! 블록!"

"그럼 블록 놀이 하고 나서 목욕할까?"

"안 해."

요즘 드물지 않은 대화였다. 30개월이 지나자 유이카는 갑자기 말이 많아지는 동시에 자기주장도 뚜렷해졌다. 하기 싫은 일은 절대로 하지 않고, 억지로 시키면 짜증을 부리며 운다. 기저귀 갈기, 밥 먹기, 옷 고르기, 낮잠, 목욕, 양치질에 더불어 신발 신기도, 계단 내려가기도, 손 잡고 걷기도 전부 "싫어"다. 이른바 싫어병으로, 성장의 증거라는 건 알지만 일상의 온갖 상황에서 유이카에게 휘둘리다 보니 스트레스가 쌓였다.

"그럴 때는 선택지를 내놓는 게 좋아. 목욕해, 하고 시키는 게 아니라, 목욕하면서 뭐 하고 놀까? 오리랑 개구리 중에 뭐가 더 좋아? 그런 식으로 아이에게 선택권을 주는 거지."

언니의 말이 머릿속에 되살아났다.

"그럼 목욕하면서 블록 놀이 하는 거랑, 목욕하면서 노래하는 거 중에 뭐가 더 좋아? 유이카가 골라봐."

"여기서 블록 놀이!"

언니에게 전화해야겠다고 반사적으로 생각하다 기분이 암울해졌다.

―언니한테 상담해서 뭘 어쩌자고.

언니는 내가 목표로 삼는 좋은 엄마가 아니었는데.

몸에서 힘이 쭉 빠지고 일그러진 입술이 바들바들 떨렸다.

그림책 속의 빵을 먹고 싶다는 나를 위해 용돈으로 재료를 사서까지 빵을 만들어준 언니. 상식적인 어른이지만 아이의 기분도 잘 헤아려주는 상냥한 엄마. 언니를 따라 하면 언니와 비슷한 엄마가 될 수 있을 거라 생각했다. 언니 말대로 하면 틀림없을 터였다.

하지만 그것이야말로 잘못이었을까.

"유이카, 엄마 말 안 들을래!"

나도 모르게 유이카의 팔을 잡아당긴 순간이었다.

"아야!"

유이카가 비명을 질러서 깜짝 놀라 손을 놓았다.

"뭐야!"

지금까지 아무 관심도 없이 휴대전화만 만지작거리던 남편이 안색을 바꾸며 일어섰다.

"아니야, 팔을 살짝 잡아당겼을 뿐인데……."

"유이카, 괜찮니?"

"아빠."

유이카가 어리광을 부리며 남편에게 안겼다.

"어떻게 된 거야? 어디가 아파?"

"팔. 엄마가 꽉 했어."

"당신, 왜 그랬어?"

남편이 마치 유이카를 보호하듯 유이카와 나 사이에 버티고 섰다.

"그게…… 유이카가 목욕을 안 하겠다잖아."

"하루쯤 목욕 안 한다고 죽는 것도 아닌데, 그걸 가지고."

당신이 도와주면, 이라는 말이 목구멍에 턱 걸렸다. 저녁을 먹고 나서도 퍼질러 앉아 휴대전화나 들여다보고 있던 주제에. 죽지 않는다고 해서 목욕이고 양치질이고 유이카가 싫어하는 일을 일절 하지 않으면, 유이카는 병에 걸리고 충치도 생길 것이다. 그런 건 상상도 못 하는 주제에. 내뱉지 못한 말이 소용돌이치고 뱃속에 열불이 났다.

하지만 남편의 다음 한마디를 듣자 순식간에 열기가 싹 가셨다.

"엄마가 이렇게 신경질적이라니, 유이카가 불쌍하다."

주위에서 소리가 사라지고 눈앞이 더욱 깜깜해졌다. 발밑에서 뭔가가 무너져 내리는 듯한 기분이 들었다.

―유이카는 불쌍한 걸까.

나는 엉겨 붙다시피 남편의 팔을 꼭 잡고 있는 유이카를 보았다. 유이카의 눈에서 이겼다는 듯 우쭐대는 빛이 느껴져 깜짝 놀랐다.

대체 무슨 생각이람. 이겼다고 우쭐대다니 그럴 리 없다. 자기 딸한테 그런 마음을 품다니 말도 안 되는 노릇이다. 무엇보다 유이카는 아직 만 세 살도 되지 않았다. 그렇게 생각하면서도 나는 웃을 수 없었다.

나는 신경질적인 걸까. 이상한 걸까.


언니가 사건을 저지른 지 석 달이 지나도 서먹서먹해진 남편과의 관계는 회복되지 않았다.

남편이 뭘 어떻게 생각하는지 모르지만, 직접 물어볼 용기가 없어서 그저 기분을 살피는 것이 고작이었다. 더는 점수가 깎이지 않도록, 실망하지 않도록. 오직 그 생각만 하며 남편 앞에서는 유이카를 야단치지 않았고, 저녁 반찬을 하나 더 늘렸고, 이야기할 때는 늘 들어주는 역할을 맡았다.

남편이 집에 있으면 유이카도 말을 비교적 잘 들으므로, 남편이 유이카와 놀아주는 동안은 나도 내 위주로 집안일을 할 수 있다. 하지만 남편이 집에 있으면 마치 감시당하는 것 같아 긴장됐고, 출근하면 마음이 놓였다.

남편이 집에서 어떤 분위기를 느꼈는지는 모르겠다. 다만 언니가 사건을 저지르기 전보다도 귀가 시간이 늦어졌다. 그런 한편으로 주말에는 뜬금없이 우리를 데리고 외식을 하러 나가기도 했다. 유이카가 안아달라고 하면 목말을 태워주고, 주스를 마시고 싶다고 조르면 금방 사준다. 그 탓에 유이카는 나와 둘이 있을 때도 걸어 다니려 하지 않고, 슈퍼에 장을 보러 가면 주스를 사달라고 떼를 쓰며 소란을 피웠다.

딱 한 번 남편에게 그만 좀 하라는 뜻을 부드럽게 전달한 적이 있다. 하지만 "가끔은 괜찮잖아" 하고 일축하는 바람에 다시는 뭐라고 할 수가 없었다. 확실히 가끔이라면 유이카에게 그렇게 악영향을 주지 않을 것이다. 하지만 내가 걸으라고 시킬 때마다 유이카는 아빠가 더 좋다면서 울었고, 슈퍼에서 꺼이꺼이 우는 모습을 보다 못해 주스를 사줄 때마다 나는 자기혐오에 빠졌다.

유이카가 없으면 남편과 좀 더 양호한 관계를 쌓을 수 있을까. 하지만 유이카가 없으면 할 이야기조차 거의 없다. 언니가 사건을 일으킨 후 어쩐지 소원해진 시부모와 관계를 회복할 방법을 함께 모색해야 한다고 생각하면서도, 말 한 번 꺼내지 못했다.

하지만 시부모와 관계가 소원해진 건 남편도 내심 걱정이었던 모양이다. 장마가 시작될 무렵, 갑자기 "우리 형 집에 가자" 하고 말했다.

"아버지도 형이 하는 말은 듣거든. 걱정 마, 형은 탁 터놓고 이야기하면 이해해주는 사람이니까."

남편이 나와 시부모의 관계 회복을 포기하지 않았다는 것이 기뻤다. 관계를 회복시키기 위해 앞장서서 행동에 나섰다는 것도.

가슴이 따스해졌고 굳은 어깨에서 힘이 빠졌다. 나는 지금까지 언니 일을 너무 혼자서만 끌어안으려고 했던 건지도 모른다. 하지만 우리는, 남편과 나와 유이카는 가족이다. 처음으로 그런 생각이 들었다.

남편 말이 옳았다. 아주버님 부부는 처음에는 어색한 태도를 보였지만, 언니가 저지른 사건과 나는 아무 상관도 없다고 남편이 힘주어 주장하자 이해해준 것 같았다. 형님은 내 어깨를 두드리며 "우리는 동서 편이야" 하고 격려해주었다. 고마웠고, 진심으로 남편을 믿고 오길 잘 했다 싶었다.

형님이 만들어준 점심을 먹고 소화도 시킬 겸, 나가사키 항이 보이는 근처 공원에 가기로 했다. 테니스 코트 크기의 큼지막한 미끄럼틀을 중심으로 색색의 놀이기구가 배치된 공원이었다.

아주버님 부부에게는 네 살 먹은 아들이 하나 있다. 조카는 나를 잘 따랐고 유이카도 제 친동생처럼 귀여워해주었다. 내가 목에 두른 대미지 가공된 숄을 만지며 "작은엄마네 집은 가난해요?" 하고 재잘대는 조카의 얼굴을 보고 있으니, 나도 모르게 눈물이 왈칵 쏟아질 것 같았다. 언니가 사건을 저지른 후로 내게 이토록 순순하게 웃음을 지어준 사람은 아무도 없었다.

조카의 오른손을 잡고, 유이카를 왼손으로 받치며 미끄럼틀 계단을 올라갔다.

유이카를 먼저 내려보내고 조카를 돌아본 순간이었다.

초등학교 여학생의 무릎이 미끄럼틀 꼭대기에 서 있던 조카의 등에 닿는 모습이 보였다. 아차 싶었을 때는 이미 늦었다. 몸을 휘청한 조카가 슬로모션처럼 앞으로 기울어졌다.

나는 비명조차 지르지 못하고 그저 눈만 부릅떴다. 떨어지겠구나 싶었지만 냉큼 안아서 구하기는커녕 손가락 하나 까딱하지 못했다.

조카는 그대로 굴러떨어져 오른쪽 쇄골이 부러졌다.

내가 곁에 있었는데도 조카가 다치다니 미안하다고 울면서 사과했다. 하지만 아주버님과 형님은 용서해주지 않았다. 이모가 밀었다고 조카가 증언했기 때문이다. 조카는 내게 등을 돌리고 있었으므로 내가 민 것처럼 느꼈을지도 모른다. 하지만 실제로 조카를 민 사람은 옆에 있던 초등학교 여학생이다. 내가 그렇게 주장하자 남편은 양손으로 머리를 감싸 안았다.

"당신 대체 왜 이래?"

그대로 머리카락을 쥐어뜯으며 나지막하게 앓는 소리를 냈다. 내가 멀뚱히 서 있자 남편은 내 머리를 움켜쥐고 억지로 고개를 숙이게 했다.

"형, 정말 미안해. 이 여편네가 이런 짓을 할 줄이야……."

"아니야. 난 정말 아무 짓도,"

"그만 좀 해!"

남편은 고함을 지르며 나를 떠밀었다.

"진짜로 그런 아이가 있다면 당장 여기로 데려와보든가!"

이미 공원을 나서서 병원에 왔으니 불가능한 일이다. 내가 우물쭈물하자 남편은 소리를 내어 한숨을 쉬었다.

"진심으로 반성하면 밉지나 않지. 하다 하다 초등학생 탓을 해? 당신은 부끄러운 줄도 몰라?"

나는 입을 벌리려다 도로 다물었다. 제대로 설명해야 한다고 생각했지만 말이 나오지 않았다.

"아무리 화가 났기로서니…… 어린애가 한 말이잖아."

남편의 말끝이 살짝 떨렸다. 나는 아무 대답도 할 수가 없었다.

─어린애가 한 말?

정말로 무슨 소리인지 나로서는 이해가 가지 않았기 때문이다. 하지만 쥐어짜낸 듯한 남편의 목소리를 듣다 보니 무슨 오해를 한 건지 이해가 갔다. 조카가 내게 "작은엄마네 집은 가난해요?" 하고 물어본 것에 화가 나서 떠밀었다고 오해한 것이다.

나는 어안이 벙벙해졌다. 조카가 악의를 품고 한 말이 아니라는 것 정도는 남편이 말해주지 않아도 안다. 오히려 조카나름대로 친밀함을 표현하려고 그랬다는 것 정도는 나도 안단 말이다. 하지만 내가 안다는 사실을 남편은 몰랐다.

문득 맘친들의 시선이 머릿속에 되살아났다. 지갑이 없어졌다는 말에 아무 망설임도 없이 제일 먼저 나를 의심하던 그 시선이.

"……왜 믿어주지 않는 거야?"

내가 할 수 있는 말은 그게 전부였다.

남편은 힘없이 고개를 저었다.

"믿었는데 당신이 배신했잖아."


방금 간신히 머리만 끼운 속옷을 유이카가 투정을 부리며 벗어 던졌다.

"유이카!"

소리를 지르며 어깨를 잡자 유이카는 온몸을 비틀며 손을 뿌리치고 거북이처럼 마룻바닥에 웅크렸다. 으아아아앙, 으아아아앙. 나는 귀가 따가울 만큼 크게 우는 유이카를 내려다보며 "그럼 계속 그런 꼴로 있든가" 하고 말을 내뱉었다.

"얼레리꼴레리, 유이카는 아직도 아기라서 기저귀만 차고 다닌대요."

그렇게 말하자 유이카의 울음소리가 더 커져서 짜증과 자기혐오를 동시에 느꼈다. 나는 소리를 내어 한숨을 쉬고 속옷을 집었다.

"그러니까 속옷만이라도 좀 입자."

"싫어!"

유이카가 날카롭게 소리쳤다. 나는 너무 열받은 나머지 더는 그 자리에 있을 수가 없어서 몸을 홱 돌려 부엌으로 갔다.

저녁을 준비하며 괜찮다고 스스로를 달랬다. 이제 6월이니 억지로 입히지 않아도 감기에는 걸리지 않을 것이다.

유이카가 울음을 그치기를 기다렸다가 두부 햄버그, 샐러드, 케첩으로 양념한 볶음밥을 접시에 담아 거실로 돌아갔다. "유이카, 밥 먹자" 하고 부르자 유이카는 샐쭉한 표정을 지으면서도 잠자코 유아용 의자에 기어올랐다. 결국 거의 알몸이나 마찬가지였지만 더는 문제 삼을 기분이 아니었다.

"자, 얼른 냠냠하자."

마음을 다잡고 목소리 톤을 높이며 의자 위치를 조정했다. 하지만 유이카는 테이블 위를 흘낏 보더니 접시를 테이블 가장자리로 밀었다.

"유이카는 이거 안 먹어."

나는 한숨을 삼키고 고개를 갸웃거렸다.

"그럼 뭐 주면 먹을래? 빵?"

"싫어!"

"아무것도 안 먹으면 배고프잖아. 봐, 이 햄버그, 유이카가 좋아하는 건데."

"안 먹어!"

유이카가 내가 앞으로 밀어준 접시를 세게 쳐서 떨어뜨렸다. 접시가 뒤집히고 음식이 바닥에 흩어졌다. 어젯밤에 유이

카를 재운 후에 재료를 준비해서 만든 햄버그, 예전에 유이카
가 맛있다며 싹 다 먹은 볶음밥.

"유이카!"

나도 모르게 목소리에 날이 섰다.

"음식을 떨어뜨리면 못써."

"싫어!"

내가 어깨로 손을 뻗자 유이카가 힘껏 뿌리쳤다. 손을 내
려다보자 손등에 빨간 줄이 생겼다. 긁힌 자국을 오른손으로
누르고 "아야" 하고 유이카에게 말했다.

"유이카, 엄마 아야 했어."

정말로 그렇게까지 아팠던 것은 아니다. 그저 사람을 손톱
으로 할퀴면 안 된다는 걸 가르쳐줘야겠다는 마음이었다. 지
금 제대로 야단치지 않으면 유이카는 다른 아이에게도 똑같
은 짓을 할지도 모른다.

"죄송해요, 해야지?"

유이카는 미간에 주름을 잡고 고개를 홱 돌렸다.

"유이카, 잘못을 했으면 사과를 해야 해. 자, 말해보렴?"

최대한 상냥한 어조로 말했는데도 유이카의 표정이 찌부
러뜨린 것처럼 확 일그러졌다. 아, 울겠다고 생각했을 때 유이
카가 벌겋게 상기된 얼굴로 울음을 터뜨렸다. 으아아아앙, 으

아아아앙. 의사를 전달할 방법이 울음밖에 없던 아기 시절에 그야말로 절실하게 울던 것과는 전혀 달랐다. 자기가 상처를 입었다고 호소하는 듯한, 그러면서 이쪽을 탓하는 듯한 울음소리에 속이 뒤집어졌다.

그래도 겨우 한숨을 삼키고 유이카를 품에 안았다.

"괜찮아, 엄마 안 아파. 유이카도 잘못했다고는 생각하지? 하지만 혼나서 눈물이 나온 거지?"

유이카는 더 소리 높여 울었다. 으아아아앙, 으아아아앙, 으아아아앙. 얼굴이 뻣뻣하게 굳는 느낌이 들었다.

"뚝 그쳐."

목구멍에서 낮은 목소리를 짜냈다. 유이카가 신경질적으로 자기 맨가슴을 할퀴기 시작했다.

"하지 마!"

유이카의 양손을 냅다 잡았다. 하지만 가슴에는 새빨간 상처가 몇 줄이나 생긴 뒤였다.

─만약 이걸 남편이 보면.

심장이 딱딱하게 얼어붙는 기분이었다.

"놔! 엄마, 아야!"

반사적으로 손을 놓은 순간, 유이카가 질색하는 바람에 옷을 입히지 못했고, 손톱도 잘라주지 못했다는 것이 현실로 다가왔다.

나는 두 눈을 부릅떴다.

―그럼 나더러 어쩌라고?

이야기해도 들어주지 않는다. 억지로 시키려고 하면 엉엉
운다. 유이카의 의사를 존중하면 이런 꼴이 난다.

돌이켜보면 나는 초등학생 때부터 여름방학 숙제는 7월
중에 끝내는 아이였다.

해야 할 일이 얼마나 걸릴지도 모르는 상태로 쌓여 있는
것이 스트레스였다. 마치 빚 같은 숙제를 전부 해치우지 않으
면 진심으로 방학을 즐길 수 없었다. 아무튼 눈앞의 일을 정
리하고 나서 쉰다. 그렇게 살아온 내가 처음으로 좌절한 건 사
회인이 되었을 때였다.

대학교를 졸업하고 웹 디자인 하청 회사에 입사했다. 거기
서는 일을 마감 기한 전에 마치면 휴식이 아니라 다음 일이
기다리고 있었다. 일을 빨리 해서 도움이 된다는 말에 겸연쩍
게 웃으면서도 속으로는 어쩌면 좋을지 몰라 비명을 질렀다.
쉬고 싶다. 끝이 보이지 않는다. 하지만 마감이 아슬아슬할 때
까지 요령 있게 쉬면서 일할 자신은 없었다.

같은 회사 선배였던 남편과 결혼하고 임신해서 퇴직하자
마음이 놓였다. 이제 쉴 수 있다. 끝낼 수 있다. 누구에게도 책

잡히거나, 누구도 실망시키지 않는 형태로.

유이카는 내게 자유를 줬다. 회사를 그만두고 유이카가 태어날 때까지 몇 달간은 거의 처음 맛보았다고 해도 될 만한 평온함으로 가득했다.

하지만 어째서일까. 막상 유이카가 태어나자 생활은 싹 달라졌다. 빽빽 우는 유이카가 언제 울음을 그칠 것인가, 또는 겨우 잠든 유이카가 언제까지 잠들어 있을 것인가 전혀 예측되지 않는 나날이 이어졌다. 1분 후일까, 30분 후일까, 2주 후일까. 영원하지 않으리라는 것은 알았지만, 내게는 늘 영원하게 느껴졌다.

유이카가 다시 울면서 가슴을 할퀴었다. 긁힌 상처가 순식간에 늘어났다. 한 줄, 두 줄, 세 줄. 하얀 피부에 생기는 붉은색이 시야를 물들였고, 마침내 아무것도 보이지 않게 되었다.

"그만하라고 했잖아!"

한순간 무슨 일이 일어났는지 몰랐다.

유이카의 울음소리가 멈추자 거실에 갑작스러운 정적이 찾아왔다.

다음 순간 폭발하는 듯한 울음소리와 함께 손바닥이 뜨끈하니 얼얼한 감각이 느껴졌다.

─때리고 말았다.

손바닥을 멍하니 내려다보았다. 뻣뻣한 목을 어색하게 돌려서 유이카를 보았다. 유이카의 조그만 뺨이 빨갛게 부어 있었다.

내가 결국 유이카를.

"미안해, 유이카."

무너져 내리듯 몸을 웅크려 유이카를 끌어안았다.

"미안해, 정말 미안해. 유이카, 많이 아프지."

보드라운 머리카락이 턱에 닿았다. 유이카가 힘껏 달라붙었다. 간절한 모습에 가슴이 죄어드는 것처럼 아팠다.

"엄마, 죄송해요."

"아니야, 유이카 잘못이 아닌걸."

"죄송해요, 엄마."

갈라진 목소리로 되풀이해 말하는 유이카는 더 이상 가슴을 할퀴지 않았다. 왜 처음부터 이렇게 하지 못했을까. 나는 입술을 깨물었다. 억지로 손을 붙들지 말고 이렇게 안아주면 됐을 것을. "할퀴면 아야 하잖아. 엄마는 유이카가 아야 하면 슬퍼" 하며 머리를 쓰다듬어주면 됐을 것을. 그랬다면 유이카도 그만뒀을지 모르는데. 정말로?

나는 엄마가 될 자격이 없다고 유이카가 태어난 직후부터 언니에게 말해왔다. 내가 그럴 때마다 언니는 무슨 소리냐고 웃어넘겼다. 걱정 마, 그렇게 고민하는 게 유이카를 소중히 여긴다는 증거잖아? 그것만으로도 충분히 훌륭한 엄마야.

언니 말에 설득력이 있었으므로 더는 스스로를 책망하지 않았다. 하지만 언니의 말은 정말로 옳았을까.


이대로 유이카와 단둘이 지내다간 큰일 난다.

나는 매달리는 심정으로 유이카를 유치원 체험반에 보냈다. 그러나 유이카와 떨어져 있을 수 있는 시간은 일주일에 한 번, 그것도 한나절뿐이다. 취업 정보지를 들여다보며 이력서를 썼다. 일하면 유이카를 어린이집에 보낼 수 있다. 그러면 다시는 유이카를 때리지 않아도 된다.

20대 중반에 일을 그만둔 후로 아이만 키운 내가 이제 와서 할 수 있는 일에는 한계가 있을 테니, 애초에 목표를 높게 잡지 않았다.

그런데도 전부 떨어졌다. 유이카가 다닐 어린이집이 결정되지 않았기 때문이다.

"아무튼 일단 아이를 맡길 곳부터 확보하셔야겠는데요. 이야기는 그다음입니다."

면접에 유이카를 데려갔다가 그런 말을 듣고, 곧장 시청에 가서 사정을 설명했다. 그러자 "이미 일하고 계신 게 아니라

구직 중이시라면 어렵겠는데요"라는 답변이 돌아왔다.

"하지만 어린이집을 확보하지 못하면 채용할 수 없다고 하던걸요."

"네, 다들 그래서 힘들어하십니다."

직원은 미안해서 주눅이 들었다기보다 진심으로 내가 딱하다는 듯이 눈초리를 축 늘어뜨리며 말하고 갱지 같은 종이를 펼쳤다.

"그래서 일단은 무인가 어린이집에 보내서 취직을 하신 후에, 인가된 어린이집으로 옮기는 분이 많으시죠."

그날 밤 남편에게 자료를 보여주며 설명하자 남편은 마치 더러운 것이라도 만지듯 종이를 손끝으로 집어 들고 눈살을 찌푸렸다.

"딱히 그렇게까지 해서 일할 필요는 없잖아."

남편이 무인가 어린이집의 보육료 부분을 손가락으로 탁 튕겼다.

"무엇보다 이래서야 일하는 의미가 거의 없어."

"그렇지만,"

"아니면 뭐야? 지금 생활비로는 부족해?"

꺼내려던 반론이 남편의 그 한마디에 몸속 깊은 곳으로 가라앉았다. 어린이집에 맡기지 않으면 학대할지도 모른다는 소리는 할 수 없었다. 말했다가는 벌써 때렸다는 이야기도 해야 한다.

나는 일하러 나가기를 포기하고 다시는 남편에게 상담하지 않았다. 유이카에게 애니메이션 DVD를 틀어주고, 인터넷에서 학대 관련 사이트를 찾아다녔다. 아이에게 짜증이 났을 때 기분을 전환하는 법을 검색하고, 아이가 몇 살쯤부터 자기가 경험한 일을 기억하는지도 알아보았다. 아이를 때려봤다는 사람이 생각보다 많아서 안심도 됐다. 괜찮다, 딱 한 번뿐이라면 학대가 아니다. 인터넷 방문 기록을 삭제하고 텔레비전 앞에 앉아 있는 유이카를 뒤에서 끌어안았다.

간지러운지 유이카가 몸을 비비 꼬며 웃었다. 괜찮다고 나는 다시 한번 스스로를 다독였다. 나는 이렇게나 유이카를 예뻐하는걸.

하지만 유이카가 만 세 살이 되고 사흘 후, 나는 또 유이카를 때렸다. 신기려던 신발을 던졌을 뿐 내 얼굴에 맞은 것도 아니었는데.

넓적다리를 찰싹 때리며 "참 못됐네, 못됐어. 엄마도 이제 어째야 할지 모르겠다"하고 쏘아붙였다. 유이카가 울음을 터뜨리자 "울지 말라고 했잖아!" 하고 고함을 지르는 동시에 손을 또 움직였다.

나도 내가 왜 그런 짓을 하는지 도통 알 수가 없었다. 내 자식인데, 아직 고작 세 살인데, 뭘 그렇게 용서할 수 없는 걸까.

유이카의 팔다리에 생긴 멍이 채 낫기도 전에 같은 곳을 또 때렸다. 때린 직후에는 두 번 다시 이런 짓을 하지 않겠다고 속으로 맹세했다. 하지만 나는 자신과의 약속을 수도 없이 깼다.

유이카의 넓적다리를 때리고, 울면서 끌어안고, 엉엉 우는 유이카에게 두툼한 깃털 이불을 덮어씌우고 "시끄러워! 차라리 죽어!" 하고 고함을 지른다.

죽으라고 말하자마자 날카로운 칼로 가슴을 후벼 판 듯한 통증이 밀려왔다. 마침내 꺼내고 말았다. 아이가 무사히 태어나기를 그렇게나 바랐고, 태어난 순간 세상 모든 것에 고마워했고, 성장을 느낄 때마다 사진과 동영상을 찍으며 기뻐해놓고서 딸이 죽기를 바란다는 말을.

울면서 학대 상담 창구에 대해 조사하고, 정신건강의학과 의원을 알아보고, 이번에는 인터넷 방문 기록을 지우지 않았다. 빨리 남편도 알아차리기를 바랐다. 말려주었으면 했다. 누군가 당장 유이카에게서 나를 좀 떼어놔.

집에 유이카와 단둘이 있기가 무서워서 남편 몰래 유치원 체험반을 두 군데 보냈고, 유치원 체험반에 가지 않는 날은 거의 매일 아동관(아동에게 건전한 놀이 환경을 제공하고, 건강을 증진시킬 목적으로 설치한 아동 후생시설—옮긴이 주)에 데려갔다. 하지만 아동관에서 다른 엄마들을 볼 때마다 죄책감이 늘어날 따름이었다.

다른 엄마들은 놀랄 만큼 아이를 잘 키우고 있는 것처럼 보였다. 다정하게 웃는 얼굴로 함께 놀고, 뭔가 야단쳐야 할 때도 결코 감정적으로 나오지 않고 뭐가 잘못인지 끈기 있게 설명한다. 아이는 천진난만하게 웃으며 거리낌 없이 엄마에게 달라붙는다.

그 자리에 있기가 괴로웠지만 달리 갈 곳이 없었다. 늘 아침 일찍 아동관에 갔다가 돌아오는 길에 밖에서 점심을 먹고, 집에 와서 낮잠을 자는 유이카 옆에 누워 나도 잠을 청한다. 유이카가 잠에서 깨자마자 텔레비전을 틀고 최소한의 집안일을 하고 나면 유이카를 데리고 장을 보러 간다. 텔레비전을 너무 많이 보여줬다고 자책하는 한편으로, 장을 보는 내내 떼를 쓰는 유이카 때문에 분통이 터졌다.

그날도 나는 유이카를 아동관에 데려갔다. 하지만 점심 먹을 시간이 되었는데도 유이카는 아동관을 나서려 하지 않았다. 배가 고파 기분이 별로면서, 밥을 먹으러 가자고 하면 나갈 준비를 하기는커녕 울고불고 난리를 쳤다. 직원의 도움을 받아 겨우 돌아갈 채비를 마치고 오후 1시가 지나서야 아동관을 나섰다. 나도 배가 고팠고 지칠 대로 지쳤다.

차에 태우려 해도 칭얼대며 타지 않아서 별수 없이 걸어서 근처 정식집에 가기로 했다. 얼마 지나지 않아 유이카는 "안 아줘!" 하고 소리쳤고, 나는 무표정한 얼굴로 10킬로가 넘는 유이카를 안아 들었다.

계단을 올라가자 숨이 찼고, 팔이 마비될 것처럼 피로했다. 계단참에서 걸음을 멈추고 축 늘어진 유이카에게 "꽉 붙잡아야지" 하고 말을 걸었을 때야 유이카가 잠들었다는 사실을 알아차렸다. 나는 그대로 계단 끄트머리에 털썩 주저앉았다.

점심을 어떻게 할지 멍하니 생각했다. 정식집에서 깨워서 먹일까, 차를 타고 집에 돌아가서 먹일까. 막 잠든 참이라 깨우면 가게에서 칭얼거릴 것이다. 그렇다고 집에 돌아가면 도중에 깨서 배고프다고 울음을 터뜨릴 게 뻔하다. 그럴 때면 유이카는 어르고 달래도 절대로 울음을 그치지 않는다.

나는 강한 햇빛을 반사하는 돌계단을 바라보았다. 어쨌거나 유이카를 다시 안고 왔던 길을 돌아갈 기력은 어디서도 솟지 않았다. 지금 잠을 보충했으니 집에 돌아가면 낮잠은 자지 않겠다 싶자 온몸이 더욱 무거워졌다. 얼굴을 적신 게 눈물인지 땀인지도 모를 지경으로 더웠고, 머릿속이 몽롱했다. 왜 이

동네에는 이렇게 오르막과 계단이 많은 걸까 싶은 생각도 들었다.

얼마나 그러고 앉아 있었는지 모르겠다. 몇 분이었을까, 몇 십 분이었을까. 어느덧 잠에서 깬 유이카가 울음을 터뜨렸다.

"배고프지. 밥 먹으러 식당에 갈까."

나는 몸을 뒤로 젖히며 짜증을 내는 유이카를 땅바닥에 내려놓고 무거운 엉덩이를 들었다.

"울면 배만 더 고파. 이 계단만 올라가면 금방 식당이야."

잡으려고 뻗은 손을 유이카가 쳐냈다. 유이카는 벌게진 얼굴로 악을 쓰며 발을 동동 굴렀다. 유이카가 계단 가장자리를 밟는 것을 보고 나는 숨을 헉 들이켰다.

그 순간 조카의 모습이 머릿속에 떠올랐다. 미끄럼틀 위에서 앞으로 기울어지던 작은 뒷모습이.

"유이카!"

메마른 소리가 울려 퍼졌다. 뺨을 맞은 유이카가 계단참 한복판으로 쓰러졌다.

"위험하잖아!"

눈앞이 하얗게 물들었고 귀울림이 들렸다. 아플 만큼 심장이 세차게 뛰었고 목소리가 떨렸다.

"몇 번을 말해야 알아듣겠니? 계단에서 함부로 행동하면 안 된다고 했잖아!"

"죄송해,"

사과하는 유이카의 목소리가 도중에 끊겼다. 유이카를 향해 내리친 손이 시야 중심에서 흐려졌다. 대체, 왜, 그러는 거야. 왜, 엄마 말을, 안 들어. 시끄러워, 닥쳐, 차라리 죽어. 어디까지가 정말로 귀에 들린 목소리고, 어디부터가 머릿속에 울려 퍼진 목소리인지 구별이 되지 않았다. 쳐든 손은 누구의 손이고, 뜨겁게 달궈진 돌계단에 맨 무릎으로 꿇어앉아 몸을 웅크리고 있는 여자애는 또 누구일까.

유이카의 팔을 잡고 억지로 일으켜 세웠다. 얼굴을 가리려는 손을 잡고 떼어냈다.

그만둬야 한다. 더 때려서는 안 된다. 더 때리면 정말로 유이카가 죽는다.

내 손에 죽고 만다.

"무슨 짓이야!"

남자의 고함이 귀를 때렸다. 들켰다 싶은 마음이 드는 것과 동시에 드디어 발견해주었구나 싶기도 했다. 이걸로 다 끝났다. 이제 나를 유이카와 갈라놓으면 유이카는 죽지 않아도 된다.

하지만 그렇게 생각한 순간, 손바닥에 느껴지던 유이카의 축축한 살결의 감촉이 사라졌다.

　유이카, 하고 외치려 했지만 목소리가 나오지 않았다. 가녀린 어깨가 내 손에서 떨어져 천천히 오른쪽으로 기울었다.

　유이카는 마치 끌려가는 것처럼 계단 쪽으로 비틀비틀 움직였다. 자전거를 타다가 오른쪽으로 치우치면 길턱에서 떨어질 것 같을 때 왠지 모르게 더 오른쪽으로 이동하게 되는 것과 마찬가지로, 몸이 쓰러지는 걸 막으려고 오른발을 내디디다 꼬인 왼발이 더 오른쪽을 디뎠다. 더욱 기울어진 몸을 지탱하려는 듯 오른발을 크게 내밀었을 때, 유이카의 몸이 계단 아래로 빨려 들어가서 사라졌다.


　왜 이런 일이 생기기 전에 다른 사람에게 상담하지 않았습니까, 하고 취조를 담당한 형사가 물었다.

　나는 다른 사람에게, 하고 입속으로 따라 했다. 다른 사람이라니…… 누구한테?

　유이카 때문에 짜증이 날 때가 있다, 뭔가 가르치고 싶지만 돈도 없고 뭘 시키면 좋을지도 모르겠다, 유이카가 제대로 성장하고 있는지 걱정된다, 일을 그만두지 말걸 그랬다는 후회를 지울 수 없다. 예를 들어 내가 누군가에게 그런 상담을 했다면, 그 사람은 무슨 감상을 품었을까.

아이 교육비가 필요하다는 이유로 맘친의 집에서 금품을 훔친 사람의 여동생에게.


"피해망상입니다."

형사는 한숨을 쉬었다.

"가족이 죄를 저질렀다고 해서 당신을 바라보는 시선까지 달라지지는 않습니다."

나는 고개를 숙이고 엄지손톱을 만지작거렸다.

나는 내내 두려웠다.

언젠가 언니처럼 되는 건 아닐까. 언니처럼 남의 신뢰를 저버리고, 자신과 가족의 인생을 엉망진창으로 만들지는 않을까.

"당신은 좀 더 주변 사람들을 신뢰해야 했습니다."

형사의 말에 멍하니 고개를 들었다.

"그런가요?"

잠긴 목소리가 입에서 흘러나왔다.

"제가 저 자신을 멋대로 궁지에 몰았을 뿐, 실은 상담할 수 있는 사람이 있었던 걸까요? 다들 진심으로 언니가 지은 죄와 저는 무관하다고 여기고 있었을까요?"

언니 사건이 실린 주간지를 보았을 때가 문득 떠올랐다.

모유 수유에 힘을 쏟고, 아이에게 비싼 브랜드 옷을 입히고, 집을 늘 청결하게 유지하고, 교육에도 열과 성을 다한 언니를 비판하는 글을 보고, 그게 정말로 나쁜 짓인가 의문이 들었다.

　—예를 들어 아이가 장래 올림픽 선수가 된 후에 이러한 일화가 언니의 육아법으로 소개되면 많은 사람들이 '어머니의 헌신 덕분'이라고 칭송하지 않을까.

　같은 일이라도 다른 정보를 곁들여서 보여주면 인상이 완전히 달라진다.

　예를 들어 언니가 절도 말고 학대를 저질렀다고 전달됐다면, 내 말과 행동은 달리 보였을 것이다.

　남편이 전화로 사건에 대해 알려주었을 때 유이카가 잠투정을 부린 것, 맘친들 모임에서 내가 품에 안은 순간 아기가 울음을 터뜨린 것, 목욕을 시키려고 팔을 잡아당긴 것만으로 유이카가 비명을 지른 것.

　그리고 유이카에게 짜증이 나서 때린 순간, 다들 역시나, 하고 납득하지 않았을까. 역시나 같은 피를 이어받고 같은 환경에서 자란 인간이라 저런 거라고.

　그렇다면 결국 언니가 지은 죄와 나는 유관하다는 시선으로 바라본 셈 아닐까.

"저를 궁지로 몰아넣은 건, 정말 제 피해망상뿐이었을까요?"

✦

《할아버지의 도깨비 카메라》의 저자, 절도 혐의로 체포

후쿠오카 현경 오나카 서는 3일, 절도 혐의로 가스야군 사사구리마치 오나카에 거주하는 동화 작가 사쿠라이 사토코(본명 미카미 사토코) 씨(34)를 체포했다.

2014년 9월 26일부터 2015년 1월 12일까지 사사구리마치에 거주하는 여성(30)의 집에서 현금 약 80만 엔 및 목걸이와 가방 등(시가 42만 엔 상당)을 훔친 혐의다. 용의자 미카미 씨도 혐의를 인정했다고 한다.

오나카 서에 따르면 미카미 씨는 피해자와 같은 육아 모임 소속으로, 평소에 서로 친한 사이였다.

미카미 씨는 2005년에 《할아버지의 도깨비 카메라》로 제9회 반짝반짝 창작 동화 콩쿠르에서 심사위원 특별상을 받았고, 2008년까지 《할아버지의 도깨비 카메라》 시리즈가 세 권 출간됐지만 그 후로는 책이 나오지 않았다.

취조를 받은 미카미 씨는 "남편의 이직으로 생활비가 줄어들어 아이의 교육비를 감당할 수 있을지 불안했다"라고 진술했다.

2015년 2월 4일 기타큐슈일보

그림 속의 남자

저를 어떻게 아시고? 아, 그렇군요. 요즘은 정말 인터넷으로 뭐든지 다 조사할 수 있는 시대네요.

아니요, 맞습니다. 저는 여성 화가 아사노미야 니가쓰 선생님의 그림을 모으고 있어요. 정확히 말하자면 저는 감정만 하고, 실제로 수집하는 분은 따로 계시지만요. 네, 가져오신 그림이 진품이라면 물론 그에 상응하는 가격으로 구입하겠습니다.

많이 바쁘세요? 감정 자체는 시간이 많이 안 걸리니까 걱정 안 하셔도 됩니다. 다만 만약을 위해 의뢰인에게 확인을 받을 필요가 있으니까 오늘 이 자리에서 돈을 받아서 돌아가실 수는 없습니다. 그래도 괜찮으시겠어요⋯⋯. 그럼 바로 실례하겠습니다.

아쉽게도 위작이군요. 네, 먼 길 오시느라 고생했는데 정말 죄송합니다만⋯⋯. 그러게요, 금방 알아보겠습니다. 그래도 이 정도까지 다르면 위작이라는 표현도 안 어울릴지 모르겠네요. 보아하니 이 작가는 니가쓰 선생님의 그림을 모사하지도 않은 것 같은데요.

**그 그림**을 아세요? 오, 그것도 인터넷으로. 정말 굉장한 세상이 되었네요. 네, 말씀하신 대로 선생님의 그림 중에서도 특히 높은 가격이 붙은 그 그림에는 바로 이런 모티프가 사용되었습니다. 활활 타오르는 불길 한복판에서 고통스럽게 비명을 지르는 어린아이, 목에서 피를 뿜어내는 남자, 가죽이 벗겨진 채 그 두 사람 앞에 멍하니 서 있는 여자. 그러한 정보를 바탕으로 니가쓰 선생님의 그림을 흉내 내려고 하면 분명 이런 그림이 나올지도 모르겠습니다. 어쨌든 이건 진품이 아닙니다. 아니요, 현재 그 그림의 소재가 불분명한 건 사실이에요. 그런데 어떻게 진품이 아닌지 아느냐고요? 간단합니다. 저는 실물을 본 적이 있거든요. 애당초 그림 크기부터 완전히 다른걸요. 그 그림은 100호 캔버스에 그려져서 162센티로 제 키보다 크거든요. 저 모르게 같은 모티프의 그림을 또 그리셨을 가능성도 부정은 할 수 없습니다만, 설령 그렇더라도 이렇게까지 화풍이 다르면 선생님의 그림으로 판정하기가 어렵다고 말씀드릴 수밖에요. 네, 죄송합니다만······.

저주받은 그림? 이 그림이요? 이 그림을 걸어놓은 집에서 사람이 죽었다……. 아아, 그래서 니가쓰 선생님의 **그 그림**이 아니냐는 이야기가 나온 거로군요.

네, 그러한 **일화**는 저도 들어봤습니다. 그림 속의 인물이 움직인다든가, 그림을 걸어둔 집에서 사람이 죽어 나간다든가. 하지만 전부 착각이나 우연일 거라고 생각합니다. 그야 집은 사람이 사는 곳이니 죽는 사람이 나올 때도 있겠죠. 몇 명이나 연달아 죽은 건 불행한 일입니다만, 별달리 이상한 일은 아니에요. 개중에는 살인사건도 있다고요? 살인도 오늘날에는 드문 일이 아니잖습니까. 신문을 펼치면 사건 보도가 실리지 않는 날이 거의 없는걸요. 만약 어느 날 우연히 실리지 않았다 해도 아무 일이 없었던 게 아닙니다. 전국 각지로 시야를 넓혀보세요. '반드시'라는 표현을 써도 될 만큼 사건은 어디선가 늘 일어나는 법입니다.

이해가 가지 않는 동기였다? 그야말로 흔한 일이죠. 애당초 살인자가 만인이 이해할 법한 동기를 가지고 있는 게 더 이상합니다. 금전이 목적이었다고 하면 그렇구나, 하고 받아들이는 사람이 많은 듯한데 그게 정말로 이해가 되는 동기일까요? 액수에 따라 다르다고요? 그럼 얼마 정도면 사람을 죽일 만한 가치가 있을까요? 500만 엔? 1천만 엔? 1억 엔? 머리로 생각하기에 그 정도라면 가능하겠다 싶은 액수가 있더라도,

그만한 돈을 얻기 위해 사람을 죽이라고 하면 죽이겠습니까? 그만한 돈 때문에 가족이 살해당해도 이해할 수 있겠냐고요.

살인의 동기는 이해가 안 되는 게 당연합니다. 진정한 의미에서 이해할 수는 없는 법이죠. 어쩐지 그럴싸하다 싶은 건 그저 전례가 있기 때문이에요. 실제로 돈 때문에 남을 죽였다고 주장하는 인간이 많기 때문에 그런 동기는 **보통**이라고 인식하는 것 아니겠어요? 돈이 궁했다, 원한을 품었다, 비밀이 폭로될 뻔했다……. 이러한 사연 자체를 상상하는 건 어렵지 않지만, 그래서 죽였다는 말에 순순히 수긍하는 건 결국 남의 일이기 때문입니다. 예컨대 본바탕이 아무리 상식적인 사람이라도, 사람이 보통은 넘을 일이 없는 살인이라는 선을 넘은 순간에는 비정상이었고, 그 비정상은 당사자가 금기를 어길 만큼 절실한 동기에서 비롯됐으리라고 억측할 수 있을 뿐입니다.

실례합니다. 열을 너무 냈군요. 네, 그래서 저는 그림의 저주 따위를 믿지 않습니다. 부모와 자식을 포함해 선생님 주변에는 불행하게 사망한 사람이 적지 않고, 강도살인사건 때문에 **그 그림**의 행방이 묘연해졌으니까 그런 소문을 퍼뜨리고 싶어 하는 사람이 있다는 건 모르는 바가 아닙니다만.

네? 그 그림을 그리시기 직전에 선생님이 일으키신 사건이

요? 그야 물론 압니다만……. 네, 저도 현장에 있었거든요.

그렇지만 그때는 워낙 동요했는지라 세세한 부분은 잘 기억나지 않습니다. 게다가 벌써 몇십 년이나 지난 일이라서요. 그래도 알고 싶으세요? 대단한 이야기는 못 들려드립니다만……. 그러게요, 이대로 까맣게 잊히는 것도 안타깝다 할 수 있겠군요. 뭐, 일껏 먼 걸음 하셨으니 제가 아는 한에서 말씀드려도 괜찮다면.

……일단 "이제 그만" 하고 니가쓰 선생님이 아틀리에에서 비명을 지르신 게 기억나네요. 너무도 절박한 목소리라 저는 문도 두드리지 않고 아틀리에에 뛰어들었죠. 그러자 선생님과 선생님의 남편이신 교이치 님이 비수를 들고 다투시는 모습이 눈에 들어왔습니다.

아니요, 정확하게 말하자면 누구와 누구인지 바로 알아보지는 못했어요. 선생님의 아틀리에니까 선생님과 교이치 님밖에 있을 리 없다는 걸 알면서도, 그 사실이 눈앞에 펼쳐진 광경과 연결되지 않았거든요. 평소 안경을 쓰는 교이치 님이 안경을 쓰지 않았다는 단순한 이유 때문일지도 모르지만, 역시 뇌가 상황을 파악하기를 거부한 거겠죠.

언뜻 보기에도 두 분의 양팔에는 힘이 잔뜩 들어가 있었습니다. 그래서 저는 다시 혼란에 빠졌고요. 대체 무슨 일이 일어나고 있는 걸까. 이윽고 비수가 교이치 님 쪽으로 기우는 모습을 보고서야 이해가 되더군요. 그제야 겨우 **니가쓰 선생님이 비수를 들고 교이치 님에게 덤벼드셨다**는 걸 깨달았습니다.

"제 마음을 이해해주세요. 더는 못 그려요."

선생님의 목소리는 비통했습니다.

부끄럽지만 그 말을 들을 때까지 저는 선생님이 그렇게까지 바짝 몰리신 상태인 줄 몰랐습니다. 그림을 그리실 수 없어서 보통 애가 타는 게 아니겠다 싶었지만, 설마 그런 행동에 나서실 줄은 꿈에도 몰랐어요.

"부탁이에요. 용서해줘요."

선생님은 눈물을 흘리시며 그렇게 외치셨습니다.

기묘한 광경이었죠.

칼날을 앞에 둔 교이치 님은 이마에 진땀을 흘리면서도 "괜찮아" 하고 되풀이해 말했습니다. 저는 비명조차 지르지 못했고요. 뭔가 말을 꺼내는 순간 일이 터질 것 같았거든요. 한순간이라도 교이치 님의 정신이 흐트러지면 위태로운 균형이 무너져 돌이킬 수 없는 일이 벌어질지도 모른다…… 그렇게 생각하자 옴짝달싹도 할 수가 없었습니다. 물론 선생님과 교이치 님이 반대 입장이었다면 당장이라도 뛰어가서 말렸겠죠. 선생님이 교이치 님보다 몸집도 작으시고, 힘도 약하시니까요.

어떻게 봐도 선생님이 먼저 힘이 빠지실 것이 뻔했습니다.

그런데 다음 순간, 믿을 수 없는 일이 일어났어요. 엎치락 뒤치락하던 끝에 비수가 교이치 님 쪽으로 더 기울어진 겁니다. 저는 눈도 감지 못했어요. 그저 아틀리에 한쪽 구석에 멀뚱히 서 있었을 뿐입니다. 번쩍이는 칼날이 호를 그리는 광경이 묘하게 느릿느릿하게 보이더군요. 칼날이 그대로 교이치 님의 멱을 가르자, 마치 망가진 수도꼭지처럼 피가 잔뜩 뿜어져 나왔습니다.

그때부터 몇 초 정도는 기억이 나지 않아요. 정신을 차리자 짙은 피 냄새에 다리가 얼어붙었죠. 냄새를 맡은 순간, 반사적으로 손을 들어 입을 틀어막고 숨을 참았어요. 그래도 올라오는 구역질을 참으려고 작게 기침을 했습니다. 생침을 삼키고 심상치 않게 꿈틀거리는 위장을 옷 위로 누르자, 가슴에 닿은 손끝에 거센 심장박동이 느껴지더군요.

한 발짝도 움직이지 않았는데 숨이 차고 땀구멍에서 땀이 솟았죠. 말려야 한다는 생각만 겨우 머릿속에 떠올랐습니다. 떨리는 손을 들었지만, 뿜어져 나온 핏물조차 덮어쓰지 않을 거리에서 한 손을 들어봤자 아무에게도 닿지 않으리라는 걸 뒤늦게야 깨달았죠. 애당초 이제 와서 말려봤자 무엇할까 싶었고요. 시선은 우스꽝스러울 만큼 벌벌 떨리는 손가락 끄트

머리만 왔다 갔다 했습니다. 똑바로 보아서는 안 된다고 본능이 경고했는지도 모르겠어요. 보면 눈에 새겨진다. 평생 못 잊는다. 그런데도 조금씩, 마치 보이지 않는 힘에 조종당하는 것처럼 고개가 삐걱삐걱 돌아가서 얼굴이 피 냄새가 나는 곳을 향하는 거예요. 이러지 말라고 스스로를 설득하며 바싹 마른 입술을 억지로 뗐습니다. 하지만 입을 벌려도 목구멍에서 목소리가 나오지 않더군요.

저는 혼란에 빠진 채 "선생님" 하고 불렀습니다. 하지만 몹시 잠긴 목소리라 제 귀에도 거의 들리지 않았죠. "선생님" 하고 한 번 더 불렀을 겁니다. 선생님은 꼼짝도 하지 않으셨어요. 긴 흑발에 피를 덮어쓴 채, 바르르 경련하는 교이치 님을 부릅뜬 눈으로 그저 바라보기만 하셨습니다.

저는 바닥에 고인 핏물 앞에 우두커니 서서 "구급차를" 하고 중얼거렸습니다. 교이치 님은 분명 사망했을 테니 구급차를 불러봤자 아무 의미 없다는 걸 알면서도요. 지금 생각하면 그때 저는 그 피바다 속에 발을 들여놓지 않아도 될 핑계를 찾고 있었던 것 같아요.

피 냄새는 더욱 심해졌고, 혀에는 쓴맛마저 느껴졌습니다. 어떻게 이런 공간에 산 사람이 있을 수 있는지 신기할 지경이었죠. "선생님, 당장 구급차를 불러올게요." 저는 대답을 기대하지 않고 그렇게만 말한 후, 도망치듯 아틀리에에서 뛰쳐나 갔습니다.

당시 자주 전화를 빌렸던 술집으로 달려갔지만 사정을 술 술 설명할 수가 없었어요. 전화를 빌려달라는 말조차 잘 나오지 않더라고요. 결국 전화를 걸기까지 얼마나 걸렸는지, 언제 연결됐는지는 모릅니다. 정신을 차리자 "화재입니까, 구급입니까"라는 목소리가 들리더군요.

저는 간신히 설명을 마치고 술집 주인과 함께 아틀리에로 돌아갔습니다. 니가쓰 선생님은 이미 자취를 감추셨더군요.

선생님은 사흘 후에 체포되셨습니다. 집에서 수백 미터쯤 떨어진 곳에 위치한 빈집에 쓰러져 계시다가 발견되었죠.

선생님이 살인죄로 기소된 후에도 저는 선생님이 정말로 사람을 죽이셨다는 걸 믿을 수가 없었습니다. 네, 목격한 건 다름 아닌 저였습니다만……. 그래도 벌건 대낮에 꿈을 꾼 것 같은 기분이었어요. 선생님이 경찰의 취조를 받으시며 한마디도 진술하시지 않았기 때문인지도 모르겠습니다. 저는 뭔가 착오가 있는 것이라는 말만 되풀이했죠.

하지만 검찰이 조사에 나서자 선생님이 충동적으로 살의를 품으신 게 아니라는 사실이 차차 증명됐습니다. 네, 일단 선생님이 발견되신 빈집에는 100호 캔버스가 세 개나 있었어요. 선생님이 발견되셨을 당시 그중 한 장에 그림이 그려져 있었고요. 아까도 말씀드렸지만, 100호 캔버스는 제 키보다 더 큽니다. 요령 있게 짊어지면 여자 혼자서도 옮길 수 있지만, 세 개를 한꺼번에 옮기기는 쉽지 않아요. 또한 마침 근처에 빈집이 있었다고는 하나, 제가 술집에 갔다가 아틀리에로 돌아올 때까지 걸린 시간을 고려하면 빈집까지 두 번 반 왕복했다고는 보기 힘들죠. 가령 아슬아슬하게 가능했다 치더라도, 그렇게 눈에 띄는 물건을 몇 번이나 날랐는데 목격자가 없을 만한 시간대도 아니었고요.

애당초 그렇게 가까이에 빈집이 있었다는 것부터가 너무 딱 들어맞는 우연 아니냐는 것이 검찰의 주장이었습니다. 충동적으로 남편을 살해한 후, 우연히 근처에서 빈집을 발견해, 우연히 아무에게도 들키지 않게 세 개나 되는 캔버스를 들고 도망쳤다. 그런 일이 있을 수 있느냐는 거죠.

요컨대 적어도 범행을 저지르기 이전에 장소를 물색했고, 캔버스도 사전에 옮겼다고 보는 것이 자연스럽지 않겠느냐는 거예요.

덧붙여 전날까지 아틀리에에 놓여 있다가 본채로 옮겨진 다케루의 영정 사진도 증거로 제시했습니다. 엄마가 아빠를 죽이는 모습을 죽은 아들에게 보여줄 수 없었기 때문 아니겠느냐고 검찰은 주장했죠.

그리고 무엇보다 그 빈집에 '목에서 피를 뿜어내는 남자' 그림을 그려놓으셨거든요. 자신이 생생하게 본 남편의 모습과 똑 닮은 그림을요. 감정적으로 비수를 들었을 뿐 살의는 없었다면, 살해 후에 그런 행동을 할까. 그렇게 물어보자 저도 뭐라고 할 말이 없었습니다.

네, 그 그림이 그려진 경위는 이상이에요. 이야기만 들어도 엄청난 집념을 발휘해 그린 그림 같지 않나요? 실례지만 가져오신 그림에서 그런 박력이 느껴지세요? ……아니요, 저야말로 무례하게 굴어서 죄송합니다. 덧붙여 가져오신 그림은 어디서 입수하셨는지요? 아아, 모리 씨 집에서요. 그렇군요, 확실히 모리 씨는 니가쓰 선생님의 그림도 취급했습니다만…….어머, 모리 씨 손자분 되신다고요? 정말 실례가 많았습니다. 저도 할아버님께 정말 많은 도움을 받았어요. 할아버님은 그림을 보시는 안목이 참 좋으셨죠. 네, 이렇게 말씀드리면 좀 그렇지만 모리 님이 마지막까지 간직하고 계셨다면, 니가쓰 선생님의 그림이 아닐지라도 가치가 있을지도 모르겠네요. 다만 저는 니가쓰 선생님의 그림밖에 잘 몰라서요. 괜찮으시다면 다른 전문가를 소개해드릴까요? 네, 그럼 다시 살펴봐도 될까요? 아, 알아보기 좀 어렵지만 여기 사인 같은 것이…….

아아, 죄송합니다. 저어, 혹시 괜찮으시다면 이 그림을 구입할 수 없을까요? 아니요, 니가쓰 선생님의 그림은 절대 아닙니다만…… 제가 개인적으로 가지고 싶어서요. 제가 사야 할 것 같은 기분이 드네요. 제시하신 금액을 당장 드리기는 어렵지만, 어느 정도는 오늘 바로 드릴 테니……. 그렇군요, 느닷없이 무슨 바람이 불었나 싶으실 만도 하죠. 옳으신 말씀입니다. 아까부터 자꾸 실례되는 말씀만 드려서……. 알겠습니다, 그럼 이야기가 조금 길어질 텐데 괜찮으실까요? 네, 이 그림과 방금 말씀드린 사건에 관한 이야기입니다. 오해가 없도록 제가 아는 범위 내에서 순서대로 말씀드릴게요.

✦

제가 처음으로 선생님, 아사노미야 니가쓰 선생님의 이름을 알게 된 건 스무 살 때였습니다.

당시 저는 어느 댁의 가정부로 일하고 있었는데요. 그 집 사장님의 취미가 그림 감상이라, 미술 전람회며 백화점의 미술 화랑에 자주 데려가주셨습니다. 그림에 아주 해박하신 사장님이 그림을 하나하나 해설해주셨죠. 이 화가는 어떤 유파의 어떤 인물이고, 이 작품은 그 화가에게 어떤 의미이며, 화단에서는 어떻게 평가되고, 그림의 시세는 어느 정도인지. 하나같이 저와는 인연이 없는 세상의 이야기라 아주 즐겁고 신선한 기분으로 들었습니다.

그래도 몇 번 다니다 보니 조금씩이지만 그림 감상하는 법을 알겠더군요. 사장님이 지도해주신 덕분에 저명한 화가의 작품은 설명 없이도 구별할 수 있게 됐고요. 아는 만큼 애착도 생기는 법이라죠? 사장님께 빌린 화집에 실려 있던 작품을 실제로 보고 기뻐서 방방 뛴 적도 있습니다.

사장님은 그림 감상이 끝나면 어느 그림이 제일 좋았는지 꼭 물어보셨는데요. 제가 늘 전람회의 대표작 제목만 꺼내서 사장님은 쓴웃음을 지으셨죠. 넌 정말 분위기에 약하다면서요.

나중에야 알았는데 실제로 전람회에서는 대표작을 감상할 때 감상자의 기분이 가장 고조되도록 진열 방식과 조명, 감상 순서와 진열 공간의 넓이 등을 조율해요. 다른 사람들도 대표작에는 크게 반응하니까 분위기에 휩쓸리면 취향과는 별개로 그 작품이 제일 인상에 남죠.

그런 의미에서 사장님의 지적은 옳았어요. 제가 매번 순진하리만큼 의도된 분위기에 휩쓸리는 바람에, 사장님은 너한테 가르치는 보람이 있는 건지 없는 건지 모르겠다고 말씀하셨답니다. 사장님은 이른바 신진기예의 작품을 좋아하시는 경우가 많았는데, 저는 뭐가 어떻게 좋은지 대부분 잘 모르겠더라고요. 그래도 사장님은 저를 전람회에 계속 데려가셨어요. 모두가 좋아하는 그림을 좋아하는 게 잘못은 아니라고 말씀하셨죠. 많은 사람의 심금을 울린다는 건 그만큼 그림에 힘이 있다는 뜻이라고도요. 저와 사장님은 그토록 취향이 동떨어져 있었지만, 어쩌면 전혀 겹치는 부분이 없었기에 마음 편히 상대의 감상을 들을 수 있었던 건지도 모르겠네요.

처음으로 둘의 의견이 확 갈렸을 때 그걸 깨달았죠.

그것도 신진기예의 작품이었습니다. 사장님은 평소처럼 감상하셨겠죠. 하지만 "이 그림에는 힘이 있어. 이 화가는 앞으로 주목받을 거야" 하고 호평하시는 사장님의 말씀을 여느 때처럼 그렇구나, 하고 흘려 넘길 수 없었어요. 저는 그 그림이 너무 싫었거든요.

한마디로 표현하자면 그로테스크한 그림이었습니다. 하지만 딱 잘라 그렇게 말한 순간, 이걸 그로테스크하다고 표현하는 건 잘못이라는 생각도 들었다고 할까요. 그럼 뭐냐고 묻는다면 어떻게 대답해야 할지 여태 모르겠습니다만…… 사람에게서 표현할 말을 빼앗는 그림이 존재한다는 사실을 저는 그 그림을 보고 비로소 깨달았습니다. 감상하는 방법을 모르기 때문도, 그림의 모티프를 판단할 수 없기 때문도, 마음이 전혀 움직이지 않기 때문도 아니라, 감정은 놀랄 만큼 뒤흔들리건만 뭐라고 말이 나오지 않는 경험은 처음 해보았죠.

〈부모와 자식〉이라는 작품이었습니다. 몹시 장렬하다고 할까요……. 아니, 역시 말로 표현하려고 하면 할수록 본질에서 멀어지는 기분이네요. 제목대로 부모와 자식을 그린 작품입니다. 부모와 자식이 부둥켜안고 있는 모습이죠. 아버지인지, 어머니인지, 아들인지, 딸인지 성별은 불분명합니다. 인물에 머리카락도 성기도 없거든요. 정확하게 말하면 얼굴도 없습니다. 가죽을 벗긴 듯한 피부의 질감을 두껍게 칠한 유화물감으로 표현했어요. 찢어진 근섬유에 검붉은 피가 금방이라도 뚝뚝 떨어질 것처럼 배어 있죠. 가죽이 벗겨진 사람을 실제로 본 적도 없으면서, 그렇다는 걸 알았어요. 봐서는 안 되고 보고 싶지도 않지만, 보지 않고는 못 배기는 기분? 그렇듯 본능에 강하게 호소하는 힘이 느껴져 하마터면 울 뻔했답니다.

아니요, 그렇다고 괴로워 보이지만은 않았어요. 부모와 자식의 얼굴에 표정을 알아볼 수 있는 요소가 거의 없는데도, 어쩐지 크고 작은 두 인물이 서로를 아주 사랑스럽게 바라보고 있다는 게 느껴졌거든요. 하지만 동시에 사랑이 점점 사그라지고 있다는 느낌도 들었고요.

그게 바로 아사노미야 니가쓰 선생님의 그림이었습니다.

결국 저는 싫다면서도 전시실을 나서기 전에 한 번 더 그 그림을 보러 돌아갔답니다.

그날 이후로 뭔가에 씐 것처럼 그 미술 화랑에 드나들었습니다. 그러나 백화점이 문을 닫은 뒤에야 일이 끝날 때도 많았고, 갈 수 있는 횟수도 제한되어 있었어요. 한동안 화랑에 가지 못해서 고민하던 끝에 사장님께 말씀드리자, 사장님은 재미있어하시며 조퇴를 시켜주셨습니다. "그래? 그렇게 마음에 들었어?" 하고 물어보셨지만 고개를 끄덕일 수가 없었죠. "아무래도 마음에 걸려서요"라고만 대답하고 사장님 댁에서 걸어서 30분쯤 걸리는 백화점으로 달려갔습니다.

하지만 니가쓰 선생님의 작품은 이미 팔리고 없더군요. 사장님께 여쭈어보았지만 몇 년 전에 큰 상을 받은 것치고는 노출과 작품 수가 적다는 사실을 알았을 뿐이죠. 선생님이 소속된 화랑에 문의도 해주셨지만, 과거 작품은 모두 팔렸고 신작은 요청이 쇄도하는데도 3년간 하나도 완성되지 않았다는 이야기였습니다.

풀이 죽은 저를 사장님께서 부르신 건 제가 선생님의 그림과 만난 지 약 반년이 지났을 무렵이었습니다. 그렇게 궁금하면 니나야마 화랑에 가보겠느냐고 하셨죠. 다만 니나야마 화랑에 손님으로 가는 본인을 따라가겠느냐는 뜻이 아니었습니다. 가정부를 그만두고 니나야마 화랑에서, 요샛말로 아르바이트를 해보지 않겠냐는 이야기였어요.

부모님은 반대하셨고, 저도 몹시 망설였습니다. 가정부는 시집을 갔다가 남편과 헤어지고 돌아온 제가 아버지 연줄로 간신히 얻은 일이었으니까 당연하죠. 너는 그림을 쥐뿔도 모르지 않느냐, 그런 일은 감정사나 하는 거라고 야단도 맞았고요. 그래도 결국 가기로 결단을 내린 건 하는 일은 지금과 거의 다를 바 없다고 사장님이 말씀하셨기 때문입니다. 화랑에서 지원하는 화가의 집에 가서 집안일을 하고 아이를 돌보면 되니까 일하는 곳이 바뀔 뿐이라고요. 덧붙여 새로 모실 사람은 아사노미야 니가쓰라고 하셨습니다.


네, 사장님은 아주 좋은 분이셨어요. 그렇다고 사장님이 단골손님이라는 입장에서 화랑에 억지를 쓰신 건 아니었던 모양이에요.

그 무렵 니가쓰 선생님은 슬럼프였는데요, 마침 슬럼프를 극복할 계기를 마련코자 담당자를 화랑 직원 같지 않은 여성으로 바꾸어보자는 계획이 세워졌다고 해요.

선생님은 아이를 낳으신 뒤로 쭉 슬럼프였답니다. 물론 화랑에서도 처음에는 출산휴가를 드리는 셈 치고 지켜보았다고 하는군요. 출산을 계기로 여성 화가의 작풍이 바뀌는 건 드문 일이 아니다, 그리고 작풍이 바뀔 때는 흔히 슬럼프에 빠지는 법이라면서요. 하지만 1년이 지나고, 2년이 지나자 더는 그런 말로 넘어갈 수가 없게 되었습니다. 이대로 가면 지원을 중단할 수밖에 없다는 거죠. 화랑 내부에서도 이제 니가쓰 선생님은 끝났다는 의견과 하다못해 다음 작품이 완성될 때까지는 기다려보자는 의견이 팽팽하게 맞섰다고 하네요. 제가 보러 간 전람회는 선생님을 독려하기 위해, 있는 그대로 말하자면 최후통첩 같은 의미로 개최한 행사였습니다. 전시한 작품이 팔리지 않으면 거기서 끝나는 거고, 팔려서 의뢰가 더 들어오면 선생님께 자극이 될지도 모른다는 생각이었다고 해요.

결론부터 말하자면 니가쓰 선생님의 그림이 고가에 팔려 선생님에 대한 지원은 가까스로 유지됐습니다. 하지만 과연 그건 행복한 일이었을까요? 저는 지금도 잘 모르겠네요.

선생님의 그림에서 느껴지는 박력은 어린 시절에 겪었던 처참한 일에서 비롯됐다는 것이 중론이었습니다. 선생님은 일곱 살 때 부모님과 언니를 사건으로 잃으셨다고 하는데요. 아, 이 이야기는 들어보셨나요? 뭐, 확실히 나름대로 유명한 이야기니까요. 인터넷의 백과사전? 지금은 그런 게 있나요? 몰랐습니다. 거기에는 뭐라고? ……그렇군요. 대략은 맞습니다. 다만 한 가지는 다르네요. 범인은 선생님이 있다는 걸 알고 있었습니다.

처음으로 아버지를 살해하고, 다음은 언니, 마지막으로 어머니를 살해했다. 가족 중에서 제일 어렸던 선생님만 살아남았다. 그건 틀림없습니다. 하지만 그건 선생님이 집에 있다는 걸 범인이 몰랐기 때문이 아니에요. 선생님은 어디 숨어 있거나, 다른 방에서 소리도 없이 자고 있지 않았습니다. 밤중에 어머니의 비명을 듣고 깨어나, 상황을 살피러 언니와 손을 잡고 거실로 갔다고 하시더군요. 그러자 복면을 쓴 남자가 비수를 들고 서 있었고, 아버지가 피투성이로 바닥에 쓰러져 계셨답니다. 다만 그때는 아직 숨이 붙어 있었고요. 고통에 찬 아버지의 신음을 지운 건 언니의 비명이었죠. 그러자 범인은 즉시 언니에게 비수를 휘둘렀습니다. 정말 순식간에 벌어진 일이라, 선생님은 몸을 움찔하기는커녕 입 한 번 뻥긋하지 못하고 그저 우두커니 서 있었다고 합니다. 언니가 선생님의 손을 놓고 쓰러진 후, 어머니가 선생님을 보호하려고 끌어안자 범인은 그 등을 난도질했어요. 선생님은 그 장면을 바로 앞에서 보았습니다. 어머니의 품속에 있었으니 충격마저 느껴졌겠죠.

하지만 범인은 그 후에 선생님을 해치려 하지 않았습니다. 숨겨가는 어머니 밑에 깔려 눈만 부릅뜨고 있는 선생님 앞에서 묵묵히 서랍을 열고 돈을 훔쳐 갔죠.

범인이 그때 훔쳐 간 돈은 100엔입니다. 당시 시계공이셨던 아버지의 두 달 치 월급에 해당하는 액수니까 결코 작은 돈은 아니죠. 하지만 그렇다고 해서 세 명이나 되는 사람의 목숨을 빼앗기에 합당한 동기일까요? ……그만두죠. 아까와 똑같은 이야기를 하고 있네요. 네, 요컨대 선생님이 그 자리에서 살해당했어도 이상할 것 없는 상황이었던 겁니다. 오히려 범인이 왜 선생님에게는 아무 짓도 하지 않았는지가 의문이었죠. 체포된 범인은 차마 어린아이를 해칠 수는 없었다고 진술했다는데요, 그렇게 따지자면 선생님의 언니도 충분히 어렸습니다. 선생님과 두 살 터울이었으니까요. 언니는 비명을 질렀고, 선생님은 목소리를 내지 않았다. 그래서 단순히 범행에 방해가 되지 않으리라 보고 그냥 놔뒀다는 설도, 이미 세 명의 피와 지방이 묻어서 비수를 못 쓰게 되었기 때문이라는 설도 있지만, 뭐가 진실인지는 모릅니다.

아니요. 선생님의 남편, 교이치 님에게 들은 이야기예요. 교이치 님은 사건이 벌어지고 선생님을 거두어준 친척댁의 큰아들이라 사건에 대해서도 잘 알고 있었어요. 그렇다고 교이치 님이 아무에게나 사건에 대해 말하고 다닌 건 아니고요. 저는 선생님 곁에서 수발을 들기 때문에 알아두는 편이 낫겠다며 말해준 겁니다.

이야기를 듣고 놀랐지만, 어쩐지 이해가 가기도 했어요. 바로 그렇기에 선생님의 그림에는 그토록 감상자의 마음을 뒤흔드는 힘이 있는 것 아닐까. 제가 전람회에서 보고 충격을 받은 그림은 사건 당일 선생님과 어머님의 모습 아니었을까. 처참한 과거와 그러한 과거의 기억이 선생님이 그림을 그리시는 원동력 아닐까, 그렇게 추측해보기도 했습니다.

그러므로 선생님이 그림을 그리시지 못하는 건 어떤 의미에서는 아주 바람직한 일 아닐까 싶기도 하더군요. 괴롭고 슬픈 과거에서 해방되어 행복한 현재를 보내시고 있다는 뜻이니까요. 선생님이 교이치 님과 결혼하시고 아들 다케루를 낳으신 후에 슬럼프에 빠지셨다는 것도 그 증거로 느껴졌습니다.

네, 제가 처음으로 니가쓰 선생님을 뵌 건 신록의 계절이었습니다. 싱싱한 녹음 아래 웃음을 지으시는 모습이 강렬한 그림만 보아서는 상상도 안 될 만큼 온화하고 가녀리셔서 어쩐지 맥이 좀 풀렸던 기억이 나네요.

그림은 그리실 수 없을지도 모르지만, 여자로서 행복을 얻어 풍요로운 일상을 보내신다면 그걸로 된 것 아닐까, 그렇게 생각했으니 화랑에 고용된 직원으로서는 실격이었겠죠. 하지만 그런 마음으로 대했기에 니가쓰 선생님도 제게 마음을 열어주신 것 아닐까 싶어요. 선생님의 수발을 든 지 석 달이 지났을 무렵에는 소중한 다케루도 제게 맡겨주셨죠.

다케루는 너무나 사랑스러운 아이라 저도 정말 좋아했습니다. 사나울 '맹'이라는 한자를 쓰는 이름에 어울리지 않게 소극적이고 낯을 가리는 구석이 있었지만, 그런 만큼 일단 마음을 열면 더더욱 어리광을 부린다고 할까요. 저를 누나, 누나 하고 부르며 천진난만하게 웃을 때마다 헤어진 남편과의 사이에 생긴 아이가 살아 있으면 지금쯤 다케루 또래가 아닐까 생각하곤 했답니다. 가끔은 선생님과 함께 다케루를 데리고 나가서, 고사리, 두릅, 민들레, 독활, 머위 꽃줄기를 캐다가 첨벙첨벙 씻어서 요리해 먹었죠. 정말로 즐거운 시간이 많았네요.

그 무렵 선생님에게 저는 거의 가정부 같은 입장이었는지라, 교이치 님을 상대로만 니나야마 화랑에 넘길 그림을 받는 업무를 했습니다. 네, 남편 나카무라 교이치 님도 그림을 그리는 분이었어요. 하기야 화가라기보다는 요즘의 일러스트레이터 같은 일을 했는데, 기본적으로 주문받은 그림을 마감 기한까지 완성하면 되는지라 굳이 제가 담당해야 할 정도는 아니었습니다만.

　그러고 보니 선생님도 교이치 님에게 영향을 받아 그림을 시작하신 모양이더군요. 자기가 가르쳤는데 순식간에 자기를 넘어섰다며 교이치 님이 쓴웃음을 지은 적이 있습니다. 그럴 때마다 선생님은 당신이 없으면 그림을 그릴 수 없다고 열을 올리셨는데⋯⋯. 이렇게 말하면 뭐하지만, 그림 실력이 뒤떨어지는 남편을 애써 치켜세우려는 것처럼 보이기도 했습니다. 그때 이미 선생님은 교이치 님에게 그림을 배울 단계를 넘어섰고, 실제로 교이치 님이 있기 때문에 선생님이 그림을 그리실 수 없는 상태였으니까요. 뭐, 교이치 님과 만난 것이 그림을 시작하신 계기였지만, 교이치 님과 만나지 않았더라도 선생님은 언젠가 그림을 그리셨을 것 같아요. 니가쓰 선생님은 저명한 상을 타셨고, 규모가 큰 니나야마 화랑의 지원도 받으셨으니 당시의 화가로서는 아주 성공적인 지위에 올랐다고 할 수 있겠습니다. 한편 교이치 님도 손재주는 있는 분이라 나름대로 많이 그리면 먹고살 수 없을 정도는 아니었지만, 선생님과 교이치 님의 실력 차는 뚜렷했다고 할까요⋯⋯. 아니지, 그렇게 표현하면 어폐가 있을지도 모르겠습니다. 결코 교이치 님이 수준 낮은 그림을 그렸다는 이야기가 아니에요. 의뢰인이 요구한 그림을 정해진 기한 내에 그려내는 건 훌륭한 능력이고, 아무나 할 수 있는 일이 아닙니다. 예를 들면 니가쓰 선생님께는 도저히 불가능한 일이었겠죠. 그저 그림의 종류가 달랐다 그거예요.

하지만 교이치 님은 아내에게 뒤처졌다는 표현을 자주 사용했습니다. 선생님 앞에서 말이죠. 마감 기한을 빠듯하게 주거나 작업비가 깎이면 "뭐, 저는 **선생님**하고는 다르니까요" 하고 농담처럼 말했습니다. 그런 한편으로 "나는 **선생님**의 그림이 어디가 좋은지 잘 모르겠어"라는 말도 했고요. 비참한 그림을 그린다면 충격이야 줄 수 있겠지만, 그렇게까지 지나치게 비참함을 강조할 필요가 어디 있느냐고요.

물론 선생님이 일부러 비참함을 강조하신 건 아닐 겁니다. 꼭 그리시지 않을 수 없었기 때문에, 그런 방식으로 내뱉지 않고는 살아가실 수 없었기 때문에 그리셨을 뿐이었겠죠. 하지만 교이치 님은 그런 줄 모르는 게 아닌가 싶었습니다. 교이치 님은 어디까지나 본인의 잣대로밖에 판단을 못 했기 때문이 아닐까 싶네요.

얼마 지나지 않아 선생님이 신작을 그리시지 못하는 이유는 마냥 행복하기 때문이 아니라, 교이치 님을 배려하시기 위해서가 아니겠느냐는 생각이 들었습니다. 교이치 님의 체면을 깎으시지 않기 위해 무의식중에 능력을 제어하시는 거죠.

물론 본인은 그런 줄 모르셨을 테고요. 선생님은 슬럼프로 괴로워하셨고 정말로 난감해하셨거든요. 미안하다고 제게도 몇 번이고 사과를 하셨는데……. 그러는 사이에 지원이 중단될 날짜가 다가오자 저도 내심 초조해졌습니다.

그전에도 니나야마 화랑분들께 재촉을 받거나 꾸지람을 들었지만, 별로 마음에 담아두지는 않았어요. 그런데 지원이 중단되면 더는 선생님을 모실 수 없다고 생각하자 살을 에듯 괴롭더군요. 부탁입니다, 선생님. 한 장이면 돼요. 아니면 저는 여기를 떠나야 해요. 선생님 앞에서 울면서 그렇게 애원한 적도 있었습니다.

선생님도 눈물을 흘리시며 수없이 캔버스 앞에 서셨습니다. 팔레트에 물감을 짜고 붓을 들었지만…… 그다음이 문제였습니다. 캔버스에 무슨 색을 처음으로 칠할지 망설여지시는지 팔레트에다 색깔만 배합하는 나날이 이어졌습니다. 눈 딱 감고 그리기 시작하면 손이 움직여주지 않겠느냐고 진언하기도 했습니다만, 역시 캔버스에 붓을 대시자 움직임이 멈추더군요. 색깔 때문에 망설여지신다면 유화 말고 소묘가 어떻겠느냐며 종이와 연필을 드린 적도 있어요. 하지만 선생님은 그림을 시작했을 무렵부터 소묘나 밑그림으로는 내면의 열량을 배출하기가 힘들었다고 말씀하셨습니다. 실제로 선생님은 이를 악물고 부들부들 떨리는 손으로 종이에 연필을 대셨지만, 의미 있는 형태를 그리시지는 못했어요.

선생님의 그런 모습을 직접 보지 못한 사람 중에는 더는 그림을 그릴 마음이 없는 거 아니냐고 비아냥거리는 사람도 적지 않았죠. 결국은 여자니까. 죽을 둥 살 둥 그림을 그리지 않아도 남편이 벌어주는 돈으로 먹고살면 되겠지. 진정한 절박함이 없어서 그래. 양갓집 마님의 심심풀이야. 그런 식으로 비난하는 사람도 있었습니다.

저는 그런 말을 들을 때마다 상대에게 호통을 치고 싶었습니다. 니가쓰 선생님이 얼마나 괴로워하는지 모르니까 그렇게 심한 말을 할 수 있는 거라고요. 선생님은 충분히 절박하셨습니다. 네, 그야 다케루와 놀아주실 때는 웃으시기도 했죠. 그렇지만 단 한시도 그림이 선생님의 머릿속을 떠난 적은 없었을 겁니다.

선생님은 자주 "난 그림을 그리지 않으면 살 가치가 없는데" 하고 말씀하셨습니다. 어쩌지, 이럴 때가 아닌데. 그림을 그려야 하는데. 너한테도, 부모님께도, 언니에게도, 교이치 씨에게도, 다케루에게도 미안해. 왜 하필 화가가 됐을까. 왜 그림에 손을 댔을까. 도중에 못 그릴 바에야 처음부터 그리지 않았으면, 평범한 아내나 엄마로 살 수 있었을지도 모르는데.

그런 말씀도 하셨고요.

　……사실 선생님은 자살을 시도하신 적도 있습니다. 식칼로 오른쪽 손목을 그어서……. 다행히 상처가 얕아서 망정이었지만, 죽음을 택하시는 순간에도 굳이 붓을 쥐는 손을 상처 입혔다는 사실에 충격을 받았죠. 선생님에게 그림을 그린다는 건 그만큼 무겁고 고통스러운 일임을 깨달았습니다. 그리고 더욱 놀랐던 점은, 그림을 그만두는 게 그림을 계속 그리는 것 이상으로 큰 고통을 수반한다는 사실이었어요.

　저같이 보통 사람 입장에서는 그렇게 괴로울 바에야 차라리 때려치우는 것도 선택지 중 하나겠지만, 아무래도 선생님 입장에서는 그렇지 않으셨던 모양입니다. 저를 포함해 선생님을 둘러싼 인간관계는 대부분 화가라는 선생님의 직업이 전제였거든요. 물론 다케루와 교이치 님은 예외였지만, 그 이외의 사람들은 선생님을 '나카무라 니가쓰'가 아니라 '아사노미야 니가쓰'로만 인식했죠. 또한 선생님은 그림을 그리면서 돌아가신 가족들과 접점을 유지하실 수 있었습니다. 선생님에게 그림을 그만두는 건 그러한 관계들이 끊어진다는 의미로 다가왔을지도 모르겠네요.

　계속해도 지옥, 그만둬도 지옥. 왜 그림에 손을 댔을까, 하고 푸념하시던 선생님의 목소리가 몇 번이고 머릿속에 울려 퍼졌습니다.

이대로 가다가는 니가쓰 선생님이 망가진다.

불안이라기보다 확신에 가까운 심정이었죠. 그리고 그렇게 생각한 순간, 제가 여기 온 지 2년 동안 선생님께 아무 도움도 되지 못했다는 현실에 직면했습니다. 나는 대체 뭘 하러 여기 왔을까. 그저 다케루와 놀아주고, 선생님의 말동무를 하고, 가정부 때와 무엇 하나 다를 바 없는 일을 하려고 부모님의 반대를 무릅쓰고 니나야마 화랑에 들어간 걸까. 즉시 아니라는 답이 나왔습니다. 나는 가정부로 일하려고 선생님 댁에 온 게 아니다. 나는 아사노미야 니가쓰 선생님이 다시 그림을 그리실 수 있도록 힘이 되어드리기 위해 왔다. 저는 늦게나마 제 본래 역할을 재인식했습니다.

그러나 제가 할 수 있는 일에는 한계가 있었습니다. 그림을 그리실 수 있도록 힘을 준다지만 선생님의 손을 잡고 억지로 붓을 쥐여드린들 아무 의미 없었습니다. 무엇보다 그 단계까지는 이미 선생님 본인 의지로 하셨으니까요. 그런데도 못 그리신다면 어떻게 해야 할까. 저는 일단 선생님과 다케루를 본채와 별채에 떼어놓았습니다. 다케루에게 사정을 설명하고 제가 도맡아 돌보며 선생님과 못 만나게 한 거죠. 그리고 잔인한 줄 알지만 선생님이 어린 시절에 겪은 사건에 대해 여쭈었습니다. 선생님이 직접 설명하심으로써 기억이 되살아나 그림을 그리시는 원동력이 되지 않을까 싶었거든요. 다만 결국은 거의 대답을 못 들었습니다만…….

그러한 날들이 쌓여 일주일이 지나고 보름이 지나도 선생님은 여전히 그림을 그리시지 못했습니다. 깡말라서 점점 쇠약해지시는데도, 그림에는 전혀 진척이 없었어요. 그러는 동안 지원이 중단되는 날짜가 한 달 앞으로 다가왔습니다. 이제 다 끝났구나 싶은 생각이 머리 한구석에 자리를 잡았을 무렵, 선생님 댁에 불이 났습니다.


그날은 니가쓰 선생님의 생신이었습니다.

2월 28일이죠. 아아, 아사노미야 니가쓰라는 이름은 아호가 아니에요. 아사노미야는 결혼하기 전의 성이고, 니가쓰도 본명입니다. 두 살 많은 5월생 언니의 이름이 사쓰키(五月)여서, 부모님이 선생님께도 니가쓰(二月)라는 이름을 지어주셨대요. 사쓰키 말고도 음력의 이름을 따와서 1월생을 무쓰키, 3월생을 야요이라고 부르는 건 그리 드물지 않지만, 2월생인데 이름이 니가쓰인 사람은 드물죠? 저는 선생님이 1월이나 3월, 5월이 아니라 2월생이신 것에 운명적인 뭔가를 느껴요. 본명같지 않게 별난 이름이 선생님의 기구한 인생을 조형한 게 아닐까 싶거든요.

　네. 아무튼 그날은 선생님의 서른네 번째 생신이었습니다. 마침 교이치 님이 일 때문에 멀리 나갈 예정이었는지라, 그날 만큼은 그림 작업을 쉬기로 하셨죠. 음, 선생님이 다케루와 만나는 건 대략 한 달 만이었으려나요.

　생일이 되기 며칠이나 전부터 다케루는 몰래 생일 축하 준비를 해서 엄마를 놀래주고 싶다고 제게 상담했습니다. 그야말로 의욕이 넘쳤죠. 다케루는 편지를 썼고 저는 지라시즈시(어패류, 달걀부침, 양념한 채소 등 고명을 보기 좋게 얹은 밥. 회덮밥과 비슷하다—옮긴이 주)와 케이크를 만들기로 했습니다. 큰 양초 세 개와 작은 양초 네 개도 준비했고요. 당일 아침 눈을 뜨자마자 호들갑을 떠는 다케루에게 준비가 다 됐다고 귓속말을 했습니다. 하지만 다케루는 잠자리에서 일어나 방을 둘러보자마자 "장식은요?" 하고 물었습니다. 아무래도 착오가 있었는지 다케루는 제가 밤중에 방도 장식해주는 줄 알았던 모양이에요. 다케루가 울먹울먹하길래 얼른 색종이로 장식을 만드는 법을 가르쳐주자 열심히 장식을 만들더군요. 그런데 그때 본채에서 다케루를 부르는 선생님의 목소리가 들렸습니다.

　다케루는 장식을 보이지 않는 곳에 숨기고 선생님한테 달려갔습니다. 그리고 느닷없이 장어를 먹고 싶다고 했어요. 선생님은 놀라신 모양이었지만 다케루는 물러서지 않았습니다. 꼭 지금 먹고 싶다는 말을 반복했죠. 그제야 알겠더군요. 선생님이 장을 보러 다녀오시는 사이에 장식을 만들고 싶었던 거겠죠. 여간해서는 보채는 아이가 아닌 데다 워낙 오래간만에 만나는지라 선생님도 다케루가 괜스레 보채는 게 아니라는 걸 금방 알아채신 듯했습니다. 장어는 선생님이 좋아하시는 음식이니까 자기가 먹고 싶다는 핑계로 엄마에게 대접하려는 거라고 해석하셨겠죠. 선생님은 부드럽게 미소를 지으시며 제게 말씀하셨습니다.

"미안하지만 좀 사 올래?"

기본적으로 장을 보는 건 제 담당이니까 당연합니다. 어떻게 대답할지 고민하고 있자니 다케루가 "엄마도 다녀와" 하고 떼를 썼습니다. 그러자 선생님은 다케루의 의도를 완전히 파악하신 것 같았습니다. 원래는 니가쓰 선생님이 다케루 몰래 생일을 축하할 준비를 해놓고 깜짝 파티를 해주셨거든요. 모르시기를 바란 게 무리였던 셈이죠.

결국 제가 선생님을 모시고 장을 보러 가기로 했습니다. 지금 돌이켜보면 저는 집에 남을걸 그랬지만, 선생님만 집에서 내보내면 어쩐지 부자연스러울 것 같아서 말을 못 꺼냈어요. 결국 절대로 집에서 나가지 않겠다는 약속을 받아내고 다케루 혼자 남겨두었습니다.

실은 다케루를 빼고 선생님과 단둘이 외출하는 것 자체가 처음이라 조금 신기한 기분이었던 게 기억나네요. 하지만 결코 거북한 시간은 아니었습니다. 오랜만에 아틀리에를 벗어나 바람을 쐬어서인지 선생님은 내내 기분이 좋으셨죠. 소리 내어 웃으셨기 때문인지도 모르겠네요.

"저기, 다케루가 뭘 어쩌려는 거야?"

"글쎄요, 무슨 말씀이신지 모르겠는데요."

제가 시치미를 뚝 떼자 선생님도 더는 묻지 않으셨습니다. 우리는 일부러 시간을 들여 장어를 고르고, 길을 빙 돌아 느긋하게 집으로 돌아갔습니다. 둘이 짠 건 아니지만, 다케루에게 준비할 시간을 최대한 많이 주고 싶었거든요.

선생님은 길가에서 들꽃을 꺾어 예쁜 꽃다발까지 만드셨습니다. 다케루가 좋아하는 샛노란 복수초를 주인공으로 한 작은 꽃다발을요. 사실 여기서부터는 군데군데 기억이 모호하지만, 그 꽃다발은 지금도 똑똑히 기억납니다. 반구 모양으로 절묘한 균형을 이룬, 마치 별사탕을 뭉쳐놓은 것처럼 화사한 꽃들이 땅바닥에 산산이 흩어지는 모습까지도요.

처음에는 연기 냄새를 맡고 이상하다 싶었죠. 탄내가 나서 하늘을 둘러보다 검은 연기를 보고 숨을 삼켰습니다. 선생님

댁이라는 사실을 알아차린 순간, 온몸에서 핏기가 싹 가시더 군요. 그때는 아직 방향만 일치했을 뿐인데도 왜일까요. 선생 님 댁에 불이 났다고 거의 확신했습니다.

물론 뭔가 짚이는 구석이 있었던 건 아닙니다. 다케루 혼 자 남겨둔 집에 불씨는 없었을 테니까요. 그래도 어째서인지 선생님과 무관할 리 없다, 이번 사태가 무사히 끝날 리 없다고 직감했습니다. 그렇게 판단한 근거는 저도 모릅니다. 굳이 설 명하자면 선생님의 인생이 기구하다는 걸 알고 있었기 때문 이려나요.

화재의 원인요? 촛불입니다. 현장 상황으로 추측하건대 어 쩌면 다케루는 촛불만 켜놓고 선생님을 맞이하려 했는지도 모르겠어요. 방의 전등이 꺼져 있었고, 화재의 근원지 옆에 는 양초 몇 개와 불탄 이불 조각이 남아 있었다는군요. 아마 도 양초에 불을 붙이고 전등을 껐을 때 실수로 촛불을 쓰러뜨 린 거겠죠. 촛불이 색종이 따위에 번져서 당황한 다케루가 이 불을 덮어씌우자 불이 더 크게 번진 거고요. 어른이 한 명이 라도 있었다면 촛불이 넘어진 정도로 이렇게 큰일은 벌어지 지 않았을 겁니다. 하지만 집에는 다케루 혼자뿐이었고, 다케 루는 불을 끄는 방법을 몰랐죠. 그래도 어떻게든 하려고 홀로 분투하는 동안 불길이 더 커져서 변을 당한 모양이었어요.

선생님과 제가 달려갔을 때 집 앞은 사람들로 가득했습니다. 아, 나카무라 씨, 하고 누군가 불렀습니다.

"다행이다, 나가 있었군요."

"다케루는요?"

"다케루? 같이 있었던 거 아니에요?"

선생님의 손에서 꽃다발이 떨어진 건 그때였습니다.

선생님은 대답 대신 집으로 달려가셨습니다. 저는 만류할 수 없었어요. 아니, 그 자리에 있던 누구도 저지하지 못했습니다. 그 정도로 선생님은 망설임 없이 잽싸게 움직이셨어요.

그렇지만 역시 어떻게 해서든 붙잡았어야 했어요. 그랬다면 하다못해 다케루가 불길에 휩싸여 타죽는 모습은 보시지 않았을 테니까요.

선생님은 "어머니는 목숨을 걸고 나를 구해주셨는데, 나는 다케루를 구하지 못했어"라고 말씀하셨습니다. 자기도 목숨을 걸었으면 구할 수 있지 않았겠느냐고요. 하지만 선생님은 불길 속으로 뛰어들어 다케루를 끌어내느라 온몸에 큰 화상을 입었습니다. 선생님이 뭘 더 어떻게 하실 수는 없었을 거예요. 그렇죠?

선생님은 몹시 비통해하셨습니다. 차분하게 쉬면서 화상을 치료해야 하건만 먹지도 마시지도 않고 오직 울기만……

선생님은 나날이 수척해지며 기운을 잃으셨죠. 그때 집에 있었다면, 다케루를 혼자 놓아두지 않았다면, 하다못해 장을 보고 곧장 돌아왔다면. 저도 후회가 막심했지만, 선생님은 저와 비교도 안 될 만큼 크고 깊은 후회에 시달리셨겠죠. 선생님이 다케루를 뒤따라가려 한다는 것은 불 보듯 뻔했습니다.

하지만 저는 그게 싫었습니다. 선생님이 돌아가시지 않길 바랐죠. 절대로요. 그래서 말씀드렸습니다. 선생님이 죽음으로 다케루에게 속죄하시려 한다면, 그건 저도 죽으라는 말과 똑같다고.


네, 그 후에는…… 맞습니다. 선생님은 다시 그림을 그리는 길을 택하셨어요. 어느 날 느닷없이 병실을 빠져나가셨나 싶더니, 교이치 님이 작업실로 사용하는 새집의 아틀리에에 계셨습니다. 캔버스 앞에 서서 그림을 그리시는 중이었죠.

화상 흉터가 남은 핼쑥한 얼굴과 가죽이 뼈에 달라붙은 몸만 보면 분명 병자였지만, 붓을 쥔 선생님의 모습에서는 신기하게도 생기가 넘쳐나는 것 같았습니다. 형형하게 빛나는 눈으로 마치 캔버스에 덤벼들 것처럼 붓과 팔레트나이프를 휘두르셨죠. 캔버스를 문지르고 긁는 소리만이 정적 속에 울려 퍼지는 가운데, 저는 아무 말도 꺼낼 수가 없었습니다.

결국 선생님은 연달아 그림 석 장을 그리신 후 쓰러져서 병원으로 옮겨졌습니다.

완성된 그림은 전부 지옥도였습니다. 화염에 휩싸여 절규하는 사람들을 그린 그림은 귀기를 띤 선생님의 모습 이상으로 굉장했습니다. 아니지, 선생님의 분위기로 보건대 굉장한 그림이 나올 예감이 들었기에 입원이 필요한 몸 상태로 그림을 그리시는 선생님을 말리지 않은 건지도 모르겠네요

선생님의 그림을 처음 봤을 때가 떠오르더군요. 꼭 한 번 더 보고 싶어서 일을 조퇴하면서까지 보러 갔던 그 그림. 부모님의 반대를 무릅쓰고 편한 직장을 때려치우면서까지 얻은 아사노미야 니가쓰 선생님의 담당자 역할. 실제로 본인을 만나자 그림 이야기보다는 다케루 이야기를 할 때가 더 많아서 나이 차는 있으나 마치 친구 같은 관계를 쌓아왔다고 착각했지만, 저는 선생님의 친구가 아니었다는 사실을 깨달았습니다. 저는 그저 선생님의 그림을 한 번 더 보고 싶었을 뿐이에요. 설령 그 때문에 선생님이 얼마나 또 깊은 상처를 입으시든지.

선생님은 그 후로도 계속 지옥도를 그리셨는데요, 화염에 쫓기며 절규하는 아이의 모습도 그림 속에 추가됐습니다. 그건 어떻게든 현실을 받아들이고자 선생님이 지르시는 비명이었겠죠. 어쩌면 그렇게까지 의도하시지는 않았고, 다만 머릿

속에 남아 지워지지 않는 기억을 쏟아내지 않고서는 견디실 수 없었기 때문인지도 모릅니다.

선생님이 그리신 신작들 모두 지난 5년간 투자한 금액을 회수하고도 남을 만큼 높은 가격이 붙었습니다. 네, 분명 참혹한 그림이지만, 어째서인지 니가쓰 선생님이 그림을 발표하면 꼭 광적인 지지자가 생기거든요. 생각해보면 신기한 일이기는 하죠. 그림 구매자들은 평온한 생활에 질려 남의 불행을 엿보려는 사람들은 아니었습니다. 오히려 돈을 퍼부어서라도 니가쓰 선생님의 그림을 손에 넣으려 하는 건 대개 지나간 전쟁에서 가까운 사람을 잃은 사람들뿐이었습니다.

그렇지만 무슨 마음인지 알 것 같아요. 저도 아이를 유행병으로 잃었거든요……. 자식이 눈앞에서 괴로워하는데 아무것도 해줄 수가 없었죠. 네, 누가 잘했고 누가 잘못했다는 이야기는 아니에요. 하지만 아무리 시간이 흘러도 그때 들은 아이의 울음소리를 잊을 수가 없었답니다. 결국 남편과 헤어져 집을 떠난 후로도요.

바로 그렇기에 니가쓰 선생님의 그림을 처음 보았을 때, 거의 거부반응을 일으키듯 싫어했는지도 모르겠어요. 선생님의 그림에는 제가 필사적으로 뚜껑을 덮으려던 기억을 파내는 힘이 있었거든요. 무서웠습니다. 또 견디지 못하고 무너져 내릴 테니 봐서는 안 된다고 생각했죠. 그런데 보지 않고는 배길 수가 없겠더라고요. 싫은데도 눈으로는 선생님의 그림을 찾아 헤맸습니다.

보이지 않는 뭔가에 조종당하듯 선생님의 그림을 접하는 동안, 내면의 뭔가가 조금씩 치유되더군요. 뭐라고 표현하면 좋을까요. 나는 혼자가 아니라는 생각이 들었어요. 그때까지는 나 혼자만 아이를 잃은 게 아니다, 훨씬 비참하게 아이를 잃은 사람도 얼마든지 있다고 아무리 스스로를 다독여도 결코 누그러지지 않았던 마음이 조용히 녹아 내리는 기분이었습니다.

제2차세계대전이 끝난 지 10여 년밖에 되지 않았던 그 시절, 니가쓰 선생님의 그림이 필요한 사람은 적지 않았습니다. 그 자체가 슬픈 일이었는지도 모르지만…… 아무튼 니나야마 화랑은 지원을 중단하겠다는 이야기를 즉시 철회했습니다.

그러나 선생님의 그림이 좋은 평판을 얻는 것과 동시에 선생님 댁에 불이 난 일도 화제에 올랐죠. 누가 입방정을 떨었는지 "현대판 〈지옥변〉 같다"라는 말이 나돌았습니다,

네, 아쿠타가와 류노스케가 《우지슈이모노가타리》의 〈불교화가 요시히데〉라는 설화를 바탕으로 썼다는 단편소설요. 병풍에 '지옥변상도(지옥에서 고통받는 장면을 묘사한 불화―옮

긴이 주)'를 그리라고 명령을 받은 요시히데는 박진감 넘치는 묘사를 위해 제자를 쇠사슬로 매달고, 수리부엉이를 이용해 괴롭히는 것으로도 모자라 불타는 우차에 갇혀 타 죽는 여자를 보고 싶다고 하죠. 이미 이 단계에서 니가쓰 선생님의 처지와는 완전히 다르지만, 소문을 퍼뜨리는 사람들은 본인들이 보고 싶은 것만 보는 법이에요. 요시히데의 요청을 받아들인 영주가 하필이면 요시히데의 딸을 우차에 가두고 불을 지릅니다. 요시히데는 우차로 달려가지만 불길이 타오르는 것과 동시에 발을 멈추죠. 이것도 니가쓰 선생님과는 다릅니다. 니가쓰 선생님은 멈추지 않고 타오르는 불길 속으로 뛰어드셨으니까요.

그렇지만 집 안에서 선생님을 본 사람은 없습니다. 그렇기에 불타는 딸이 고통스러운 비명을 지르는데도 수수방관하며 어쩐지 황홀한 표정으로 바라보았다는 요시히데와, 아들을 구하러 들어간 선생님을 상상에서나마 함부로 동일시한 사람이 나온 거겠죠. 사실상 선생님과 요시히데의 공통점은 화가라는 것, 사랑하는 자식을 잃었다는 것, 자식이 불타 죽는 광경을 목격했다는 것, 그리고 그 지옥 같은 광경을 실감 나게 표현한 그림을 그렸다는 것밖에 없습니다. 그런데 고작 그 때문에 걸작을 그리려고 자식의 목숨을 이용했다는 헛소문이 퍼진 거예요.

……네, 니나야마 화랑 사람들도 예외는 아니었습니다. 그런 소문이 나야 그림의 가치가 올라가니까요. 더욱이 니나야마 화랑에서는 선생님이 요시히데처럼 자살하지 않을까 기대하는 눈치였어요. 이대로 작고하면 그림의 가격이 한없이 올라갈 것이라는 생각에 선생님의 그림을 당장 팔지 않고 묵혀놨을 정도였죠.

하지만 선생님은 자살하시지 않았습니다. 교이치 님이 선생님보다 더 초췌해지셨거든요. 식사도 거의 안 하고, 불면증이 심해져서 복용하는 약을 멋대로 과용해 병원에 실려 간 적도 한두 번이 아니었어요. 원래부터 너글너글하니 대범한 성격은 아니었지만, 나름대로 성품이 온화해서 인간관계가 남들 못지않은 분이었건만 완전히 딴판으로 변해버려서…… 선생님은 자기까지 죽으면 교이치 님이 어떻게 되지는 않을까 걱정이셨을 거예요.

교이치 님은 쑥 들어간 눈으로 끊임없이 주변을 두리번거렸고, 제게도 노골적으로 적의를 드러냈습니다. 왜 다케루를 혼자 놓아두었느냐, 아내 몰래 장식을 하더라도 넌 남아 있었어야 할 것 아니냐, 전부 네 탓이다, 그런 식으로요.

부정할 수가 없었습니다. 다케루의 죽음에는 저도 책임이 있었으니까요. 교이치 님 말대로 다케루를 혼자 놓아두지만 않았다면 그런 일은 생기지 않았을 거예요.

네, 정말로 사고입니다. 경찰이 수사했지만 사건성 없이 실수로 난 불이라는 결론이 났어요. 그래도 교이치 님 입장에서는 남 탓을 하지 않을 수 없었던 거겠죠. 교이치 님은 다케루를 끔찍이 아꼈으니까…… 네, 그야말로 삶의 보람이었습니다. "내가 후세에 남길 수 있는 건 다케루 정도야"라고 말한 적도 있을 정도예요. 그런데 갑자기, 그것도 자기가 집을 비운 사이에 단 하나뿐인 아들을 잃었으니 어찌해야 할지 모를 기분을 폭발시킬 상대를 찾는 것도 무리는 아니죠. 저한테 분풀이를 해서 교이치 님의 마음이 풀릴 것 같으면 얼마든지 받아줄 생각이었습니다.

다만 니가쓰 선생님과의 관계도 삐걱거린 건 괴롭더군요. 선생님이 저를 직접 책망하신 적은 없지만, 그래도 교이치 님이 매일 저를 나쁘게 말하니 가깝게 지내시기 힘들었겠죠.

게다가 불이 나기 전에 제가 선생님과 다케루를 떼어놓지 않았더라면, 두 사람은 함께 지내며 좀 더 많은 시간과 추억을 공유할 수 있었을 겁니다. 정말로 그것만큼은 뭐라고도 변명할 여지가 없네요.

덧붙여 다케루의 죽음을 소재로 삼은 그림이 팔려서 돈을 받자, 선생님은 마치 다케루의 죽음을 돈으로 바꾸었다는 죄책감에 사로잡히신 것 같았습니다. 음…… 예를 들어 사건이나 사고로 아이를 잃은 부모가 배상금 받기를 망설인다는 이야기 못 들어보셨나요? 돈을 받으면 어쩐지 순수하게 자식의 죽음을 애도할 자격을 잃는 기분이 들어서 그렇다고 합니다. 물론 전혀 그렇지 않고, 돈은 없는 것보다야 있는 편이 나으니까 받을 수 있을 때 받는 게 좋다고 보지만…… 다케루의 죽음을 소재로 삼은 그림으로 돈을 버는 모양새였으니까, 니가쓰 선생님 입장에서는 망설임이 더 크셨을 거예요.

아아, 맞아요. 선생님은 교이치 님이 나쁘게 말해서 그랬다기보다도, 제가 선생님의 그림을 돈으로 환산하는 역할을 맡았기 때문에 저를 기피하셨는지도 모르겠습니다. 가격이 얼마 붙었다고 보고하면 정말로 질색하는 표정을 지으며 방에서 나가실 정도였으니까요.

다만 사실은 불이 난 후에 선생님만 지옥도를 그리신 건 아니었습니다. 교이치 님에게도 지옥도를 그려달라는 의뢰가 들어왔어요. 교이치 님에게 들어온 의뢰치고는 웬일로 삽화나 광고에 사용할 그림이 아니라, 예술로 통할 수 있는 작품을 그려달라는 이야기였습니다. 교이치 님은 아주 오래 고민한 모양이었어요.

그야 온갖 갈등을 다 느꼈겠죠. 지금까지 해온 일과는 방향성이 전혀 달라서 당황스럽기도 했을 테고, 비참함을 지나치게 강조했다고 선생님의 그림을 평가했던 만큼 지옥도에 도전하려니 거부감도 들었을 겁니다. 그리고 무엇보다 그림에 비참함을 강조할 '필요'가 있느냐고 생각하는 교이치 님이, 그릴 수밖에 없어서 그렇게 그렸던 선생님보다 아들의 죽음을 그림의 소재로 하는 데서 오는 혐오감을 더 강하게 느끼지 않았을까요.

그래도 결국 교이치 님은 의뢰를 받아들였습니다. 무슨 심정이었을지는 모르지만, 아무튼 거의 악마에게 혼을 파는 것이나 다를 바 없는 결단이었을 거예요. 비장한 표정으로 캔버스 앞에 서 있는 모습을 보고 있으면 혹시나 걸작이 탄생하는 게 아닐까 기대되기도 했죠.

하지만 결과는 영 별로였어요. 완성된 그림은 아들의 죽음을 소재로 삼았다고는 믿기지 않을 만큼 평범했습니다. 니가쓰 선생님의 작품과는 참혹하리만큼 완성도에서 큰 차이가 났다고 할까요……. 의뢰인도 처음에 제시한 액수를 지불했지만, 그 후로는 교이치 님에게 같은 의뢰가 들어오지 않았고, 교이치 님의 그림이 화단에서 화제가 된 적도 없었습니다.

파격적인 가격이 붙는 건 어디까지나 니가쓰 선생님의 그

291

림뿐이었죠.

이윽고 저는 집안일을 안 해도 되니까 되도록 집에 드나들지 말라는 지시를 받았고…… 필연적으로 저와 나카무라 집안의 관계도 변해갔습니다. 그전까지는 반쯤 가족이나 마찬가지로 친한 사이였지만, 어쩔 수 없이 공은 공이고 사는 사라는 업무적인 태도를 취해야 했죠. 교이치 님이 업무에 대응해 선생님도 좀처럼 뵐 수 없었고요. 교이치 님은 어차피 아내 그림만 손에 넣으면 그만일 텐데 만날 필요가 어디 있느냐며 저를 무섭게 노려봤어요. ……허탈하고 서글픈 마음에 울면서 선생님 댁을 뒤로한 적도 많았답니다.

하지만 저도 조금씩 현실을 받아들이려고 노력했습니다. 나는 원래 화랑에 고용된 처지고, 업무상 선생님 댁에 드나드는 것뿐이다. 멋진 그림을 받아 와서 직장에서는 높은 평가를 받고 있으니 그걸로 된 거 아닌가. 그렇게 스스로를 위로했어요.

그런데 정말로 긴박한 상황은 다케루가 죽은 지 3년 가까이 지났을 무렵에 닥쳐왔습니다. 니가쓰 선생님이 또 그림을 그리시지 못하게 된 거죠.

교이치 님은 붓을 쥔 채 캔버스 앞에 우두커니 서 계신 선생님에게 모진 말을 퍼부었어요. "당신, 고작 3년 만에 다케루의 죽음을 극복한 거야? 당신에게 다케루는 겨우 그 정도 존재였어?"라고요.

교이치 님이 지적할 것도 없이, 니가쓰 선생님은 안절부절 못하셨습니다. 또 그림을 그리시지 못하게 되자 누구보다도 당황한 건 바로 선생님이셨죠.

진땀을 흘리며 밤새 캔버스 앞에 서 계셔도, 아무것도 그리시지 못하는 나날이 이어졌습니다.

네, 그 사건이 발생한 당일도 그랬고요.

그림을 그리지 못한다는 이유로 남편이 나무라자 정신적으로 궁지에 몰려 칼을 휘둘렀다, 그게 검찰이 제시한 동기였습니다.

하지만 다른 동기가 있다는 소문이 세간에 퍼졌죠. 네, 현대판 〈지옥변〉이라는 소문이요. 아사노미야 니가쓰는 아들과 남편이 비참하게 죽는 모습을 보고 싶었던 것이다. 슬럼프에서 빠져나와 다시 걸작을 그리기 위해 남편을 제물로 삼은 것 아닐까. 저는 그 설을 부정할 수가 없었습니다. 왜냐하면 저도 니가쓰 선생님의 업이 얼마나 깊은지 체감하고 있었거든요.

실은 선생님이 캔버스 앞에서 그림을 그리시는 모습을 보았을 때, 문득 광기로 가득한 한 건물이 떠올랐습니다. 미국

캘리포니아주 새너제이에 있는 건물이에요. 저도 실제로 본 적은 없고 정확한 숫자도 기억나지 않지만, 200개 가까운 방, 2천 개나 되는 문, 마흔 군데에 설치된 계단, 1만 개가 넘는 창문…… 그렇듯 구조가 희한한 집이래요. 아니요, 호화로운 저택이라서가 아니라…… 물론 호화 저택이기는 하겠지만, 아무리 호화로워도 계단이 마흔 군데나 설치돼 있으면 오히려 불편하잖아요? 무엇보다 그중 몇 개는 밖 또는 벽에 설치된 가짜 문으로 이어진다니까 아무래도 심상치 않죠. 더구나 들은 이야기로는 그 집은 38년 동안 계속해서 증축하고 있대요. 집주인인 과부는 남편과 자식이 저주 때문에 죽었다고 믿었어요. 그래서 저주에서 벗어나려면 끊임없이 집을 증축해야 한다는 영매의 말을 실천에 옮긴 거죠. 즉, 집주인은 원해서 증축을 한 게 아니에요. 그저 자신의 망상과 집착에 자극받아 증축을 계속할 수밖에 없었던 겁니다.

그 기이한 건물과 선생님이 사용하시던 여덟 평짜리 아틀리에에는 물론 공통점이 없습니다. 그런데도 어째서인지 붓을 쥐고 골똘히 그림을 그리시는 선생님을 보고 있으니 그 이야기가 떠오르더군요. 마치 선생님도 자기 의지로는 통제할 수 없는 힘에 자극받아 그림을 그리시는 듯한……. 아니요, 그 사건이 벌어지기 몇 년이나 전의 이야기입니다.

하지만 사건이 벌어진 후 선생님이 그리셨다는 **그 그림**을 보자 그 기괴한 건물이 또 생각나더군요. 그리고 그 후로 저는 사건에 더 이상 의문을 품지 않았습니다.

✦

네, 지금은 의문스러워요. 가져오신 그림을 보고 어쩌면 진상은 전혀 다르지 않았을까 싶은 생각이 들었거든요.

이 캔버스 측면에 적힌 글씨는 나카무라 교이치 님의 사인입니다. 네, 다시 말해 니가쓰 선생님의 남편이 그린 그림이라는 뜻이죠. 교이치 님은 죽기 전에 이 그림을 그렸다. 그리고 교이치 님이 죽은 후 선생님이 그리신 그림에는 이것과 똑같은 모티프가 사용됐다.

처음에 저는 정신적으로 궁지에 몰리신 선생님이 교이치 님의 다그침에서 벗어나기 위해 교이치 님을 살해하셨다고 생각했습니다. 그러나 나중에는 세상에 퍼진 소문처럼, 교이치 님을 죽여서라도 그림을 그리시려 했다고 믿게 됐죠. 선생님이 교이치 님을 죽이기 위해 비수를 드셨고, 교이치 님은 공격을 힘껏 막고 있었던 거라고요.

하지만 실상은 그 **반대**가 아니었을까요?

왜 선생님보다 힘이 센 교이치 님이 먼저 힘이 빠졌는지가 의문이었습니다. 그런데 이렇게 생각하면 앞뒤가 맞죠.

그때 교이치 님은 칼을 밀어내는 것이 아니라 **당기고** 있었던 게 아닐까요?

"부탁이에요. 용서해줘요."

"괜찮아."

그것이 스스로 칼을 맞으려는 교이치 님을 선생님이 애써 말리시는 장면이었다면.

검찰에서 선생님이 계획적으로 범행을 저질렀다고 단정한 건, 도주 후에 일시적으로 몸을 숨길 장소를 미리 준비했고 다케루의 영정 사진이 아틀리에에서 본채로 옮겨졌기 때문입니다. 하지만 둘 다 교이치 님의 행동으로 보아도 전혀 이상할 것 없습니다.

가져오신 그림은 분명 집에 불이 난 후에 교이치 님이 의뢰를 받아 그린 지옥도겠죠. 아니요, 당시 교이치 님이 업무상 그림을 그렸다면 의뢰인에게 전달한 사람은 **저**였을 겁니다. 그러니까 저는 그때 이 그림을 한 번 봤어요. 봤으면서도 머릿속에 그림의 인상이 남기는커녕, 니가쓰 선생님의 그림과 비교해 '참혹하리만큼 완성도에서 큰 차이가 난다'는 감상밖에 품지 않은 겁니다. 옛날이나 지금이나……. 네, 아까 봤을 때도 교이치 님의 그림인 줄 몰랐을 정도니까요.

아까도 말씀드렸다시피 화가가 세상을 떠나면 작품의 가치가 높아지는 법이지만, 교이치 님이 비참한 죽음을 맞았는데도 작품은 재평가되지 않았습니다.

교이치 님이 혼신의 힘을 다해 완성한 작품이건만, 모두가 절찬도 혹평도 없이 그저 조용히 묵살한 겁니다. ……네, 저도 그런 사람들 중 한 명이고요.

"내가 후세에 남길 수 있는 건 다케루 정도야."

교이치 님은 생전에 그렇게 말했습니다. 그림이라는 보물을 남길 수 있는 니가쓰 선생님에게 빈정거리는 마음과 진심이 반반이었겠죠. 그런데 다케루가 죽고 말았습니다. 그렇기에 교이치 님은 그때까지 유지해온 방식을 버리고 지옥도에 도전한 건지도 모르겠네요. 선생님의 그림을 보고 '비참함을 지나치게 강조한다'고 평했던 교이치 님이 마치 선생님의 화풍을 흉내 낸 듯한 그림을 그렸다……. 아니요, 어쩌면 교이치 님은 다케루를 잃음으로써 선생님의 그림이 얼마나 굉장한지 실감한 건지도 모릅니다. 저를 포함해 선생님의 그림에 매료된 사람들은 모두 가까운 사람을 잃는 경험을 했습니다. 선생님의 그림에 그러한 사람들의 마음을 꽉 붙잡고 놓지 않는 힘이 있다면, 교이치 님은 다케루를 잃고서야 선생님 그림의 진가를 알아본 게 아닐까요.

또한 선생님과 같은 소재로 그림을 그린 만큼 교이치 님은 그 누구보다도 명확하게 실력 차이를 느꼈을 겁니다. 비참함을 강조해서 그린다고 무조건 충격적인 작품이 나오는 것은 아니라는 사실과, 아들의 죽음을 소재로 삼아도 자신은 이 세상에 '살아 있었다는 증거'가 될 만한 작품을 남길 수 없다는 현실도요. 그리고 그때 교이치 님의 눈앞에는 아들의 죽음을 밑거름 삼아 걸작을 그리는 아내가 있었습니다. 그 모습이 교이치 님에게 한 가지 방법을 제시한 거예요.

**아내의 눈앞에서 충격적인 죽음을 맞으면 그림의 소재가 될 수 있다. 내가 이 세상에 살아 있었다는 증거를 아내의 걸작 속에 남길 수 있다.**

모르시겠어요?

활활 타오르는 불길 한복판에서 고통스럽게 비명을 지르는 어린아이, 목에서 피를 뿜어내는 남자, 가죽이 벗겨진 채 그 두 사람 앞에 멍하니 서 있는 여자. 교이치 님이 그린 이 그림은 모티프까지 선생님의 **그 그림**과 일치하지만 교이치 님은 선생님의 그림을 모사한 게 아니에요. 당연하죠. 교이치 님이 이걸 그렸을 때 선생님의 **그 그림**은 아직 존재하지도 않았으니까요.

그럼 왜 이렇게까지 모티프가 일치할까요?

그래요. 선생님이 실물을 보고 그대로 그리셨기 때문입니다. 교이치 님은 그때 늘 쓰고 다니던 안경을 벗고, 선생님 눈앞에서 목에 칼을 맞아 죽는 길을 선택했어요. 자신이 도전했다가 실패한 지옥도를 실제로 재현하기 위해서 그런 것 아닐까요?

그건 살인사건이 아니라 자살 아닐까요. 제 생각은 그렇습니다.


그렇다면 왜 선생님은 사실대로 진술하시지 않고 순순히 유죄 판결을 받아들이셨을까요? 네, 말씀대로입니다. 자살이었다고 주장하면 실형은 면했을지도 모르죠. 그래도 선생님은 처벌받기를 원하셨어요. 자기 때문에 남편의 정신이 피폐해졌다는 자책감도 있었겠죠. 남편의 죽음을 소재로 삼아 그림을 그렸으니 벌을 받아야 한다는 생각이 드셨을지도 모르고요. 하지만 그게 전부는 아니지 싶습니다.

……이건 제 상상에 지나지 않아요. 하지만 빈집에 있었던 캔버스 세 개 중에 두 개가 그대로 남아 있었다는 점, 그리고 선생님이 출소하신 후 그림을 단 한 작품도 그리시지 않

고 돌아가신 점을 고려하면 아무래도 이런 억측을 해보지 않을 수가 없네요.

선생님은 징역을 살고 싶으셨던 게 아닐까요?

선생님은 교이치 님이 죽은 후 걸작을 그리셨어요. 자신의 눈앞에서 충격적인 죽음을 맞은 남편의 그림을 그린다. 이렇게 말하면 어폐가 있겠지만, 내면의 응어리를 토해낸 그림을 그리는 화가로서는 최고의 환경이었겠죠. 선생님은 그 환경을 멋지게 활용하셨고요. 어쩌면 달성감마저 맛보셨을지 모르겠군요. 그렇게 느껴질 만큼 **그 그림**에는 그야말로 선생님의 모든 것이 담겨 있거든요.

그렇지만 이런 생각도 들어요. 그처럼 엄청난 그림을 그려서 내면의 모든 것을 토해냈는데, 또 창작 의욕이 솟을까?

네, 선생님은 마지막 작품을 그리신 후, 다시 그림을 못 그리시게 된 것 아닐까요? 그리고 다음 작품을 그리지 못한다는 사실을 깨달았을 때, 선생님의 머릿속에는 교이치 님의 목소리가 되살아났을 겁니다.

"당신, 고작 3년 만에 다케루의 죽음을 극복한 거야? 당신에게 다케루는 겨우 그 정도 존재였어?"

3년은커녕 선생님은 고작 한 작품 만에 교이치 님의 죽음을 몽땅 소비하고 말았어요. 선생님 입장에서는 살인범이라

고 비난받는 것보다, 왜 그림을 그리지 못하냐고 비난받는 것
이 더 무서우셨겠죠.

　바로 그렇기에 선생님은 징역을 살기를 바라신 것 아닐까
요.

　**징역을 사는 동안은 유화를 그릴 수 없다.** 그림을 그리지 못할
이유로 더할 나위 없죠?

# 용서는 바라지 않습니다

**초판 1쇄 인쇄일** 2021년 11월 8일
**초판 1쇄 발행일** 2021년 11월 16일

**지은이** 아시자와 요
**옮긴이** 김은모

**발행인** 박헌용, 윤호권
**편집** 김혜정 **디자인** 김지연 **일러스트** 고민정
**발행처** ㈜시공사 **주소** 서울시 성동구 상원1길 22, 6-8층(우편번호 04779)
**대표전화** 02-3486-6877 **팩스(주문)** 02-585-1755
**홈페이지** www.sigongsa.com / www.sigongjunior.com

이 책의 출판권은 ㈜시공사에 있습니다. 저작권법에 의해
한국 내에서 보호받는 저작물이므로 무단 전재와 무단 복제를 금합니다.

ISBN 979-11-6579-772-0 03830